WALTER SOHLER

Mordalpen

APOCOWLYPSE NOW! Der eigenbrötlerische und jähzornige Bauer Giovanni Forda zieht wie jedes Frühjahr mit seinen Kühen auf die Alm. Aber heuer kommt ihm die Flucht auf den Berg gelegen, gibt es im Tal doch böses Blut wegen eines Golfplatzprojekts. Giovanni weigert sich, dem Immobilienhändler Heinrich Karner den dazu benötigten Grund zu verkaufen. Um noch einmal mit ihm über das Projekt zu sprechen, besucht Karner den Bauern auf seiner Alm – und ward nie wieder gesehen. Kommissar Delapozza nimmt sich, kurz vor der Pensionierung, des Falles an, und verschwindet ebenfalls. Sein Nachfolger, Kommissar Simon, übernimmt den Fall … und greift mitunter zu recht ungewöhnlichen Mitteln.

Walter Sohler wurde 1967 in Kitzbühel geboren. Der studierte Historiker arbeitete 20 Jahre für Tageszeitungen in Innsbruck und Wien. Sohler schrieb zudem für unterschiedliche PR-Magazine und ist derzeit im Bereich der Öffentlichkeitsarbeit tätig. Der Autor lebt in Wien – privat zieht es den leidenschaftlichen Wanderer jedoch so oft es geht zurück in die Berge. Mordalpen *ist Walter Sohlers erster Roman.*

WALTER SOHLER

Mordalpen

Ein Alpen-Krimi

GMEINER *Original*

Besuchen Sie uns im Internet:
www.gmeiner-verlag.de

Im Ehnried 5, 88605 Meßkirch
Telefon 07575/2095-0
info@gmeiner-verlag.de

1. Auflage 2014

Herstellung: Mirjam Hecht
Umschlaggestaltung: U.O.R.G. Lutz Eberle, Stuttgart
unter Verwendung eines Fotos von: © beatrice prève – Fotolia.com
Druck: GGP Media GmbH, Pößneck
Printed in Germany
ISBN 978-3-8392-1616-3

I. KAUEN, BIS DER METZGER KOMMT

Verhängnisvoll: Warum es Kühen auf der Alm besser geht als im Tal und wie ein hinreißendes, saftiges Büschel Gras großes Unheil herbeizulocken vermag

Giovanni liebt sie alle. Elsa, Violetta, Ariadne und Fiona sind seine Schönsten. Tatjana, Brünnhilde und Leonore die Jüngsten, Dorabella hat bereits einen Preis gewonnen und Alcina ist etwas ganz Besonderes. Zerlina, Carmen und Schneeflöckchen geben zwar die meiste Milch – aber am allerliebsten ist ihm Elvira. Die mit Abstand Herzallerliebste seiner kleinen, aber äußerst feinen Kuhherde.

Giovanni ist trotz seiner erst 36 Jahre schon lange Bauer, von klein auf hatte er die Rindviecher um sich. Das Leben rund um den Stall, zusammen mit seinen Mädels, ja, das ist sein Revier. Andere mögen sich den in Mode gekommenen und zugegeben äußerst kuschelig anmutenden Rindern aus dem schottischen Hochland zuwenden, manche schwören auf Angus-Viecher, weil sie das bessere Fleisch und deshalb pro Kilo ein paar Cent mehr liefern sollen. Giovanni mag es aber lieber traditionell: Er schwört auf seine braun-weißen Rinder. Nichts Außergewöhnliches, aber trotzdem erstklassig.

Seine Girls sind mit jenen Kühen verwandt, die er immer schon gekannt hat, die immer schon auf den Hängen seines Großvaters und Vaters gegrast haben, die er als Bub viele Sommer lang gehütet und die er lange Zeit Jahr für Jahr auf die Alm seiner Vorfahren getrieben hat. Durchschnittliche Milchleistung, durchschnittliche Fleischqualität, aber pflegeleicht und widerstandsfähig.

Man sagt immer, ein Bauer isst nicht, was er nicht kennt. Giovanni lässt sich schon im Stall auf keine Experimente ein.

Die braun-weiß gescheckten Damen lassen sich auf Giovannis Alm nichts abgehen. Majestätisch und unbeschreiblich lieblich zugleich thront dieser grüne Flecken über dem Tal – und auf ihm machen es sich Alcina und ihre Genossinnen so richtig bequem. Die Aussicht auf den nahen Ort im Tal ist unbeschreiblich, den Kühen freilich ist das egal. Sie grasen. Kosten die ersten Tage auf der Hochalm so richtig aus und kauen, was das Zeug hält.

Was sollen Kühe auch anderes tun. Die vier Mägen der schönen Damen müssen stets beschäftigt werden. Die Zähne tun pausenlos ihren Dienst, das frische Gras vom Berg ist nach der langen winterlichen Heu-Diät mit der Zugabe von Kraftfutter aus Südamerika – verantwortlich für eine miserable saisonale Ökobilanz auf Giovannis Hof –, endlich wieder ganz etwas anderes. Giovannis versammelte Rindviecher-Familie lässt es sich heute ganz besonders gut gehen. Grashalm für Grashalm, Blume für Blume, Kraut für Kraut finden ihren Weg von den Zähnen durch das Labyrinth der Mägen. Zermahlen, gekaut, geschluckt, wieder heraufgewürgt, noch mal gekaut. So lässt sich Zeit auch totschlagen.

Heute legt sich die versammelte Schar ordentlich ins Zeug – ganz so, als ob es schon lange nichts mehr zu mampfen gegeben hätte und es gilt, einen Vorrat für schlechtere

Zeiten anzulegen. Das gute Dutzend hat sich auf der Weide aufgeteilt – natürlich auch die vier Kälber, die man an dieser Stelle nicht vergessen darf. Marcelline, Salome, Fenena, der kleine Bub heißt Kamerad.

Normalerweise steht die Herde nah beisammen. Heute, an ihrem dritten Tag auf der Weite der Alm, scheint es, als ob die Viecher nach den Monaten der Enge im Stall und nur spärlichen Ausflügen auf das Feld vor ihrem Hof die Unbegrenztheit der Alpen so richtig genießen und ihre Auslaufmöglichkeit ordentlich nutzen. Sie weiden weit verstreut in kleinen Gruppen. Es ist nicht gerade so, dass sie Klaustrophobikerinnen wären und Panik schieben im winterlichen Stall, aber Leonore und ihre Freundinnen wissen, was Lebensqualität und echte Freiheit ist. Ja, das wissen Giovannis Kühe ganz genau.

Elvira war einige Tage vor der Almauffahrt nicht bei allerbester Gesundheit, irgendetwas plagte sie. Sie fraß nicht mehr so viel, gab weniger Milch, Giovanni machte sich Sorgen. Aber einen Tag vor der Übersiedlung auf den Berg schien sich die Kuh schlagartig wieder erholt zu haben. Die Aussicht auf die Luftveränderung in exakt 1.666 Meter Seehöhe hat offensichtlich Wunder bewirkt. Als ob die Gute bereits geahnt hat, dass es endlich wieder auf den Berg geht, endlich in die Freiheit, endlich wieder ins lang ersehnte Kuhparadies. Wer weiß? Sicher wirkt sich die Macht des Frühlings auch auf Nutzvieh positiv aus. Vielleicht wissen die Viecher einfach, wann es wieder losgeht. Denn dumm sind sie nicht, die Kühe. Sollten Sie derartiges behaupten, würde Ihnen der Giovanni das richtig übelnehmen.

Vor allem an Elvira hat der junge Bauer einen Narren gefressen. »The best cow in town«, pflegt er sie immer zu nennen. Das große, weiße, ein wenig gelockte Haarbüschel zwischen ihren Ohren erinnerte Giovanni gleich nach ihrer Geburt an die Schmalzlocke Elvis Presleys. Es war freilich nicht nur diese kleine Ähnlichkeit mit dem »King«, die die gescheckte Kuh zu Giovannis kauender Königin werden ließ. Es stimmt einfach die Chemie zwischen den beiden, wie man so sagt. Die zwei – das Rind und ihr Bauer – schlossen eine ganz besondere Freundschaft.

Ein guter Landwirt redet mit allen seinen Viechern, davon ist Giovanni überzeugt. Deshalb spricht auch er zu seinen Rindern und Hennen genauso wie zu Kater Giuseppe, der sich im Winter aus dem nur durch die Körperwärme der Kühe geheizten Stall und der eiskalten Tenne zurückzieht und sich zu ihm an den warmen Ofen in die gute Stube gesellt. Er palavert mit der alten Dachsdame, die unter dem Holzstoß hinter dem Stall im Tal haust, hat für die Dohlen, die seine Alm Jahr für Jahr wagemutig umkreisen und ihm spektakuläre Flugkunststücke zum Besten geben, immer ein gutes Wort übrig und verfuhr auch mit seinen Schweinen, als er seinerzeit noch ein paar im Stall hatte, übertrieben höflich.

Bei Elvira aber ist das etwas anderes. Sie nimmt in seiner eigentümlichen Familie eine Sonderstellung ein. Wenn er sie aus dem Stall treibt, bekommt sie zu aufmunternden Worten stets einen zusätzlichen liebevollen Klaps. Er hat sie sogar zur Anführerin der Herde erkoren. Das ist aber sinnlos. Als ob die Kühe die Rangfolge nicht untereinander ausmachen würden. Dieses demokratische Recht lassen sich die Rindviecher natürlich von ihrem Bauern nicht nehmen.

Für Giovanni jedenfalls ist sie die Chefin. Da fährt der Zug drüber. Er beschenkt Elvira mit Streicheleinheiten en masse und versucht, sie bei jeder Fütterung zu verwöhnen. Als ob Heu nicht einfach nur Heu wäre.

Für die nächste Zeit ist jedenfalls das langweilige, in den kalten Monaten ewig trockene Heu passé. Frisches Gras steht auf dem saisonalen Speiseplan. Frische wohlriechende Kräuter, frisches eiskaltes Quellwasser und frische Luft in Hülle und Fülle. Bio, wo immer man hinschaut!

Die Sommerfrische hat heuer früh begonnen. Der Schnee war schnell weg, der Winter wieder einer von jener Sorte, die den Klimawandel-Schwarzmalern so richtig in den Kram passt: Kein Schnee zu Weihnachten, kaum Schnee im Jänner, gar kein Schnee mehr nach Lichtmess. Narzisse und Krokus schossen sehr zeitig aus dem Boden und die Pollenallergiker hatten schon früh allen Grund zum Jammern. Die versteckten Ostereier in den auflebenden Gärten im Tal waren kaum alle gefunden, da packte Giovanni seine sieben Zwetschgen und nahm seine 13 Mädchen und die Kälber rauf in die Freiheit der Almhöhe.

»Genießt es«, pflegt Giovanni jeden Morgen laut zu sagen, wenn er seine Herde aus dem Stall treibt. Dann ist für ihn die Zeit des Ausmistens angebrochen. Die Milch ist bereits im Kübel, vielleicht ist heute auch ein bisschen Zeit zum Ausspannen drin, denkt er sich jeden Tag aufs Neue – aber leider geht die Arbeit auf der Alm nie aus.

Der Bauer jedenfalls genießt sein Leben fern des Tales. Giovanni lebt von seinem dreckigen Dutzend, und das gar nicht mal so schlecht. Er schickt seine Mädels auf die Weide – und die sichern damit seine Existenz. Das Milchgeld macht den Großteil des Einkommens aus, das der kleine Betrieb abwirft – mit so manchen Überweisungen der Europäischen Union, versteht sich. Auch Holz aus dem Wald bringt gutes Geld. Die Eier von glücklichen, quietschfidelen Hühnern aus Freilandhaltung stößt er wie im Abhofverkauf zu wahren Wucherpreisen an wohlbetuchte Biofanatiker in den umliegenden Städten ab, mitsamt selbstgemachter Butter und etwas Käse sowie ein wenig Honig, den sein Steckenpferd, die Imkerei, abwirft. Und – so ist nun einmal der Lauf der Dinge – von Zeit zu Zeit überweist ihm auch der Metzger aus dem großen Schlachthof für einen seiner Lieblinge gutes Geld auf das Konto, für das er noch nie – und da ist er zu Recht stolz darauf – Verzugszinsen zu zahlen hatte. Nicht einmal während der schlimmen und gerade erst durchtauchten europäischen Wirtschaftskrise.

Sie glauben, das sei schon alles? Natürlich besitzt der Bauer noch weitere Geldquellen: Im Winter lässt er den Tourismusverein freilich nicht gratis die Loipe über seine Felder ziehen, und manchmal verkauft er kleine Teile seines stolzen Besitzes als Baugrund – vorwiegend an Zweitwohnsitzler.

Erstens zahlen die gut und ohne viel zu murren, und zweitens geben sie, sobald das Haus einmal bezugsfertig ist, eine Ruh. Vorzugweise wohnen sie ja nur ein paar Wochen pro Saison in den Bergen, verstecken sich dann hinter Jahr für Jahr in den Himmel wachsenden Thujen und machen sich bald wieder unbemerkt aus dem Staub. Außerdem sind sie wie verrückt nach Giovannis Lebensmitteln und dem selbstgebrannten Schnaps. Was das geistige Genussmittel betrifft, zahlen sie für Butter und Honig ohne aufzumucken sogar höhere Preise als die Einheimischen. So etwas Gutes gebe es bei ihnen zu Hause ja nie und nimmer, hat der Bauer schon oft gehört. »Ei, wie ist das lecker. Packst uns bittschön noch ein Fläschchen ein, Giovanni.«

Prost, das mache ich doch gerne! Schönen Gruß an die Frau Gemahlin und gute Heimfahrt – davon braucht der Finanzminister nichts zu wissen.

Ein Baugrund für eine schmucke Alpenvilla mit Blumenkisterl an den Fenstern und niedlichem Garten für betuchte Großstädter: Dagegen hat Giovanni ganz und gar nichts einzuwenden. Außerdem verbessert ein solcher Verkauf schlagartig die Finanzsituation und macht Investitionen in seinem Betrieb ohne Probleme möglich. Ein Extratraktor hat schließlich noch keinem Landwirt geschadet.

Der Bauer gießt sich auf der Veranda seiner Almhütte ein Glas frische, noch kuhwarme Milch ein und nimmt davon einen ordentlichen Schluck. »Es gibt nichts Besseres«, bemerkt er. Außer der eifrig kauenden Brünnhilde dürfte das aber niemand mitbekommen haben. Rund um die Hütte ist es menschenleer – und bis auf Brünnhilde haben sich auch alle anderen Kühe entfernt. Giovanni wischt sich mit dem Handrücken den Milchschnauzer ab, der auf seinem schwarzen Dreitagebart zurückgeblieben ist, und macht sich auf den Weg, den Stall auszumisten.

Wie jedes Jahr hat er sich wieder gut eingerichtet. Die mit grauen Steinen gemauerte Hütte ist nicht groß. Seit er den Besitz von seinen Eltern geerbt hat, wurde sie jedoch Zug um Zug modernisiert und mit einem neuen grünen Blechdach gekrönt. Giovanni mag an sich eher dem Traditionellen gewogen sein, gegen die technischen Entwicklungen hatte er aber noch nie etwas einzuwenden. Solaranlage, Akku und Dieselaggregat sorgen sicher für elektrischen Strom, der es wiederum möglich macht, die Melkmaschine einzusetzen, Milch und Lebensmittel zu kühlen und abends mittels Satellitenschüssel via TV den Anschluss an die Welt dort drunten nicht ganz zu verlieren.

Beim Wasser hat sich nichts geändert. Es ist immer noch eiskalt und kommt aus einer Quelle, die in zwei Brunnen sowie ein Waschbecken geleitet wird. Dafür weist es eine Qualität auf, die Gourmetkritiker geradezu frohlocken ließe.

Ein kleiner Campinggasherd und ein mit Holz beheizbarer Ofen sorgen für Wärme und bieten Kochgelegenheiten in der Küche. Neben den Öfen, zwei Stühlen – einer ist ein bequemer alter Ruhesessel aus schwarzem, abgewetztem Leder –, einem schmalen, aber massiven Tisch aus Eiche und einer kleinen, grün lackierten Kredenz hat in diesem Raum nicht mehr allzu viel Platz. Aber Flachbildfernseher passen heutzutage gottlob überall – und deshalb auch in die kleinste Berghütte – hinein.

In der Kammer steht neben Truhe und Schrank ein einzelnes Bett, darunter ist ein zusammengeklapptes Notbett verstaut. Der dritte Raum beherbergt alles, was Giovanni für die ordentliche Lagerung seiner Milch braucht – Kühlung und Wasseranschluss inbegriffen. Den einzigen wirklichen privaten Luxus, den sich der Bauer hier in der alpinen Einschicht aber leistet, ist wohl seine überdimensionale Stereo-Anlage, die er jeden Sommer samt Surround-Boxen und einer immensen Bassreflexbox aus dem Tal heraufschleppt. Wenn er diese einschaltet, dann geht die Post ab. Das müssen Sie glauben.

Seine Kühe haben sich an die Musik längst gewöhnt, ja die ausschließlich klassischen Klänge scheinen sich gar positiv auf die Milchleistung der kunstsinnigen, allzeit kauenden Hörerinnenschaft auszuwirken.

Freilich fühlen sich andere Tiere durch den Lärm gestört, und die Musik kratzt an der Idylle hier heroben. Die Murmeltiere, die ganz in der Nähe der Almhütte hausen, sind an und für sich keine musikalischen Kostverächter. Und doch brauchen die kleinen Racker jedes Jahr wieder bis weit in den Herbst, bis sich bei ihnen ein akustischer Gewöhnungseffekt einstellt und sie den Bach'schen Fugen andächtig lauschen, zu Tschaikowsky'schen Walzerklängen ein Tänzchen wagen und den Wagner'schen Schicksalsmelodien außerhalb ihres Baues gebannt zuhören können. Dieser Prozess ist in jeder Almsaison feststellbar: Irgendwann – ein paar Monate dauert das immer – kommt ein Punkt, und dann scheinen sie die Musik zu lieben. Von ganzem Herzen. Die nach langen nahrungsreichen Sommern vollgefressenen Murmel nahe Giovannis Alm sind mit ziemlich absoluter Sicherheit die einzigen saisonalen Wagnerianer unter den alpinen Nagern. Nur schade, dass ihnen jeder Winterschlaf die Erinnerung an die wunderbare und an und für sich harmlose Musik jedes Jahr aufs Neue raubt und sie zu Beginn der folgenden warmen Jahreszeit die über das sanfte Grün der Almen dahinschleichenden Klänge zu Siegfrieds Begräbniszug mit lautstarken Pfiffen ablehnend bewerten und wohl als Boten ihres eigenen baldigen Dahinscheidens empfinden. So ein Murmel löscht in der Ruhe des Winters anscheinend sein Gedächtnis – Tabula rasa, ratzeputz. Vielleicht wird er auch von krassen Albträumen gepeinigt und scheint zu ahnen, dass jedes Murmelfremde eine immense Gefahr bedeutet und man mir nichts, dir nichts als Bestandteil einer fettigen, stinkenden Salbe in einer Tube enden kann, die zu horrenden Preisen erschöpften Touristen im Souvenirgeschäft feilgeboten wird. Die kleinen Racker haben gar nicht so unrecht: Viele schmieren sich mit Murmeltiersalbe ein. Wenn's irgendwo zwickt, schwört auch Giovanni auf die Murmelschmiere. Er hat sie von seinem Schulfreund, einem Apotheker. Der ist selbst Jäger und schießt sich seine Zutaten prinzipiell selbst!

Momentan ist jedenfalls eine Ruh. Keine Musik; so, wie es sein soll hier heroben. Der Bauer geht gern in den Stall, denn Ausmisten hat so etwas Meditatives. Alltägliche Arbeit, nicht allzu anstrengend. Den Gestank riecht er schon seit Jahrzehnten nicht mehr – und abwaschen kann man den Dreck schließlich auch. Es gibt nicht viele Berufe, in denen man täglich eine Tat vollbringen kann, die bei Herakles einst als Heldentat galt. Zugegeben, der alte griechische Halbgott musste im Falle von Augias' Rinderhallen bei einem größeren Stall mit weitaus mehr Dreck Hand anlegen.

Als er endlich fertig ist, begutachtet Giovanni den noch kleinen Misthaufen. Sein 13-Mäderlhaus legt sich wie üblich ganz ordentlich ins Zeug. Dem Bauern auf der Nachbaralm kommen die Kühe oft nur kurz zum Melken in den Stall – egal welches Wetter herrscht. Giovanni treibt seine Girls auch an besonders kalten und regnerischen Abenden unter das schützende Dach – nicht nur bei Schneefällen. Sie lesen richtig. Hierzulande kann es auch schon mal an einem 1. Juni, 1. Juli oder 1. August Schneemengen geben, die anderenorts selbst im Hochwinter als schier sensationell gelten.

Neben dem Misthaufen ist auf einer betonierten Plattform sein rustikales Plumpsklo postiert. Zugegeben, der Duft und das Ambiente sind gewöhnungsbedürftig. Eigentlich echt hardcore! Bei schlechtem Wetter mag es auch ungemütlich, recht kalt und zugig sein: Die unbarmherzigen Winde, die von Mal zu Mal den nackten Hintern gnadenlos attackieren, sind sicher nicht jedermanns Sache. Aber stellen Sie sich die Aussicht vor, wenn Giovanni an schönen, warmen Tagen wie heute die Türe während der Erledigung seiner Geschäfte sperrangelweit offen lässt.

Eine Wucht, geradezu hinreißend, das müssen Sie glauben!

Scheißen mit Aussicht! Ja, das nennt man Lebensqualität. Schlichtweg atemberaubend. Die Sache hat freilich eine zweite Seite: Zartbesaitete Wanderer, die zufällig des Weges kommen, mag dieser Anblick dann doch ein klein wenig schockieren. So ist es nun mal hierzulande: Die Alpen sind stets eine Quelle für Überraschungen.

Die ersten Wochen auf der Alm sind ganz besonders arbeitsintensiv. Zuerst gehört die Alm geputzt: Noch bevor die Kühe da sind, heißt es alles vorzubereiten, kaputte Zäune zu flicken, vom Winter in Mitleidenschaft Gezogenes auf Vordermann zu bringen. Giovanni macht so viel wie möglich selbst, ein fremder Senner kommt ihm nicht in seine Almhütte. Nur seinen pensionierten Onkel lässt er herauf. Der geht ihm zur Hand – aber auch nur, wenn es gar nicht anders geht.

Eine Ehefrau hat Giovanni keine mehr.

Nein, so kann man das nicht sagen. Die Ehefrau hat sich vielmehr schon länger nicht mehr blicken lassen. Die ist nämlich vor zweieinhalb Jahren ins Ruhrgebiet abgehauen – mit einem Urlaubsgast. Die Lilly lebt jetzt in einem schnieken Haus mit Vorgarten – so nennt es jedenfalls ihr neuer Lebensgefährte. Staut sich täglich zum Shoppen und ins Büro. Geht piekfein essen und ins Theater. Für Giovanni wäre das kein Leben.

Scheidung wollte die Gute bisher noch keine, auch Geld hat sie keines gefordert. Ihr Neuer ist nämlich nicht gerade der Ärmste unter Gottes Kindern. Die Schuld für die Trennung ist nicht allein bei der armen neureichen Lilly zu suchen. Es ist nämlich alles andere als einfach, mit dem Bauern Giovanni auszukommen.

Die Ehe war nicht gerade ein Zustand, der als langandauernd bezeichnet werden darf. Von Jubiläumsfesten wie silberne, goldene oder eiserne Hochzeiten ist das Ehepaar Forda glatt Lichtjahre entfernt. Neun Monate hat die Sache gehalten. Quasi ein Witz. Zeitlich zum Vergessen. In dieser Zeit bekommen andere Nachwuchs und sorgen für einen Hoferben.

Reden wir lieber nicht über dieses unrühmliche Kapitel im Leben des Bauern. Es hat halt nicht sein sollen.

Jetzt steht Giovanni jedenfalls mit leeren Händen da. Auch er war nicht auf Scheidung scharf gewesen. Auf eine neuerliche Brautschau zu gehen, hat der Landwirt in der nächsten Zeit nicht im Sinn. Und das wird auch so bleiben, da ist er sich sicher. Es findet sich ja doch niemand.

Das redet sich Giovanni jedenfalls selber ein. Da ist der, vielleicht ein klein wenig zu klein gewachsene Wieder-Junggeselle mit dem schwarzen Lockenkopf fest davon überzeugt. Wer will heutzutage schon Bäuerin werden? Diese Position zählt wahrlich nicht zu den begehrtesten unter der Sonne. Draußen in der Provinz, in der Abgeschiedenheit, quasi in der Wildnis zu leben, und das auch noch bei schwerer Arbeit. Haben Sie vielleicht Interesse, liebe Leserin?

Viele Bauern greifen zu drastischen Mitteln, um sich eine Gefährtin zu suchen. So mag es Landwirte geben, die sich bei höchst peinlichen TV-Kupplershows zum Narren machen lassen, um wieder für traute Zweisamkeit und

Action in den Betten sorgen zu können. Giovanni gehört nicht dazu. Er ist ja schließlich Bauer und kein Clown.

Tja, dumm gelaufen. Sein Onkel hat ihm den Tipp gegeben, »sich um eine Fesche aus Osteuropa oder Asien« zu schauen. Denen sei die schwere Arbeit egal, Hauptsache sie könnten sie im reichen Westen verrichten. Giovanni hat diesen Vorschlag nicht einmal ignoriert – nach allem, was er während seiner Zeit mit Lilly durchgemacht hat, bleibt er lieber weiterhin Agrareremit.

Jetzt übersiedelt der Bauer wieder wie jedes Jahr allein auf den Berg. Hinunter zum Bauernhaus zieht es ihn dann nur ein paar Mal pro Woche, obwohl er mit seinem geländegängigen Auto in etwas mehr als 20 Minuten auf dem Güterweg ins Tal kriechen kann. Dann schaut er die Post durch, kümmert sich um Hühner und Katze, zahlt seine Rechnungen und frischt die Vorräte für die Alm auf. Er mäht die Wiesen, bringt das Heu ein. Das Obst gehört geerntet, und den Honig machen die Bienen auch nicht allein. Arbeit gibt's genug. Oben und unten. Die Milch holt ein Molkereiwagen alle zwei Tage am Nachmittag an einem Sammelpunkt bei einer Wegkreuzung ab, nur ein paar hundert Meter von der Alm entfernt. Giovanni ist froh, wenn er nicht zu viele Menschen aus dem Dorf um sich haben muss. Gerade jetzt.

Der Grund heißt Karner, Heinz Karner, und sein vermaledeiter Golfplatz! Schon wieder einer, werden Sie sich denken. Das hat sich auch der Bauer gedacht: Unmöglich! Eine weitere künstliche Grünfläche hier im Wiesenparadies? Ohne ihn! »Die können mir den Buckel runterrutschen mit ihrer Golfballerei«, brüllt Giovanni immer wieder durch das Dorf, heißblütig und dickköpfig, wie er nun einmal ist. Meistens fuchtelt er noch wild mit seinen Armen durch die Luft. Dem Wunsch Karners könnte der Bauer nie und nimmer entsprechen. »Nie. Bei uns im Dorf. Kein Golfplatz. Aus. Basta.«

Normalerweise macht Karner sein Geld mit Immobilien, vor allem in der nahen vom Tourismus geprägten Stadt. Aber vor einem Jahr kam er zum ersten Mal auf den Hof und unterbreitete Giovanni seine Pläne.

»Größenwahn, nie und nimmer geb' ich dir einen Grund dafür«, war Giovannis einziger Kommentar, bevor er den Unternehmer zum ersten Mal vom Hof wies. Karner ist aber ein zäher Hund und lässt nicht locker. Quasi im Wochenrhythmus taucht der 40-jährige, stets wie aus dem Ei gepellte Selfmademan auf dem Hof auf: »Ich brauch von dir ja nur ein paar Hektar. Schau, dein Nachbar will so gern verkaufen.«

»Weil er nach Ibiza auswandern will. Zum Arbeiten war der ja immer schon zu faul«, entgegnet ihm Giovanni. Karner lässt nicht locker und bietet von Mal zu Mal ein wenig mehr. Meistens hat er einen Plan seiner Golfanlage mit dabei. 18 Löcher und ein Klubhaus mit vielen kitschigen, zinnbekrönten Türmchen. Wenn sich alles eingespielt und der Golfplatz einen Namen hat, will man noch ein schmuckes Hotel dazustellen.

»Wenigstens kann man dir nicht vorwerfen, dass du den Golfspielern etwas vormachst, du Halsabschneider«, meinte Giovanni einmal, bevor er dem nimmermüden Investor zum wiederholten Mal sein »Nein, ich verkauf nicht!« entgegenschleuderte. »Diese schlimmen, kitschigen Türme! Also das Monstrum von Bau sieht schon aus wie eine Raubritterburg.«

Der Bauer hat es nicht leicht. Beinah scheint es, als ob er allein gegen alle kämpfe. Er, das Bollwerk gegen die

Steckenschwinger, wie Giovanni die Männer und Frauen mit ihren Handicaps geringschätzig allzu gerne tituliert. Das beschauliche Leben im Dorf mit ein bisschen Tourismus ist vielen hier zu wenig. Nicht nur sein Nachbar drängt ihn, Karner den gewünschten Grund für den Golfplatz abzugeben. Bürgermeister und Wirte versprechen sich durch die Errichtung der Anlage mehr Gäste, mehr Geld, mehr Ansehen.

Vor allem aber wünscht sich der Nachbar Vitus, dass der sture Bauer endlich nachgibt. Anders als Giovanni will der Nachbarbauer sein Erbe schnell in Geld verwandeln, Hof, Wald und Felder verkaufen und sich so rasch wie möglich vom Acker machen.

Vitus hält nicht viel vom Bauersein – aber vermutlich wäre es ihm in Wirklichkeit egal und er würde weiter Schweine und Kühe füttern, Speck selchen und Ziegen melken, bis ihn irgendwann die Frühpension auf die harte Bank vor dem warmen Ofen oder ein Herzinfarkt in ein kaltes, feuchtes Grab hinter der Dorfkirche befördert. Wäre da nicht Martina, seine aus dem weiten Internet ins kleine Tal gelockte Ehegattin, die den Schritt ins Bäuerinnendasein gewagt hat. Sie träumt jedenfalls von einer Finca, Meeresrauschen und blühenden Orangenhainen und hat an Stall, Schweinegrunzen und stinkenden Jauchegruben keinen Narren gefressen. »Wie sich Gummistiefel und Kuhhintern von innen anfühlen, weiß die nicht«, ist sich Giovanni sicher. Dabei wusste die Neo-Bäuerin aus der großen Stadt doch, auf was sie sich einlässt – im kleinen Dorf, inmitten einer ordentlichen Portion Schweinedreck und Rinderscheiße. Martina hat anfangs wohl nur das Geld gerochen, glaubt Giovanni zu wissen. Die antike Erkenntnis, dass dieses nicht stinke, hat sich aber mittlerweile als unwahr herausgestellt.

Was der Herr Nachbar an ihr findet, entzieht sich jedenfalls Giovannis Kenntnis. Sie ist alles andere als hübsch, ja über alle Maßen unsympathisch und überhaupt eine unerträgliche Nervensäge, urteilt Giovanni – der, was Frauenangelegenheiten anbelangt, nicht gerade ein Mann vom Fach ist. Aber das haben Sie sich vermutlich schon gedacht. Lassen wir das Nachbarehepaar in Frieden. Sie sind sicherlich auch der Meinung, dass es sich nicht gehört, unter eine fremde Tuchent zu blicken.

Vitus ist nicht allein im Klub der Golfplatzbefürworter. Auch Bürgermeister Auer gehört zu dieser Partie – zu diesen größenwahnsinnigen 18-Loch-Fanatikern mit den funkelnden Euro-Symbolen in ihren Augen.

Ignatius Auer ist selber Bauer. Wie das Schicksal aber so spielt, liegt sein Besitz leider am falschen Platz. Auers Hof ist zwar der größte im Umkreis von 30 Kilometern, auf der Nordseite des Dorfes, weit abseits von der Tränke mit den Golfmillionen kann er aber nicht direkt am Geldsegen des südlichen Gemeinderandes mitnaschen und ein bisschen Grund zu Gold machen.

Persönlich nicht. Als Bürgermeister der Dorfgemeinschaft glaubt er aber zu wissen, wie der Hase läuft – und vor allem wohin. Der moderne Hase hoppelt nicht mehr über die Felder – das haben die Bauern sowieso nie gerne gesehen. Der moderne Hase flitzt heutzutage mit dem Golfball um die Wette und schwört nicht mehr auf Grün sondern fährt voll aufs Green ab. Für Ignatius Auer jedenfalls ist Golf ein Synonym für Geld.

Giovanni hält nicht viel vom Schickimicki-Bauern-Bürgermeister. Nein – und natürlich hat er ihn auch nie gewählt. Dieser gebe sich nämlich lieber mit Society-Urlaubern ab als mit den Einheimischen. Prostet in Champagnerlaune lieber den urlaubenden Schauspieler-Promis und Promi-Zahnärzten zu, statt mit den Dorfbewohnern im Wirtshaus zu politisieren. Dafür wäre er ja schließlich da, der Auer, meint Giovanni. Er sei ja Bürgermeister und kein Fremdenführer oder Skilehrer, der sich gerne auf ein oder zwei Gläser Prosecco einladen lässt und mit gut betuchten Skihaserln aus den nahen Metropolen Europas rauschend durch die Nächte flirtet. Und so einer sei auch noch Mitglied einer christlich-sozialen Heimatpartei. Pfui!

Bürgermeister Auer lässt jedenfalls nicht locker und keine Gelegenheit aus, Giovanni zu ermahnen, die paar Parzellen an das Karner'sche Golfprojekt abzutreten, und Giovanni erklärt ihm stets, dass er davon nichts hören will, es in der ein oder anderen Angelegenheit doch lieber ein wenig traditionell liebe und seinen Grund und Boden landwirtschaftlich nutze, die Golfschlägertypen nicht leiden könne, gerne seine Ruh hätte und wohin der Bürgermeister sich scheren solle.

Da sehen Sie's, konstruktive Gespräche hören sich anders an.

Unbegreiflich, warum sich der Bauer nur so aufregen kann. Genau genommen spielt er doch selber so etwas wie Golf. »Bauerngolf« nennt er das – und genau genommen ist das auch Teil seiner Arbeit. Im Herbst, wenn die Kühe bereits wieder im warmen Stall im Tal weilen und einem depressiven Winter entgegenkauen, steigt Giovanni noch einmal mit seiner Mistgabel auf. Wenn man den Bauern von der Ferne beobachtet, sieht es dann so aus, als ob er Golf spielen würde. Wieder und wieder kann man ihn beim Abschlag beobachten. Dabei wird er nicht müde dreinzuschlagen und außerdem einen weiten Weg zurückzulegen. Kommt man Giovanni allerdings näher, sucht man vergeblich nach einem Golfball. Stattdessen erblickt man, dass der Bauer mit seiner Mistgabel gegen die Kuhfladen schlägt und die getrocknete Scheiße über den ganzen Almboden verteilt.

Bauerngolf eben. Die natürlichste Form der Düngung – und noch dazu mit einem außerordentlich hohen Funfaktor. Warum sollte man auch die kostbare Scheiße derart konzentriert herumliegen lassen und sie nicht dafür verwenden, einen größeren Teil der Alm damit zu düngen? Und außerdem: Warum sollte man auf dem künstlichen Golfplatz fürs Dreinhauen teures Geld bezahlen? Vergessen Sie das langweilige Herumgeballere in einer Driving Range. Wenn Ihnen langweilig ist, helfen Sie lieber einem Bauern Ihrer Wahl und schießen Sie statt Bälle Kuhfladen durch die Gegend. Das kostet nichts, verschafft Ihnen ein gutes Umweltgewissen und der Bauer kredenzt zur Belohnung auch noch einen guten Schnaps. Das ist Bio in Perfektion – und kommt unserer Spaßgesellschaft mehr als nur entgegen. Warum sind eigentlich Tourismusmanager bisher nicht drauf gekommen? Es ist also doch etwas dran an der sprichwörtlichen Bauernschläue.

Nein? Sie finden das nicht dufte? Haben Sie gar Probleme mit dem Geruch der Golfutensilien?

Zieren Sie sich doch nicht so. Bauerngolfen stinkt bei Weitem nicht so intensiv wie Cabriofahren neben einem frisch gedüngten Feld – und das macht den reichen Feriengästen Jahr für Jahr offensichtlich auch Spaß. Sonst würde man hier an geruchsintensiven Tagen nicht so derart viele mit offenem Dach herumkurven sehen.

»Na, da schau her! Wen treff ich denn hier heroben?«

Giovanni erschrickt und legt den schweren Steinschlögel, den er zum Ausbessern des Zaunes braucht, ins Gras. Mein Gott, der Golfplatzheini. Der Bauer glaubt, er sehe nicht richtig. Als ob er sich eingebildet hätte, Karner lasse ihn auf der Alm in Ruhe.

»Grüß dich, i verkauf nix!«, ist seine knappe Antwort. Mein Gott, warum kann den nicht endlich der Teufel holen, denkt er sich in diesem Moment.

»Ein wahrhaft schönes Plätzchen hast du da. Wunderschön.« Karner geht auf dem schmalen, markierten Bergpfad oberhalb der Almhütte auf Giovanni zu und reicht ihm die Hand. Der Bauer ignoriert den Gruß, spuckt sich demonstrativ in die Hände. Dann greift er wieder nach seinem Werkzeug und beginnt, einen neuen Zaunstempel in den Almboden zu schlagen.

»Wer wird denn so unhöflich sein? Ich wandere ein bisschen durch die Gegend, genieß den warmen Frühlingstag und freu mich einfach, dich zu sehen.«

Giovanni hat während des Schlagens nicht viel gehört – was ihm gar nicht unrecht ist. Er versichert sich, dass der Stempel fest genug im Boden steckt, und geht den Weg hinunter zur Hütte, ohne weiter auf Karner zu achten. Der folgt ihm aber auf Schritt und Tritt.

»Seit wann bist du denn schon auf der Alm?« Karner steht wieder neben dem Bauern.

»Da du mich vor einer Woche noch mit meinen Kühen unten im Tal angetroffen hast, kann es nicht länger als sieben Tage her sein«, gibt Giovanni trocken zurück. Der Landwirt holt aus der Scheune eine Rolle Stacheldraht und steigt wieder auf den Hang auf der Ostseite der Alm.

»Ist das da nicht mittlerweile verboten?«

»Was? Der Stacheldraht?«

»Ja. Ich glaub, das darf der Bauer von heute nicht mehr um seine Alm spannen. Nicht gut für die Kühe, noch schlechter für die Touristen. Gibt es diesen Draht überhaupt noch zu kaufen?«

»Ach was, ich pfeif auf die Vorschriften. Stacheldraht ist des Bauern liebster Zaun. Da fährt der Zug drüber. Er mag vielleicht an der ein oder anderen Staatsgrenze nicht mehr so angebracht sein. Auf der Alm macht er sich gut. Ich hab jedenfalls noch alte Bestände. Die spann ich weiter auf, vor allem da oben am Rande des Abhangs. Sonst fällt mir über die Felswand noch eine Kuh oder ein Wanderer runter.«

Giovanni ist jetzt am Beginn eines steilen Pfades angekommen. »Der Elektrozaun ist mir hier zu wenig, der zwickt nur. Aber über den guten alten, dreifach gespannten Stacheldraht trauen sich so schnell keine Flachland-Touristen oder alpine Kühe drüber.«

Karner blickt in die Höhe. Vor ihm steigt eine leicht überhängende Felswand gut zehn, zwölf Meter senkrecht an – eine graue Bruchstelle inmitten der lieblichen Graslandschaft. Giovanni geht auf einem kleinen, befestigten, kurvigen Pfad links davon bergauf, verfolgt von Alcina und Elvira, die sich da oben bei Giovanni wohl besseres Gras erhoffen.

»Mach du nur weiter, ich will dich bei der Arbeit nicht stören. Ich dreh noch eine Runde und wart auf dich dann hier herunten. Dann können wir vielleicht ein bisschen miteinander reden«, ruft Karner hinauf.

In der Zwischenzeit sieht er sich in der Hütte, im Stall und der kleinen hölzernen Scheune ein wenig um, dann betritt er den Wanderweg, der zur Nachbaralm und schließlich zu einem nahen Gipfel weiterführt.

Karner kostet den Tag in der Höhe aus. Die letzten Wolken haben sich aufgelöst. Kein Dunst, nur blauer Himmel und ein spektakuläres Panorama. Er entfernt sich einen knappen Kilometer von Giovannis Besitz und erhascht dort schließlich einen Blick auf die mächtigen Gletscher. Atemberaubend – ja, hier ist man dem Himmel wirklich ein wenig näher!

Heinz Karner weiß, was er für eine Lebensqualität in den Bergen hat – und vor allem, wie er sie an potenzielle Hauskäufer zu verhökern hat. Dann klingelt sein Mobiltelefon.

»Du hast mich schon zu erreichen versucht? Nein ich bin nicht in der Stadt«, brüllt er in sein Smartphone. »Nein, ich habe den Termin mit der Bank und den Interessenten nicht vergessen. Ja, die Verbindung ist grauslich. Nein, ich marschier dort heute um vier Uhr an. Da kannst du beruhigt sein.« Karners Sekretärin kennt ihren Chef und seine mangelnde Pünktlichkeit. »Jetzt ist es noch nicht einmal zehn Uhr und ich werde erst nach dem Treffen wieder ins Büro kommen. Was hast du gesagt?« Die Telefonverbindung ist schlecht – »Hallo …« – und bricht ab. Die Segnungen der Kommunikationstechnik stoßen hier im Reich von Giovanni und seinen Senner-Kollegen an ihre Grenzen.

Ja, im Nachbartal, dort schaut die Sache ganz anders aus. Dort, rund um das stets wachsende Netz von Skiliften, hat Karner immer eine Klasseverbindung. Die Telekommunikationsunternehmen wissen, dass die Skifahrer beim Warten, während der Auffahrt in der Gondel und auf dem Sessellift eifrig an der Verbesserung ihrer Konzernbilanzen arbeiten. Wegen jeder Nichtigkeit wird das Handy gezückt: Dann wird geplappert, was das Zeug hält, und in sozialen Netzwerken semiwichtiger Tratsch publiziert. Es wird Wetter gelobt oder schlechtgeredet, Pistentipps durchgegeben und täglich neu das Après-Ski-Programm organisiert. Da werden den Eltern an der Waterkant die Vorzüge des alpinen Winters angepriesen, der Kollegin in Rotterdam sadistisch Urlaubsschilderungen live vom Lift durchgegeben und der Ehefrau in Mailand von den endlosen, langweiligen Diskussionen beim verpflichtenden Firmentreffen im hochalpinen Seminarhotel vorgelogen, während das geheim gehaltene, junge Skihaserl nebenbei sitzt und tunlichst ihre Klappe hält. Dort drüben stehen die Sendemasten unweit der Beschneiungsanlagen. Dort kann Karner auch im Sommer problemlos und rauschfrei telefonieren und seine Geschäfte pflegen. Hier herüben aber, hier herüben herrscht jetzt Funkstille. Für Mobilfunkunternehmen gibt es auf dieser Seite des Tales nicht viel zu holen.

Was soll's, für heute Vormittag hat er sich ein paar freie Stunden in seinem Terminkalender freigeschaufelt und beschlossen zu wandern. Vielleicht hätte er ja in dieser Atmosphäre mehr Glück, Giovanni zu bearbeiten. Karner dreht um und geht wieder zurück zur Alm.

»Hast du immer so einen schlechten Empfang bei dir heroben?« Der Golfplatzbauer steht wieder am Fuß der Felswand und ruft zum arbeitenden Bauern hinauf. Giovanni ignoriert den ländlichen Immobilien-Tycoon. Er redet stattdessen Alcina und Elvira gut zu, ja aufzupassen und hier oben auf die Steilheit des Geländes zu achten.

Doch das stellt für die Viecher überhaupt kein Problem dar. Sind sie mit ihren Klauen ausgezeichnete Wanderer und begnadete Bergfexe, die es mit so manchem Extrembergsteiger aufnehmen könnten – vorausgesetzt es gibt auf der Tour auch was zu beißen. Auf den Grasbergen kraxeln die Paarhufer kauend den Gipfelkreuzen entgegen und sorgen gleichzeitig für Landschaftspflege. Jawohl, sie sichern fleißig die alpine Kulturlandschaft!

Während Alcina wieder bergab steigt, vorsichtig Huf vor Huf setzt, quasi als kleinen Wanderproviant mit den Zähnen noch einmal ein Büschel Gras abrupft und sich langsam zu Tatjana und den anderen gesellt, behauptet Elvira ihren exklusiven Platz und beobachtet Giovanni, der die Arbeiten am Abhang gerade beendet.

Elvira scheint die Arbeit ihres Bauern heute genauer begutachten zu wollen. Es sieht beinah so aus, als ob sie sich einbilde, ein Hund zu sein – die Gute schnuppert am neuen Zaunstempel, um sich schließlich verdammt nah an den Draht heranzuwagen. Von wegen Restbestand: Das ist nigelnagelneu gekaufter Stacheldraht, garantiert rostfrei! Der Bauer hat zuvor seinen Besucher angelogen, ohne mit der Wimper zu zucken.

Elvira lässt heute nichts aus. Sie stampft den Abhang entlang, findet genau hinter dem Zaun das für Kuhaugen wahrscheinlich beste und saftigste Grasbüschel der bisherigen Saison, versucht es verzweifelt zu erreichen – und muss beinah aufgeben.

Jetzt strengt sie sich wirklich an, die Arme. Aber dann endlich … Irgendwie schafft das Vieh es, die Köstlichkeit mit den Zähnen zu ergattern und ihren gierigen, ständig unterbeschäftigen Mägen zuzuführen.

Triumphierend und fest kauend dreht sich die Braunweiße mit dem feschen Haarbüschel vielleicht ein klitzeklein wenig zu schnell um – und setzt damit einen Stein ins Rollen.

Karner hört noch etwas krachen, die Felsbrocken, die auf ihn herabsausen, nimmt er auch noch wahr. Um sich in Sicherheit zu bringen, ist es aber bereits zu spät. Seine Mutter hat ihm einst wohl den falschen Rat mitgegeben, dorthin zu sehen, wo man hintritt. »Sei kein Hansguckindieluft«, wurde er immer gemaßregelt, wenn er nach oben blickte, während er vorwärts ging und Flugzeugen auf ihren Wegen zu fernen Zielen und nach Wolken Ausschau hielt. An und für sich ist das auch richtig so, da kann man seiner Mama keinen Vorwurf machen. Irgendwann hat er sich dann dran gehalten und die Augen dorthin gelenkt, wo er mit seinen Füßen hintrat.

Pech. Heute hätte ihm diese Unart vermutlich das Leben gerettet – denn die Felsbrocken, die jetzt herunterdonnern, sind wahrlich nicht von schlechten Eltern.

Nein, es ist nicht sein Tag heute – trotz des arbeitsfreien Vormittags und der herzerwärmenden Wanderung bei feinem Wetter. Am Morgen ist er eindeutig mit dem falschen Fuß aufgestanden, partout jetzt steht er wohl ebenfalls auf ebendiesem. Karner kommt nicht mehr rechtzeitig vom Fleck. Die lange und erfolgreiche Karriere des in der Damenwelt äußerst geliebten, alpinen Immobilien-Maklers endet abrupt an einem wunderschönen klaren Frühlingstag, in knapp 1.700 Meter Seehöhe inmitten der majestätischen Alpen nach lautem Krawall am Fuß einer Felswand – quasi nur einen Steinwurf von Giovannis Almhütte entfernt.

Elvira ist nichts passiert, sie hat die inzwischen wieder versammelte Herde erreicht, säuft etwas Wasser aus der Selbsttränke und setzt sich zufrieden neben ihrer Schwester Zerlina ins Gras – noch immer oder schon wieder dieses göttlich köstliche Gras kauend, das sie dort oben ergattern konnte. Der beschwerliche Ausflug hat sich gelohnt. Ein über alle Maßen großartiger Genuss.

Mein liebes Rindvieh, was willst du mehr?

Geht es seinen Kühen gut,
ist der Bauer wohlgemut.

11. AUS BLAU WIRD SCHWARZ – UND SPÄTER ROT

Unglaublich: Wie sich der Tag, selbst nach dem Genuss von Dosenravioli, schlagartig noch einmal zum Schlechteren wandeln kann

So, alle Zäune im näheren Umkreis der Hütte sind ausgebessert und so weit wieder hergestellt. An der Westseite der Alm gibt es noch ein wenig Arbeit. Dort steht ein elektrischer Weidezaun. Die Pfosten sind in Ordnung, der Draht ist schnell neu gespannt. Es eilt jedoch nicht, da er die Kühe zumindest in der allernächsten Zeit nicht auf diesen Teil der Alm treiben will. Giovanni legt die Werkzeuge in einen kleinen Verschlag in der Scheune, schnauft noch einmal durch und begibt sich in seine Küche. Fein, kurze Kaffeezeit und ein paar Minuten lang die Füße hochlegen!

Löskaffee – Koffeinbrösel, wie er Bauer sie nennt. Gefriergetrocknet, dafür ist die Milch sehr frisch und bio. Mit einer blutroten, an einer Seite abgeschlagenen Tasse betritt der Bauer seine Veranda. Die Glocken seiner Kühe sind zu hören. Alles ist so, wie es sein sollte. Ein Vormittag auf Giovannis Alm.

Dann fällt ihm der Golfplatz-Karner wieder ein. Hat der sich tatsächlich so einfach aus dem Staub gemacht? Ohne weiter nachzubohren, ohne ihm gewohnheitsmäßig auf die

Nerven zu gehen? Ungewöhnlich und gar nicht typisch für die Handlungsweise dieses Unsympathlers.

Dann entdeckt er plötzlich unter sich, an das linke vordere Bein seines Verandatisches gelehnt, einen dunkelblauen Rucksack. Neu, mit drei Extrataschen, einer fixierten, ebenfalls blauen Trinkflasche und mit Gore-Tex gegen Wasser geschützt. Das steht jedenfalls so drauf. Darin steckt eine Aktenmappe mit Vertragsentwürfen und dem Plan der schon bekannten neuzeitlichen, mit Zinnen gekrönten Raubritterburg mit elitärem Klubraum, einer Bar, sanitären Anlagen, Garagen, reichlich Abstellräumen und sonstigen Zimmern, die für weiß Gott was dienen sollen. Glaubt man den Gerüchten im Dorf und beachtet man die geplanten sanitären Anschlüsse, spricht alles für einen von Einheimischen und Touristen gleichermaßen seit Jahren lechzend geforderten, alpinen Puff. Offiziell würde das Karner allerdings nie sagen.

Komisch, wo ist eigentlich der Karner? Der würde sicher nie sein Allerheiligstes, das er in einem schnöden aber praktischen Wanderrucksack auf den Berg geschleppt hat, einfach so zurücklassen.

»Karner! Karner, wo bist du?«

Giovanni nimmt einen Schluck aus seiner Kaffeetasse, sucht in Hütte, Stall und Plumpsklo nach dem Besucher.

Nichts.

Der Bauer hebt den Rucksack auf und stellt ihn in seine Küche. »Der wird sich schon wieder melden«, sagt er laut zu sich selbst. Dann geht Giovanni wieder ins Haus und widmet sich penibel der obligaten Hygiene seines Melkwerkzeuges. Er wäscht das Melkgeschirr, macht alles für die heutige Milchabholung am Nachmittag fertig und schlachtet schließlich eine Dose mit Ravioli.

Die blaue Büchse mit einem vielversprechenden Bild eines Tellers voll köstlicher Pasta ist von der alten Sorte und nicht so mir nichts dir nichts mit einem eingearbeiteten Clip zu öffnen. Doch wenn der Bauer am einsamen Leben etwas hasst, dann ist es das Essen von Fertiggerichten.

Giovanni ist kein großer Koch. Tagein, tagaus Käse- und Speckbrot sind aber nicht das Wahre. Schmarren, Nudeln und Omeletten, Kartoffeln und Polentagerichte – die Klassiker eben – bekommt er ganz gut hin. Würstel oder Ähnliches sind auch keine allzu große Herausforderung, Dosenfutter aber ist praktisch, geht schnell – und macht satt. Ob das Fleisch vom Schwein, Pferd oder Gnu stammt, ist ihm wurscht. Wie bereits gesagt: Es macht satt.

Giovanni schneidet sich noch zwei Scheiben Schwarzbrot ab, das auch schon bessere Tage gesehen hat, und stellt sein Mahl auf den Tisch auf der Veranda. Vom Brunnen wird noch schnell ein Glas Wasser geholt, fertig ist die mittägliche Kalorienzufuhr. Er nimmt hinter dem schmalen Tisch auf der Vorbeibank Platz und greift zur alten, ziemlich verbogenen Gabel. »Mahlzeit«, Augen zu und durch.

Als er mit dem letzten Brotstück den allerletzten Rest der roten Soße vom Teller wischt, fällt ihm Karner wieder ein. Sein heutiger Besuch und sein plötzliches Verschwinden lassen Giovanni keine Ruhe. Was der alte Schlawiner wohl wieder im Schilde führt?

Eigentlich will er ja wirklich nur ein kleines Stück Land von ihm erwerben. Der Großteil des Golfprojekts würde sich ja auf dem Nachbargrundstück abspielen. Jungbauer und Internettussi-Gatte Vitus könnte so sein ganzes Erbe zu 16 bis 17 Löchern verwandeln und auf sein Inselreich in der ewigen Sonne flüchten. Sogar ein Teil des Klubhauses hätte noch auf Nachbars Scholle Platz. Giovanni müsste nur das Fleckchen für die restlichen ein bis zwei Löcher dazu beisteuern, die Fläche für den Parkplatz und die paar Quadratmeter Boden für ein paar der elitären Türmchen und zweckmäßig eingerichteten Bordellgemächer, auf dass man endlich im Dorf dem Golfspiel frönen und die Laterne mit dem roten Lichtlein entzünden könne. Jeder hätte dann seinen Spaß.

Das kleine bisschen Grund. Ist ja nicht viel. Es stimmt schon, in Wirklichkeit täte ihm der Verkauf ja gar nicht weh.

Nein. Dass er verkauft, kommt nicht infrage. Dem Landwirt obliegt die Landschaftspflege. Und er schaut darauf, dass die alte Kulturlandschaft das bleibt, was sie ist. Auslaufplatz und Futterlieferant für sein kauendes Kollektiv. Keine dubiose Gesellschaft, diese ganze Bagage denkt nur ans Einlochen. Wenn es nach ihm geht, wird aus dem Dorf keine Mischkulanz aus Pebble Beach und St. Pauli. Punktum.

Giovanni befindet, dass es wieder Zeit sei, nach seinen Lieben zu sehen. Schon von Weitem bemerkt er, dass sich gut die Hälfte seiner Rinder am Felsen versammelt hat und nahe beieinander steht. »Da wächst ja nicht gerade viel, was suchen die Mädels wohl dort?«

Schneeflöckchen und Elvira versperren Giovanni zuerst noch die Sicht. Etwas Bläuliches scheint dort auf dem Boden zu liegen. Etwas, das die Aufmerksamkeit seiner Rinder auf sich lenkt. Der Bauer kommt ein paar Schritte näher – als sich das Blaue aber als Wanderjacke herausstellt, die ein offensichtlich lebloser Karner trägt, wird Giovanni kurz schwarz vor Augen. Er läuft los, verscheucht die Kühe und steht schließlich direkt vor dem Malheur.

Blut, überall Blut.

Heinz Karners Kopf ist voll davon. Von seiner klaffenden Wunde am Schädel weg hat sich ein kleines rotes Bächlein gebildet, das hinter der automatischen Viehtränke vermischt mit Wasser und Rinderpisse allmählich an Farbe einbüßt.

Giovanni kniet neben seinem Besucher. Schüttelt ihn, sucht einen Puls, zippt ihm die Jacke auf und führt sogar sein Ohr ganz nahe an das Herz des Darniederliegenden. Das hat aber schon lange aufgehört zu schlagen.

»Tu mir das nicht an! Nicht auf meiner Alm!« Giovanni fuchtelt wieder mit seinen Armen, versucht die Fliegen rund um den Leichnam zu verscheuchen, ohne auch nur die geringste Chance zu haben. Dann steht er auf, um die Szenerie zu überblicken. »Wie ist das passiert? Was ist hier zum Teufel noch mal geschehen?«

Die Kühe verweigern freilich eine Antwort, verlassen jetzt langsam den grausigen Fundort und pilgern unter angenehmem Glockengebimmel neuen Gräsern und Kaufreuden entgegen. Irgendwie muss sie der leblose Körper angezogen haben. Blau gekleideter Mensch, im Dreck liegend und ganz in der Nähe der Viehtränke befindlich … Als die Damen aber feststellen müssen, dass damit keine Verbesserung ihrer an und für sich ja idealen Situation an einem derart schönen Tag mit reichlich Frischfutter und Wasser zum Runterspülen verbunden ist, wenden sie sich ab. Was geht sie das schließlich an?

»Was war hier los?«, brüllt ihnen Giovanni noch einmal nach. Recht bald sind aber die Steine und eigentlich gar nicht übermäßig großen Felsbrocken rund um die Leiche als eindeutige Ursache des Schlamassels erkannt. Karner wurde von mehreren Steinen getroffen. Unter der am Morgen sicherlich schönen blitzblauen Jacke, die jetzt durch Staub und Erde verdreckt ist, kann der Bauer ja nichts erkennen. Aber der Kopf sieht fürchterlich aus. Ein ganz spitzes Ding dürfte der eigentliche Übeltäter gewesen sein. Mitten hinein in den Schädel. Ganz so, als ob der erbarmungslose Amor oder ein hinterlistiger Scharfschütze genau gezielt hätten. Giovanni ist kein Gehirnchirurg, trotz des Laienstatus aber so weit Fachmann, um zu erkennen, dass da wohl nichts zu machen war. Zu keiner Zeit.

Übel. Keine Chance, bei so einem Loch – da können Sie sich sicher sein. Giovanni bekommt Einsicht auf Inhalte, die normalerweise von Knochen, Haut und, wenn man als Mann im wachsenden Alter Glück hat, auch von Haaren verdeckt werden.

»Nein, nicht auf meiner Alm!« Giovanni ist verzweifelt und setzt sich neben den Leichnam. Gleich neben die Ameisen, die bereits in Massen das vielversprechende Ziel – den Hit des Tages quasi – anvisiert haben, schnurstracks und schier ohne Unterlass auf den toten Karner zumarschieren. Mit jeder Menge Arbeitseifer und bereit, um auf der Via Formicidae quasi direttissima dem Schlaraffenland entgegenzuschreiten. Hier ist etwas los, das können Sie sich nicht vorstellen. Rund um den toten Karner ist förmlich das Leben erwacht.

Auch bei Giovanni werden alle Körperfunktionen hochgefahren, schlagartig setzt die Panik ein. Der Bauer rennt zurück in seine Hütte und holt das Handy aus der Truhe. Ich muss die Gendarmerie anrufen. Die Eingabe des PIN-Codes ist noch verheißungsvoll, Giovanni wartet auf die Darstellung des Antennensymbols auf seinem Display. Ein Strich – und das war's, denn die kleine punktierte Linie erlischt bald wieder. »Nein, das jetzt auch noch.

Kein Empfang, ich muss weiter runter ins Tal.« Giovanni greift nach dem Autoschlüssel und öffnet seinen blauen Subaru mittels Fernbedienung bereits auf der Veranda. Ein paar Kehren nach unten fahren, dann kann er telefonieren. Ungefähr dort, wo der Molkerei-Lkw seine Milch abholt, geht es eigentlich immer.

Giovanni startet den Wagen, dreht um – und steigt abrupt auf die Bremse.

»Die werden mir das nie glauben.«

Trotz der geschlossenen Fenster, des laufenden Motors und der beträchtlichen Entfernung dürften diesen Ausruf wohl auch die Kühe mitbekommen haben.

»Die werden mir das nie glauben«, hört man noch einmal. »Karner kommt auf meiner Alm um. Ich reg mich schon Monate lang über ihn auf, will von seinem Golfplatz nichts wissen und heiße ihn im Dorf weiß sonst was. Die glauben mir nie, dass das ein Unfall war. »

Dumm gelaufen. Es ist nun mal so, dass Giovanni in der letzten Zeit kaum eine Gelegenheit ausließ, um über den Immo-Karner herzuziehen. Das laute Gebrüll auf der Straße drunten im Dorf, die Drohungen gegen ihn beim obligaten Umtrunk in der nahen landwirtschaftlichen Genossenschaft – mit einer Flasche Bier in der einen Hand, dem versammelten Landwirtkollegium zuprostend, mit der anderen wild gestikulierend, um seine zweifelhaften Argumente gegen das Golfplatzprojekt damit zu unterstreichen.

Sie werden sich jetzt natürlich denken, der Giovanni trägt schon selbst Schuld an seiner Misere, dieser impulsive, hirnverbrannte Depp hat sich die Suppe selber eingebrockt. Er war doch so verdammt blöd und wünschte dem Golfplatzbauer weiß Gott was an den Hals, wollte ihn wiederholt dorthin schicken, wo der Pfeffer wächst, ja, wünschte sich sogar, ihn tot zu sehen. Wenn er doch endlich die Radieschen von unten sehen würde, hat es da unter anderem geheißen. Und nicht genug: Der rede ja so viel, bei dem müsste man das Mundwerk noch separat erschlagen, damit er endgültig eine Ruh gebe.

Ja, genau das hat er gesagt. Ziemlich lautstark noch dazu. Das war nicht gerade schlau – und kaum zwei Wochen her. Nicht beim Stehbier nach dem Einkauf von Tierfutter, sondern beim professionell gezapften Pils im gut besuchten Gasthof zum springenden Hirschen. Warum muss er nur immer so aufbrausend sein, der Giovanni? Das ist nun aber wirklich saublöd gelaufen. Der Bauer hätte besser seine Klappe gehalten.

»Was mach ich jetzt bloß?« Der Wagen hüpft nach vorn und stirbt ab, Giovanni vergisst, dass er die ganze Zeit auf der Kupplung stand und den Gang schon lange eingelegt hat. Er steigt aus und lässt den Wagen mit offener Tür stehen – direkt vor dem Stall. Dem Bauern wird allmählich klar, dass er sich damals beim Hirschen ordentlich geirrt hat. Mit einem toten Karner hinter der Hütte hat er jetzt alles andere – nur keine Ruh.

»Die Leiche muss weg. Wenn der Karner nicht gefunden wird, wird keiner auf mich kommen.« Der Bauer hat sich wieder ein wenig gefangen. Ja, das ist Giovanni. Ein echter Optimist, selbst in der allerdunkelsten Stunde.

Bloß wohin mit dem Kerl? Ohne eine Antwort auf die Frage des Tages zu kennen, organisiert sich Giovanni schon einmal prophylaktisch eine Schaufel. Vergraben ist wohl das mit Abstand Beste. Einfach Gras drüber wachsen lassen. Karner wird den Leuten zwar abgehen, aber finden werden sie ihn nicht. Vielleicht weiß niemand, dass er auf dem Berg war. Vielleicht hat ihn ja heute niemand gesehen. Vielleicht …

Wo er wohl sein Auto geparkt hat?

Die Leiche muss nur schnell weg. Drüben an der alten Wildbachverbauung hat sich reichlich Sand abgelagert. Gut: Da wäre sie schnell verbuddelt und weg vom Licht. Schlecht: Wer weiß schon, vielleicht kommt sie beim nächsten Hochwasser wieder an die Oberfläche, taucht nach einem Murenabgang sprichwörtlich wieder auf. Man ist überrascht, was das Wasser alles in Bewegung zu versetzen vermag. Außerdem könnte es sein, dass die Ablagerungen aus Sicherheitsgründen rausgeholt werden müssen – und dann hängt der Immo-Karner halbverwest und für alle sichtbar von der Baggerschaufel. Eindeutig suboptimal! Also – dieser Vorschlag ist zu vergessen.

Neue Alternative: Oben, bereits in der Latschenzone ein Loch graben und die Leiche dort versenken. Da geht weit und breit kein Wanderweg vorbei. Die Kühe kraxeln dort auch nicht allzu oft rauf und Beerensucher zieht es mangels runder Objekte der Begierde ebenfalls nicht auf diesen Teil des Berges. Die Stelle liegt derart abgelegen, dass er zudem während des Grabens angenehm ungestört wäre.

Nicht blöd. Aber wozu ein Loch graben, wenn es da oben bereits eine Menge fix und fertige Löcher gibt. Im karstigen Gelände hat die Natur Giovanni viele Ponore geschenkt. An mehreren Stellen verschwindet das Wasser in unterirdischen kleinen Höhlen – und genau so ein Loch, eigentlich ein Loch in einem Loch, hält der Bauer für das ideale Versteck. Dort kann er die Leiche deponieren.

Als Kind ist er darin herumgekraxelt. Immer schon musste man achtgeben, dass die Kühe ja nicht zu nahe an diese gefährlichen Hohlräume herangrasen. Sie glauben ja nicht, wie schnell sich bei einem Fehltritt ein Rindviech darin einen Haxen bricht.

Giovanni kann damit zwei Fliegen mit einer Klappe schlagen. Er verscharrt den Grundstücks- und Immobilienmakler in Grund und Boden und schließt mit Steinen und Erde gleichzeitig eine Gefahrenstelle auf der Weide. Dem Bauer und seinen Kühen ist damit gleichermaßen geholfen.

Giovanni sieht auf die Uhr. Verdammt, fast hätte er vergessen, die Milch zum Sammelpunkt zu bringen. Er darf heute nur nicht auffallen. Wenn seine gekühlten Milchbehälter nicht an der Weggabelung wären, würde genau das passieren. Irgendetwas wäre faul in Giovannis Einschicht. Und wenn die Bullen vielleicht zum Fragen anfangen, weiß man ja nie, was dabei herauskommt.

Schnell holt er die große blaue Abdeckplane aus dem Stall. Er breitet sie über die Leiche und beschwert die Ränder mit wuchtigen Steinen. Normalerweise kommt hier tagelang niemand vorbei. Giovanni hofft inständig, nicht das Pech zu haben, an einem Tag von zwei Besuchern gestört zu werden. Er koppelt den Milchanhänger an sein Auto und macht sich auf den Weg.

Bereits nach einer Kehre sieht er, wie ein Laster vom Tal herauf kommend Staub aufwirbelt. Das war knapp. Der Molkerei-Express ist heute pünktlich auf den Weg durch die Almlandschaft.

Beinah gleichzeitig treffen der Bauer und der Milchfahrer am vereinbarten Treffpunkt ein, an dem bereits der Milchtank von einer Nachbaralm wartet.

»Hast heute wohl ein Nickerchen gemacht«, analysiert Eckehard das späte Erscheinen des Bauers. »Gemolken haste wohl hoffentlich schon am Morgen.« Der Molkereilieferant kommt aus dem Osten des ehemaligen Deutschlands und ist Teil der neuen teutonischen Völkerwanderung. Arbeitsplätze im Osten sind rar. Viele seiner Landsleute waren nach der deutschen Einheit gezwungen, sich fern der Heimat eine neue Lebensgrundlage aufzubauen. Sein Cousin ist als Tischler irgendwo bei den skandinavischen Seen gelandet, die Tochter seines ehemaligen Nachbarn kellnert an der Costa Brava und sein Bruder verkauft Flugtickets in Brunsbüttel. Lacto-Eckehard, wie ihn viele Bauern nennen, fand seinen Job in den Alpen und fährt jetzt just Milch durch die Gegend, wo andere gerne Ferien machen.

Giovanni mag den quasselnden Zuwanderer an sich gern, gesellt sich auch dann und wann zu ihm an den Tisch beim Hirschenwirt. Heute kann er ihn aber schon gar nicht gebrauchen. Eckehard lobt das schöne Wetter, vergleicht es wie gewohnt mit den schlechteren Prognosen seiner Geburtsstadt Halle an der Saale und macht sich langsam daran, die Milch aus den Edelstahlbehältern des Nachbarbauern zu saugen.

Alle zwei Tage führt ihn seine Tour durch dieses Gebiet. Im Gegensatz zu seinen Fahrten in den kälteren Jahreszeiten, die ihn ausschließlich durch die Täler führen, trifft er momentan auf seinen Almtouren nicht gerade auf viele Menschen. Umso mehr nutzt er jetzt die Gelegenheit, mit Giovanni über Gott und die Welt zu quatschen. Er pafft eine Zigarette, spricht sogar das Golfprojekt im Tal an – und bringt Giovanni allmählich zur Verzweiflung. Der Bauer sitzt auf heißen Kohlen, nickt, sagt zu allem ja und Amen, bis sich der Deutsche endlich seiner Milch widmet.

»Du, wenn du nichts dagegen hast, komm ich dich auf deiner Alm einmal besuchen.« Giovanni kann es gar nicht fassen. Jetzt ladet der sich auch noch selber ein. »Morgen hätt' ich frei. Haste denn was dagegen?«

»Morgen von mir aus, heute hab ich es aber ein wenig eilig. Ich muss dringend wieder rauf zu meinen Kühen.«

Eckehard zündet sich eine zweite Zigarette an, erzählt von seinen morgendlichen Blähungen – und scheint dann endlich zufrieden, alles angebracht zu haben, was ihm in diesem Augenblick in den Sinn kommt. »Ich freu mich darauf, soll ich dir was aus dem Tal mitbringen?«

»Danke, ich muss sowieso übermorgen wieder runter.« Giovanni zittert immer mehr. Das Nervenmetronom hat während der letzten Minuten einen ganz neuen Takt angeschlagen und so mancher Arzt hätte beim Messen seines Pulses wohl schon lange das Zählen aufgegeben.

»Dann bring ich uns eine Jause mit.«

Giovanni, dem seit seinem Ravioli-Lunch der Appetit kräftig vergangen ist, sitzt bereits wieder im Subaru. »Ja, komm am Nachmittag, da bin ich hoffentlich mit allem fertig.«

Ob er wirklich zu diesem Zeitpunkt fertig ist? Mit den Nerven wird er es auf alle Fälle sein.

Der Bauer hat bereits wieder Sicht auf seine Alm. Er fährt um die letzte Kehre. Rund um die Hütte scheint jedenfalls alles ruhig zu sein. Ausgerechnet heute vergisst Giovanni beinah, den Tank abzuliefern und muss den schusseligen, ewig plappernden, Milch durch die Gegend fahrenden Himbeertoni auch noch an der Sammelstelle antreffen. Ausgerechnet heute ist diese Quasselstrippe auf die Minute pünktlich, hat deshalb Zeit ohne Ende und lässt einfach nicht locker. Um kein Aufsehen zu erregen, muss er sich die aufgeblähten Geschichten über den Gesundheitszustand des Lastwagenfahrers ohne Murren anhören. Er weiß von dessen Lactoseunverträglichkeit. Darf er halt am Vorabend nicht die Berge von Bergkäse zum Bier hinunterschlingen.

Giovanni hat jetzt andere Sorgen. Der kleine Mann im dreckigen Blaumann hat inzwischen ordentliches Fracksausen.

Der Bauer wagt es gar nicht zur Leiche hinüberzugehen. Hier kann er momentan nichts tun. Er kuppelt den Milchanhänger von seinem Geländewagen ab, holt sich die Schaufel und fährt wieder los. Er will hinauf zu den Ponoren. Durch diese Hohlräume sickert das Regenwasser in den Karstschichten ab.

Er fährt mit dem Auto, so weit er kommt, steigt noch einmal zehn Minuten lang zu Fuß bergauf, bis er auf einer kleinen Hochebene anlangt. Dort ragen über eine Fläche von mehreren Fußballfeldern immer wieder Gesteinsschichten in die Höhe. Dazwischen tut sich die Erde auf. Hunderte von kleinen, aber zum Teil auch meterweiten Löchern geben die Sicht ins Innere der Welt frei.

Diese Karstschlucklöcher sind das ideale Versteck für Giovannis Problem – und das über alle Maßen ideale Kuhloch ist bald gefunden. Eineinhalb Meter unterhalb der Öffnung haben sich mehrere weitere Hohlräume gebildet, die seitlich in den Fels weggehen. Auf der östlichen Seite öffnet sich ein schmales Loch nur leicht abfallend ins Erdinnere, bereit, den Immo-Karner aufzunehmen. In Kindertagen hat sich Giovanni darin versteckt. Der Tote ist zwar größer, als es der kleine Hüterbub damals war, darin Platz finden wird er allerdings allemal.

»Gott verdamm, da musst du rein!«, sagt Giovanni zu sich. Er hat vor, den Leichnam in die tiefer gelegene, zweite kleine Karsthöhle einzubringen und dann den Eingang mit Steinen und Erde zu verbarrikadieren. Zum Schluss wird er noch die obere Öffnung schließen. Kein Schwein würde Karner je dort finden, der seine feine hochalpine Privatkatakombe erhält.

Dafür, dass dem Bauer keine Schuld am Tod des Golfplatzbauers trifft, ist dieser Aufwand wirklich sehr anständig. Wer weiß, vielleicht wird Giovanni – wenn einmal Gras über die Sache gewachsen ist – an Karners Todestag hier ein Kerzerl anzünden. Bis dahin ist es aber noch ein harter, langer und überaus steiniger Weg. Jetzt muss zuerst mal die Leiche hier herauf.

Giovanni markiert mit seiner Schaufel das Idealloch und macht sich wieder auf dem Weg zum Auto. Bergab braucht er kaum fünf Minuten, bis er den Subaru erreicht. Wie soll er die Leiche nur vom Auto zum Grab bringen?

Hier ist guter Rat teuer. Heraufziehen hinterlässt zu viele Spuren, eine Schubkarre nur eine, aber auch verräterisch. Er wird den Körper schleppen müssen. Tja, jeder hat sein Bündel zu tragen.

Was für ein Tag!

Grüne Wiesen, schönes Wetter,
wird auch bald der Bauer netter.

III. RIGOR MORTIS – WENN'S IRGENDWO HAKT, DANN ABER RICHTIG

Nervenaufreibend: Über die Schwierigkeiten, die sich dabei ergeben, wenn man beabsichtigt, einen Golfer einzulochen und dessen Spuren zu verwischen

Gottlob, den Kühen geht es gut. Schneeflöckchen hat sich an Zerlina angekuschelt. Fiona kaut zufrieden eine Portion Gras und Carmen hält ein kleines Nickerchen. Giovanni versucht Stress so gut wie möglich von seinen Rindern fernzuhalten, aber das Ableben Karners scheint sie sowieso nicht allzu sehr gestört zu haben.

Der Bauer nimmt die Steine von der Plastikplane weg, bevor er sie langsam einrollt. Die Sachlage hat sich nicht verändert, warum sollte auch ein Wunder passiert sein: Nachdem es Karner nicht erging wie einst Lazarus, bleibt Giovanni nichts anderes übrig, als mit dem Abtransport der Überbleibsel des einstigen Störenfrieds zu beginnen. Das Auto steht mit offenem Heck neben der Leiche, Giovanni blickt auf den Körper. Getrocknetes Blut.

»Was für eine Bescherung!«

Er holt eine neue Plastikfolie aus dem Haus und legt sie im Laderaum seines Geländewagens aus.

»Das wird eine Schweinerei!«

Giovanni geht in die Knie, nimmt Karner bei den Füßen und zieht ihn zum Kofferraum.

»Verdammt, der ist schon steif.«

Darauf war der Bauer nicht vorbereitet: Rigor mortis, die Leichenstarre. Und die hat bereits eingesetzt. Seit dem verhängnisvollen Augenblick ist bereits zu viel Zeit vergangen – die Sache mit dem Milchwagen, die Suche nach dem Katakombeneingang und Giovannis ausgiebige Mittagsruhe. Angenehm warm ist es auch gewesen. So sind halt nun mal die Naturgesetze. Nicht, dass das die Insekten gestört hätte. Die haben sich an dem Immo-Karner gütlich getan und in den vergangenen Stunden fleißig zugegriffen. Giovanni aber hat jetzt seinen Salat. Die Angelegenheit würde alles andere als einfach werden.

Der Bauer zieht den steifen Körper auf die Ladefläche und schiebt ihn allmählich ins Auto. Dass die Plane ohne Unterlass verrutscht und das Wageninnere mit Blut und Erde verdreckt werden, ist in Stunden wie dieser nur mehr eine unbedeutende Nebensache. Giovanni greift nach einer Wolldecke, die er immer im Auto bereithält, breitet sie über der Leiche aus und verbirgt Karner wieder einmal vor der Welt. Dann schließt er die Hecktür und blickt noch einmal auf den Ort des Todes. Die Leiche ist zwar wieder so weit versteckt, der Fleck unter dem Abhang gleicht aber einem Katastrophenschauplatz. Steine, Geröll, Blut.

»Gott verdamm, ich muss das auch noch beseitigen.« Die eine Schaufel ist oben im Karst, die zweite aber schnell hinten im Stall gefunden.

Das Beste ist es sicherlich, den blutigen Dreck mit der Leiche im Ponor verschwinden zu lassen. Giovanni besorgt sich vier Plastikkübel und schaufelt das mit Karners Blut besudelte Erdreich nebst einiger, recht frischer, Kuhfladen hinein. Das muss fürs Erste reichen. Mit der

Schaufel glättet er wieder den Boden. Wenn Karner und der Inhalt der Eimer entsorgt sind, würde er die letzten Spuren mit Wasser wegschwemmen und hier wirklich reinen Tisch machen.

Der Bauer fährt wieder so weit wie möglich mit dem Auto bergauf, muss den Subaru aber vor der extrem steilen Stelle anhalten. Ein kleiner Wanderpfad zieht sich in Serpentinen hinauf bis zum flachen Ponorfeld.

Still ist es hier oben, ein paar Dohlen kreisen unter dem immer noch blitzblauen Himmel. Giovanni hat aber keine Zeit, um auf die Umgebung zu achten. Jetzt versucht er, die Leiche auf seine Schultern zu wuchten.

An und für sich war Karner ja kein schwerer Mensch – und Gott sei Dank ist Giovanni trotz seiner schmächtigen Körpergröße nahezu ein Paradebeispiel von einem Kraftlackl. Der mittlerweile sprichwörtlich wie ein Brett steife Körper Karners ist aber alles andere als leicht zu schultern. Giovanni plagt sich den Berg hinauf, muss immer wieder anhalten und den Leichnam absetzen. Einmal kommt dieser sogar leicht ins Rutschen. Unmöglich, die Strecke zu schaffen, ist er überzeugt.

Jetzt ist der Bauer fix und fertig. Er legt die Leiche neuerlich ab, schiebt sie in eine kleine Mulde, damit sie nicht wieder den Hang hinunterkollert und die bisherige Plackerei nicht umsonst war.

»Was soll's, ist eh schon alles Wurscht.«

Genau, jetzt ist es passiert. Giovanni spricht mit dem toten Karner.

»Hier wird dich schon derweil niemand suchen.«

Der Bauer steigt wieder zum Auto hinab. Gott sei Dank ist das Abschleppseil kein Bestandteil einer Prioritätenliste, sondern liegt allzeit im Wagen bereit. Giovanni bindet die Schnur um die Leiche und zieht diese langsam die restliche steile Strecke hinauf. Um die Schleifspur, die sich durch Erde und über das Gras zieht, würde er sich nachher kümmern. Auch ein paar Enziane müssen aufgrund des makabren Leichenzuges heute wohl dran glauben. Einige Brunellen werden entlang des Almenkondukts ebenfalls nicht mehr blühen dürfen. Kollateralschaden eben.

Endlich, da hinten sieht er die Schaufel stecken. »Dort ist dein Loch«, sagt er zu Karner. Bald ist er am Ziel. Nur mehr wenige Meter, dann hinab in die Erde.

Giovanni spürt ein stattliches Maß an Euphorie aufkommen und hievt den Toten vor die Öffnung. Das Seil bindet er gar nicht mehr los. Er steigt in das obere Loch und zieht an Karners Oberarmen. Zieht mit aller Kraft. Die Leiche kippt einem Brett nicht unähnlich nach unten. Giovanni lässt nicht locker und versucht, den Körper in das zweite Schluckloch zu zerren. Zuerst zieht er, dann schiebt er. Mit aller Kraft. Doch dann ist Schluss.

»Gott verdammt!«

Zu wenig Platz.

Wie gesagt, Immo-Karner war nicht allzu schwer, gegen Fettleibigkeit hatte er stets ein ausreichendes Trainingsprogramm parat. Bergwandern war sein Ding, Mountainbiken und im Winter Langlauf – ein Ausgleichsprogramm, das sein Gewicht stets im Idealoptimalbereich sichern konnte. Von seiner heimlichen Liebe, dem Power-Yoga, hat er aber niemandem etwas erzählt, der alte, selbstverliebte, mit einem großen Quantum an Alpincharme ausgestattete Macho. Karner aber war fast zwei Meter groß – und dieser lange steife Körper will partout nicht um die

Ecke in das zweite Loch. Giovanni würde weiß Gott was geben, wenn der lange Lulatsch etwas kleiner und gerade jetzt leichter biegsam wäre.

Es ist einfach zu eng hier. Er drückt und schiebt, es gelingt ihm jedoch nicht, den Leichnam in die gewünschte Position zu befördern. Giovanni haut mit der Schaufel auf Karner ein. Wut und Verzweiflung scheinen das Unmögliche erreichen zu wollen. Er haut schon wieder drauf und versucht anschließend erneut zu schieben.

Hauen, stoßen, schieben.

Zwischendurch hört er es zwei-, dreimal laut knacken. Gott weiß, was er dem Unschuldigen jetzt noch alles gebrochen hat. Inzwischen hat er aber erkannt, dass seine ersten Schätzungen viel zu optimistisch waren. Der ganze Golfplatzbauer passt einfach überhaupt nicht in das an sich praktische, verborgene zweite Loch hinein.

Die Lage wird sichtlich unappetitlicher, eine genaue Vorstellung vom einst reschen und feschen Touristinnenverführers sollten Sie sich nicht mehr machen. Die Situation ist festgefahren.

»Verdammt, ich hätte das doch besser der Gendarmerie gemeldet.«

Schlau erkannt, aber inzwischen viel zu spät, lieber Giovanni. In seinem Kopf scheint sich jetzt alles zu drehen. Er lässt die Schaufel fallen und setzt sich auf den Boden. Die Beine Karners stehen neben ihm noch aus der Öffnung heraus. Nicht im rechten Winkel, sondern leicht schräg. Schätzometrisch 40 bis 45 Grad dürften es sein.

Wenn Sie jetzt genau hinschauen, hat Giovanni alle Farbe in seinem Gesicht eingebüßt. Beinah so wie der Tote im Loch nebenan. Der bleiche Bauer sitzt neben zwei in einer hellgrauen, aber stark verdreckten Wanderhose steckenden Beine und ebenfalls nicht mehr reinen, roten, halbhohen Treckingschuhen. Es dauert nicht lange, bald ist Giovanni in den Sphären des, zumindest vorübergehenden, Wahnsinns angelangt. Seine Ideen jedenfalls zeugen davon. Das passiert in derartigen Situationen schnell, da machen Sie sich keine Vorstellung von!

»Ich brauch eine Axt, der muss rein ins Loch.«

Das Schicksal scheint gnadenlos, aber nicht ganz ohne Ironie zu walten, soll der Golfplatzbauer zum Schluss quasi selber eingelocht werden. Giovanni lacht. Diese Idee gefällt ihm. Wieder eine Tatsache, die über den momentanen psychischen Zustand des Senners Bände spricht – so richtige Riesenwälzer.

Logisches Denken scheint in dieser festgefahrenen Lage nicht mehr en vogue zu sein. Wenn er hier irgendwo eine einfache Grube ausheben würde, käme er gar nicht in die Situation, ein Beil schwingen zu müssen – außerdem wären ja noch genügend andere Löcher zum Ausprobieren verfügbar. Das ist in einem derartigen Karstgebiet nun mal so. Ein Schlaraffenland für jemanden, der eine Leiche zu entsorgen hat. Ein Mafiakiller würde sich alle zehn Finger nach so einem Feld ablecken. Irgendwo würde der Golfer schon seinen Platz finden.

Aber wie gesagt, bei Giovanni ist mittlerweile Hopfen und Malz verloren. Unter lautem Stöhnen steht der Leichenentsorger vom Boden auf und macht sich wieder einmal auf den Weg zur Hütte. Die Axt steht auf seiner momentanen Prioritätenliste ganz oben.

Die steckt im Hackstock hinter der Almhütte. Blau ist sie, der Stiel aus dunkelblauem Plastik, und hat gewisse Ähnlichkeiten mit einer Streitaxt aus einem Fantasyfilm. In Wahrheit wäre es ihm schlichtweg egal, wie das Beil ausschaut, Hauptsache es ist scharf und zweckmäßig. In derartigen Augenblicken wird jedermann zum Utilitaristen. Er zieht das Werkzeug aus dem Holz, schwingt es ein paar Mal durch die Luft, als wollte er schon einmal trainieren, und holt sich einen Pickel, um damit leichter zur Erde zu kommen, mit der er das Golferloch anschließend abdecken will.

Wieder zurück ins Auto, wieder zurück zum Wanderpfad, wieder hinauf auf den eben eröffneten Karstfriedhof. Giovanni sammelt heute mehr Höhenmeter als ein eifriger Wanderer während einer Wochenendtour. Einen Teil des Weges muss er sowieso immer wieder zurücklegen, um einen Kübel mit Bluterde zum Grab zu schleppen.

Alles ist so, wie es die paar Male schon vorher war. Keine Menschenseele kommt ihm entgegen, niemand stört ihn bei seinem grausigen Tagwerk. Aber ein neues Problem ist im Anzug. Die Dämmerung setzt ein. Langsam knabbern die Berggipfel am hierzulande verkürzten Horizont an der Licht spendenden Sonnenscheibe. Giovanni muss sich beeilen. Er steckt vor dem nächsten Fußmarsch noch die Taschenlampe ein, die er stets im Handschuhfach mitführt. Die Leiche muss heute unter die Erde, koste es, was es wolle.

Kaum schreitet er über die Kuppe und betritt das ebene Feld, hört Giovanni ein lautes Pfeifen. Die Murmeltiere haben anscheinend die bisherigen Ausflüge des Reservebestatters in ihr Revier verschlafen oder sind von einem Tagesausflug in ihre heimatlichen Bauten zurückgekehrt.

»Lasst mir den Karner in Ruh«, schreit er über die Almwiese. »Elende Bagage.« Giovanni brüllt in einer Lautstärke, von der wohl Fußballplatzsprecher in Momenten träumen, in denen die Lautsprecheranlage ihren Geist aufgibt.

Sein Gesicht ist jetzt unnatürlich knallrot, einer reifen Tomate nicht unähnlich. Keine Rede mehr von leichenblass! Der hochalpine Totengräber schreitet wieder an seinen makabren Arbeitsplatz, lässt den im Augenblick nutzlosen Pickel neben das Loch fallen, bindet endlich das Seil vom leblosen Körper los. Und holt mit der Axt aus.

Nein, so etwas hat man hier heroben noch nie erlebt. »Auf der Alm da gibt's koa Sünd«, belehrt uns ein Sprichwort. Im Allgemeinen werden im Zusammenhang mit diesem Sprichwort wohl eher schlüpfrige Sünden der fleischlichen Art in Zusammenhang gebracht. Heute herrscht hier das Grauen. Kommt das Wort Albtraum also doch von Alpen? Schließlich hat man es vor der leidigen Rechtschreibreform doch mit hartem P geschrieben, aber jetzt wird B empfohlen.

Ein paar Mal schlägt er zu. Zuerst schließt Giovanni seine Augen. Weil er aber danebenschlägt und sich beinah selbst am Fuß trifft, geht er noch einmal sehend ans Werk.

Nein! Aus! Schluss!

Sie wollen mit Sicherheit keine weiteren Einzelheiten mehr darüber wissen, wie sich Heinz Karner nunmehr dem Senner präsentiert. Da können Sie sich sicher sein! Giovanni, das Unschuldslamm, wird sprichwörtlich zum Schlächter. Haut drauf, was das Zeug hält. Die kräftigen Hiebe führen zum gewünschten Resultat und Giovanni scheint Gefallen daran zu finden. Alles, was sich in den letzten Stunden in ihm aufgestaut hat, wird in diesen Augenblicken entladen. Er schlägt bedeutend öfter zu, als es nötig wäre. Und Sie können sich weiter sicher sein, dass der einstige Golfplatzbauer jetzt in die kleine Höhle hineinpasst. Hundertprozentig. Hannibal Lecter wäre hingerissen, hätte sich vorab das ein oder andere Gustostückerl reserviert und zur Feier des Tages eine Grillfete steigen lassen.

Kaum zu glauben, was in den Gehirnen von wahnsinnigen Axtschwingern so alles vorgeht: Während er sein Beil schwingt, fällt Giovanni plötzlich Immo-Karners Mobiltelefon ein. Am Vormittag hat er ihn damit herumfuchteln gesehen. Karner hat sich sogar darüber beschwert, keinen Empfang zu bekommen. Giovanni erstarrt. Wenn Karner bald gesucht werde, würde eine Handyortung die Spur auf seinen Berg lenken.

Freilich, die Sache wird immer ungustiöser: Der rasende Bauer sucht zwischen all den Fetzen und von Nichtmedizinern schwerlich deklarierbarer Stückware nach dem Mobiltelefon – und er scheint zumindest einmal an diesem Tag Glück zu haben. Das Smartphone ist wie durch ein Wunder unbeschädigt und durch keinen seiner Schläge zerstört worden. Und es ist eingeschaltet, hat aber derzeit keinen Empfang. Blitzartig weiß der Leichenschänder, wie er damit verfährt. Um damit zu telefonieren, benötigt er gottlob keinen PIN-Code, er würde in der Nacht schon dafür sorgen, dass die letzte Spur nicht auf seine Alm – und was noch wichtiger ist – auf den neu angelegten, eben erst eingeweihten Friedhof heraufführt.

Die Stimmung wird düster – jetzt aber wirklich. Die Sonne wird zur Gänze von den Bergen geschluckt, Giovanni hat die Leiche in der Welt verborgen und schüttet bereits das zweite Loch über den im Untergrund verborgenen Grab zu. Er sammelt Steine, legt sie auf die Stelle, die gerade eben noch einen kleinen Einblick ins Innere der Erde zuließ. Morgen würde er bei Tageslicht wiederkommen und einen Putzhaufen errichten.

Überall auf den Almen stehen solche Steinhaufen. Um bessere Weideflächen zu erhalten, haben die Senner seit Jahrhunderten die Wiesen von groben Steinen befreit, damit Steinmauern gebaut oder einfach übereinander gestapelt und derartige Putzhaufen errichtet. Giovanni nimmt sich vor, bald noch mehr solcher Haufen aufzuschichten, um dadurch seine heutige Tat zu verschleiern. Putzhaufen erzählen viel über eine Alm und geben Einblick in die Vergangenheit. Das Moos, das sich an ihnen festgekuschelt hat, gibt Auskunft auf das Alter der kleinen rustikalen Agrarpyramiden.

Viel sieht er nicht mehr, als er sich auf dem Rückweg zum Auto macht. Das Smartphone hat er eingesteckt, schleppt Kübel, Axt und Pickel mühevoll den Hang hinunter. Giovanni ist fertig, fix und fertig. Die Konzentration lässt nach. Auf dem letzten Weg zur Hütte, in mittlerweile vollständiger Dunkelheit, passiert ihm dann beinah ein Malheur.

Sind Sie schon einmal nur mithilfe des Lichts zweier Scheinwerfer durchs gebirgige Gelände geschaukelt? Da wird Xenonlicht subjektiv gesehen fast zu einer Funzel. Kein richtiger Weg, kaum fester Untergrund, alle paar Meter eine Gefahrenstelle. Unter diesen Umständen ein Auto zu lenken, das ist alles andere als leicht. Beinah wären die enormen Anstrengungen des Tages umsonst gewesen und die Fahrt zur Hütte ein Blindflug in die Tiefe geworden. Nachdem sich der vierradbetriebene Wagen zweimal kurze Zeit selbstständig gemacht hat und Giovanni ihn, wieder unter dem Einsatz einer ordentlichen Menge Adrenalin, im letzten Moment abfangen konnte, erreicht der Bauer schweißgebadet seine Almhütte.

Der Zeitplan für den heutigen Tag wurde ordentlich über den Haufen geworfen. Längst hätte Giovanni seine Kühe in den Stall geleiten und anschließend melken müssen. Umso erfreuter ist er, als er seine Lieben quasi in einer Schlange stehend vor der Stalltüre warten sieht. Hätte er die Türe nicht verschlossen, wären die Mädels bereits hineingepilgert.

Ein kurzer Gruß, ein paar zärtliche Streicheleinheiten. Endlich wieder ein wenig Routine. Der Bauer greift nach den Melkgeschirren, schließt Zitze um Zitze an den Melkbechern an und lässt die Vakuumpumpen ihre Arbeit verrichten. Nach musikalischer Begleitung steht ihm heute nicht der Sinn, seinen Kühen scheint der akustische Klangteppich während der Melkprozedur aber ein wenig abzugehen. Ihr Chef hat andere Sorgen.

Er steht schon wieder auf der Veranda, hat eine Campinglampe entzündet und überlegt, was er in den letzten Stunden vergessen haben könnte. Aus der Küche holt er eine Flasche Grappa. Die Gläser in der Kredenz greift er gar nicht erst an, trinkt direkt aus der Flasche. Ein klarer Kopf wäre jetzt das Wichtigste, aber es gibt so viel, das es in diesem Augenblick zu betäuben gilt. Noch einmal geht Giovanni über die Bücher und versucht zusammenzutragen, was noch unter allen Umständen zu erledigen und zu beseitigen ist.

Die verschmutzten Plastikplanen, die für jeden Polizeiforensiker ein offenes Buch wären, muss er morgen in einem weiteren Ponor verschwinden lassen. Den Tatort gilt es noch peinlichst zu säubern, seinen Subaru natürlich ebenso. Der Rucksack, schießt es ihm durch den Kopf. Der muss weg, genauso wie das dumme Telefon …

Das sollte aber heute noch helfen, die Spur von seiner Alm wegzuleiten. Karner arbeitete immer allein, agierte oft spontan – und genau das ist ein Umstand, der Giovanni zuversichtlich stimmt. Vielleicht hat er niemandem erzählt, wo er heute hinging. Vielleicht vermuten ihn seine Angestellten ganz woanders. Frau und Kinder hatte der Gigolo ja keine – zumindest offiziell waren keine Kinder bekannt. Die Geliebten waren auf die umliegenden Täler und weite Teile Europas verteilt.

Giovanni nimmt Karners Handy aus der Tasche und sieht zufrieden, dass dieses immer noch keinen Empfang zum Netz hat. Er schüttelt seinen Kopf. Das Problem hätte er schon viel eher aus der Welt schaffen können: Der Bauer navigiert durch das Menü des Telefons und findet das Werkzeug, den Antennenempfang zu unterbinden, ohne das Gerät abzuschalten. Ohne den Scheiß-PIN-Code könnte er es ja nicht mehr starten. Giovanni ist zufrieden und durchsucht den Rucksack, der außer typischen Wanderutensilien und Dokumenten nichts Außergewöhnliches enthält. In einer durch einen Zip verschlossenen Seitentasche findet er Auto- und Haustürschlüssel.

»Der Rucksack kommt ins Loch, aber das verdammte Auto muss ich suchen.« Sollte Karners Wagen am Holzabladeplatz vor den Schranken zu seinem Güterweg geparkt sein, würde die Gendarmerie hier heroben ausschwärmen. Das ist so sicher wie das Amen im Gebet. Telefongespräche und Auto würden die Suchenden zweifellos in die richtige Richtung und zu ihm führen.

Giovanni holt seine große Maglite-Taschenlampe aus der Küche, zieht die mit Erde, Staub, Gras und Massen an DNA-Spuren verdreckte Arbeitskleidung vor der Hütte aus und schnappt sich einen neuen, noch in Plastik verschweißten Blaumann. Normalerweise, müssen Sie wissen, ist Giovanni sehr sparsam, viele würden sogar behaupten geizig. Eine Runde Bier für die am Stammtisch quasselnden Landwirtskollegen hat er noch nie bezahlt. Nie würde er etwas verschwenden, einen neuen Arbeitsoverall nur einmal tragen und dann wegwerfen. Normalerweise ist das gegen seine Natur. Jetzt hat aber, trotz seiner nachmittäglichen Ausflüge in die Sphären des Wahnsinns, sein messerscharfer Verstand wieder die Oberhand errungen. Er hat das einfache, aber praktische Kleidungsstück schon im Vorjahr gekauft – bei einer Aktion waren mehrere Exemplare auf einmal angeboten worden. 1-a-Sonderangebot. Preisgünstig und – wie sich jetzt herausstellt – überlebenswichtig. Er würde sich nun waschen, frische Unterwäsche anziehen und im nagelneuen blauen Arbeitsoverall nach Karners Wagen suchen. Er würde sich saubere Schuhe einpacken und Karners Auto auf den Parkplatz der Bergbahn des Nachbarortes lenken. Da könnten sie dann zu suchen anfangen, diese Blödmänner. Er wäre aus dem Schneider. Es darf ihm nur kein Fehler passieren, niemand darf ihn im Tal zu Gesicht bekommen. Und dann – ja dann – kommt noch der Clou mit dem Smartphone.

Der Haken an der Sache ist nur der Zeitfaktor. Er würde Stunden dafür brauchen. Kann Giovanni körperlich durchhalten? Der Tag war kräfteraubend, der Bauer ist müde. Jetzt noch einmal ins Tal, zum Parkplatz fahren und dann auch noch beinah zehn Kilometer wieder zu Fuß zurück zu seinem Auto marschieren. Anstrengend, Sie haben ja keine Ahnung!

Man kann ja nicht ein Taxi rufen, nachdem man das Auto eines Toten durch die Gegend kutschiert hat, den man zuvor sogar noch zerstückelt hat. Dass Giovanni mit Karners Tod schon überhaupt nichts zu tun hat, ist mittlerweile sekundär. Dieser Tatsache können Sie sicherlich zustimmen!

Wohl ist ihm nicht dabei, im Dunklen ins Tal zu fahren. Im Gegensatz zu seinem holprigen Ritt vom Karstplateau herunter zur Hütte kann Giovanni aber jetzt auf einer befestigten Straße bergab sausen. Der Güterweg ist sicher und wurde schon unzählige Male auch in der Nacht bezwungen. Er nimmt Kehre um Kehre, kommt am Milchsammelpunkt vorbei. Die Fahrt ist kein Problem.

Als sich der Bauer dem mit einem Vorhängeschloss versperrten rot-weiß-gestreiften Schranken nähert, der den Weg vor unberechtigten Fahrern blockiert, erspäht er im Scheinwerferlicht bereits den Luxusgeländewagen des Golfplatzbauers. Weiß, groß, äußerst PS-stark, getönte Scheiben, mit nahezu allen Extras ausgestattet. Giovanni hat Glück, Karner hätte das Vehikel überall zwischen hier und seinem Wohnhaus abgestellt haben können.

Langsam nähert er sich dem Lexus und drückt auf die Taste der Fernbedienung des Schlüssels. Einen Augenblick lang gehen alle Blinklichter an, dann brennt die Innenbeleuchtung. Zufrieden geht der Landwirt noch einmal zurück zu seinem Subaru, holt sich seine mitgebrachten sauberen Schuhe und zieht sie an. Dann startet er den Wagen.

Das leise Schnurren des luxuriösen fahrbaren Untersatzes beruhigt ihn ein wenig. Vorsichtig und langsam geht es jetzt den Weg weiter ins Tal Richtung Hauptstraße.

Der erste Kilometer führt durch unbewohntes Gebiet. Als er die ersten Häuser erreicht, bemerkt er mit Freude, dass nur mehr wenige Fenster erleuchtet sind. Auf der Straße trifft er niemanden an. Außerhalb der Saison geht man auf dem Land sprichwörtlich mit den Hühnern schlafen. Nebelschwaden stehen knapp über dem Boden, dann das erste Auto. Giovanni hat eine Baseballmütze tief ins Gesicht gezogen und thront in einer angenehm hohen Sitzposition. Das macht ihn im Scheinwerferlicht der entgegenkommenden Clios und Polos nahezu unsichtbar. Um sicherzugehen, klappt er noch die Sonnenblende nach unten.

Natürlich wählt Giovanni innerhalb des Dorfzentrums nicht die Hauptstraße über den Dorfplatz, sondern gleitet auf kleineren Gassen parallel daran vorbei. Penibel achtet er darauf, nur ja nicht die Höchstgeschwindigkeit zu übertreten.

Das Dorf liegt hinter ihm. Neben dem Wagen breiten sich wieder große Felder aus, verstreut stehen ein paar Bauernhäuser und schmucke Häuschen in der Dunkelheit, die Giovanni nur anhand weniger Lichter genau bestimmen kann. Dann bremst er leicht. Am Ende eines vielleicht 200 Meter langen Weges, der hier von der Hauptstraße wegführt, steht Karners Villa. Nichts Auffälliges, Dunkelheit.

Giovanni fährt aber weiter und erreicht nur wenige Minuten später den Parkplatz der Bergbahn des Nachbarorts. Die Gondelbahn befindet sich vor dem Ortskern der Gemeinde und erspart ihm eine weitere Fahrt durch dichtverbautes Gebiet. Auch hier herrscht Ruhe, kein Licht brennt. Der Fahrer biegt nach rechts, schaltet die Scheinwerfer aus und rollt im fahlen Mondlicht langsam neben das Lifthaus – direkt zum Beginn des Wanderweges, der auf den Geisterhorn führt. Er öffnet die Tür, gönnt sich einen Augenblick die verräterische Helligkeit der Innenbeleuchtung, um zu kontrollieren, ob er ja nichts zurückgelassen hat – lässt leise die Tür ins Schloss fallen und schließt mit der Fernbedienung den Wagen wieder ab.

Wenn Sie jetzt aber meinen, Giovanni hätte an vieles gedacht, um keine Spuren zu hinterlassen – neuer Overall, große Kappe, saubere Schuhe undundund … –, aber mit seinen Fingerabdrücken auf Lenkrad oder Schaltknüppel würde er den zukünftigen Arbeitsaufwand von Polizeimitarbeitern doch wieder minimieren, haben Sie sich geschnitten. Natürlich hat der Unglücksrabe des Tages daran gedacht, Handschuhe anzuziehen. Bevor er sich auf den Weg ins Tal machte, hat sich der schlaue Bauer noch ein paar neuwertige, mit Leder verstärkte Arbeitsschutzhandschuhe geschnappt, die er wie die Blaumänner auf der Alm zu horten pflegt. Wenn in diesem Auto jemand etwas finden will, dann findet er es auch, denkt sich Giovanni. Er hatte aber so viel wie möglich getan, um seine Fahrt ins Tal zu verschleiern und keine Spuren zu hinterlassen. Die werden schon nicht genau schauen, es gibt ja schließlich keine Leiche. Karner kann hier hergefahren sein und ist vielleicht in Richtung Geisterhorn gewandert. Bergrettung und Polizei würden hier herüben mit der Suche beginnen und ihn drüben auf der anderen Seite des Tales in Ruhe lassen.

Giovanni macht sich auf den Weg zurück zum Dorf. Nicht entlang der Hauptstraße, versteht sich. Vom Liftparkplatz führt ihn seine nächtliche Wanderung über die Felder zum Haus Heinz Karners. Eine halbe Stunde braucht er dazu. Eine halbe Stunde, in der noch einmal den Tag Revue passieren lässt, in der er seine permanent zu aktualisierende To-do-Liste hinauf und hinunter betet – in der er aber auch an den Ursprung des Malheurs zurückgeht. Was war genau los heute Vormittag? Hat Giovanni selbst eine Steinlawine abgetreten, als der droben den Zaun reparierte? Haben sich die tödlichen Felsen selbst ihr Ziel und ihr Opfer gesucht? An seine Kühe denkt er freilich nicht, sein 13-Mäderlhaus besteht schließlich nur aus Unschuldslämmern.

Vor Karners Gartentüre holt Giovanni das Mobiltelefon aus der Tasche und bringt es wieder ans Netz. Vorsichtig öffnet er das schmiedeeiserne Tor. Alles gut geölt, kein Quietschlaut stört die Ruhe des Eindringlings. Außer den niedrigen Bodenlichtern und dem erst in der zunehmenden Phase befindlichen Mond ist es dunkel. Giovanni blickt in die Richtung zur Straße. Keine Scheinwerfer – nichts. Plötzlich ertönen laute Piepstöne aus dem Handy in seiner Hand. Immer und immer wieder. Der Reihe nach gehen SMS ein – neun, zehn, nein elf Stück. Verpasste Anrufe, mehr oder weniger dringende Mitteilungen.

Der Immobilienzampano wurde anscheinend doch vermisst heute. Giovanni scrollt durch die Liste der Botschaften und erfährt, dass vor allem sein Büro versucht hat, ihn zu erreichen. Es sieht so aus, als hätte Karner ein wichtiges Meeting verpasst. Der Rest scheint uninteressant und weniger bedeutsam zu sein. Zwei Nachrichten aber wären nicht für die Augen von Kindern und Jugendlichen bestimmt gewesen: Anscheinend wurde Karner doch an diesem Abend sehnsüchtig erwartet. Aus der heißen Nacht bei SMS-Absenderin ›Fiffimausi‹ würde aber leider nichts mehr werden. Dafür fehlt es dem einstigen Heißsporn Karner nunmehr an Lebenskraft und Heißblut. Bei diesem Gedanken muss Giovanni schmunzeln, dann setzt er zum nächsten Verschleierungsmanöver an und wählt die Telefonnummer des Bürgermeisters.

Neulich erst, ein paar Tage vor der Almauffahrt, hat Giovanni im Geschäft der landwirtschaftlichen Genossenschaft mitbekommen, dass Bürgermeister Auer und der Obmann des Tourismusverbandes genau heute Nacht zu einer Fremdenverkehrsmesse nach London fliegen sollten. Auer hatte sich bei der mit Bierchen versorgten, versammelten Landwirtkollegenschaft mehrfach darüber beschwert, dass ein derartig später Flug gebucht worden sei. Dass sich das Mitleid der Bauern mit ihrem Bürgermeister dabei in Grenzen hielt, wird Sie freilich nicht allzu sehr überraschen.

Giovanni goutiert noch einmal die Uhrzeit auf dem Display. Auer müsste sich irgendwo über den Wolken befinden, sein Telefon deshalb ausgeschaltet sein. Wie praktisch diese Handys heutzutage doch sind. Auers Nummer stand logischerweise gleich am Beginn des digitalen Adressverzeichnisses. Er lässt es so lange klingeln, bis er die Ansage der Mailbox vernimmt.

Giovanni weiß nicht genau, wie exakt man im Nachhinein Handyortungen durchführen kann. Der Begriff der Vorratsdatenspeicherung ist ihm aber geläufig. Um ja kein Risiko einzugehen, sitzt er jetzt auf den Stufen der Treppe zur Eingangstür von Karners kitschiger Nobelvilla. Ins

Haus will er nicht gehen, obwohl er im Besitz des Schlüssels ist. Nur kein unnötiges Risiko eingehen!

Der Bauer will Karner heute noch von zu Hause aus ein paar weitere Gespräche führen lassen. Für die Gendarmen würde er deshalb zu diesem Zeitpunkt noch am Leben sein. Man würde sich zwar fragen, wie der Mann den heutigen Tag verbracht hätte, vielleicht sogar Untersuchungen über eine Wanderung Richtung Giovannis Alm einleiten – am Abend aber wäre er wieder daheim gewesen, hätte telefoniert und wohl keine Lust mehr auf einen Sprung zu seiner Fiffimausi verspürt. Am nächsten Morgen dann hätte Karner wohl eine Tour auf den Geisterhorn geplant. Das Auto würde schließlich drüben am Aufstieg entdeckt werden. Klingt nicht unlogisch.

Da staunen Sie, oder? Hut ab, unser kleiner Bauer denkt inzwischen beinah wie ein kaltblütiger, erfahrener Profikiller. Gratulieren Sie ihm nur! Vergessen Sie für kurze Zeit sein frevelhaftes Tun in den unschönen, wohl alle Tabus brechenden Momenten im Laufe des Nachmittags oben auf dem Berg.

Der Bauer hatte das Adressverzeichnis auf Karners Handy bereits vor seiner Hütte auf dem Berg untersucht und ist auf interessante Einträge gestoßen: Jetzt wird die nächste Nummer gewählt.

Es klingelt einmal, zweimal, nach dem dritten Klingeln beginnt das große Stöhnen: Giovanni ist zufrieden. Die Telefonbucheintragungen ›Hotline Geisha‹, ›Hotline Balaton‹ und ›Hotline Top-Geil‹ schienen unmissverständlich. Die Dame geht – zumindest akustisch – recht ordentlich zur Sache.

In diesem Augenblick steht dem Bauern freilich der Sinn nach völlig anderem. Das Gekreische und Gestöhne an der anderen Seite der Verbindung sorgt jedoch dafür, Giovannis Spurenverwischungsplan die Krone aufzusetzen und den Telefonverkehr Karners am Abend seines Todestages einem echten Höhepunkt zuzuführen. Zehn Minuten hört sich Giovanni das Gewinsel an. Nicht bewusst. Seine Gedanken gleiten immer wieder ab. Normalerweise ist der Bauer nicht gerade in der Kategorie der Kostverächter zu finden, doch heute hat er andere Dinge um die Ohren. Er legt wieder auf.

Um die Kosten dieses Gespräches muss er sich keine Sorgen machen – und auch Karner tut das schließlich nicht mehr weh. Kurz überlegt er, ob er auch noch bei der Geisha anläuten soll – das lässt er aber dann doch sein. Um den Ermittlern eine falsche Fährte zu legen, dürfte des eben konsumierte Gehächle und Gejodle wohl reichen.

Stattdessen wählt er noch einmal die Nummer des Bürgermeisters, der sich erwartungsgemäß wieder nicht meldet – und schaltet das Smartphone endgültig ab. Giovanni nimmt die SIM-Karte aus dem Gerät, steckt beides in seine Tasche und verschließt diese mit dem Reißverschluss. Chip und Telefon würden wie ihr einstiger Besitzer unauffindbar in einem einsamen Winkel inmitten der Weiten der Alpen verschwinden.

Giovanni macht sich auf den Weg – er muss wieder hinauf auf seine Alm. Dort gibt es noch viel tun – und der Bauer ist mittlerweile müde. Unbeschreiblich müde. Ein Wunder, dass sich dieser Mensch noch auf den Beinen halten kann. So mancher Spitzensportler sollte sich ein Beispiel an diesem Durchhaltevermögen nehmen – und das ganz ohne Doping. Außer dem Schnäpschen war in den vergangenen Stunden ja schließlich keine andere Substanz mit im Spiel. Ravioli und Milchkaffee kann man wohl getrost als Superenergiespender ausschließen.

Aber wer weiß. Vielleicht stecken ja gerade in der Alpenmilch wundersame Kräfte. Vielleicht handelt es sich dabei um einen echten Zaubertrank. Vergessen Sie Energiedrink und die Halbe Bier. Beim nächsten Durchhänger sollten Sie es einmal mit einer Halben Milch versuchen. Sie könnten unter Umständen eine echte positive Überraschung erleben.

Nicht in jeder Hotline
fühlt sich ein Bauersmann auch fein.

IV. ÜBER ALLEN GIPFELN IST RUH

Beängstigend: Warum eine Alm ohne Scheiße bei Besuchern Verwunderung und das Tandem Goethe-Schubert bei Giovanni böse Vorahnungen auslösen

Der Bauer sitzt gerade auf seiner Veranda, als er Eckehard hinter den Bäumen unterhalb der Alm hervorkommen sieht. Körperlich fit scheint er nicht gerade zu sein. Ein müder Wandersmann.

Langsam keucht der hochgewachsene, bereits mit einem Bierbauch beschenkte Mittvierziger den Berg herauf. Winkt. Bleibt wieder stehen. Sichtlich außer Puste. Keine 100 Meter trennen ihn jetzt mehr von der Hütte. Der aus deutschen Landen Zugereiste dreht sich um, um noch einmal zu verschnaufen, blickt über das Tal, dann setzt er seinen Weg fort.

Giovanni geht es nicht viel besser. Ihm sind die Strapazen der vergangenen 24 Stunden anzusehen. Mit seiner Plackerei müsste er eigentlich alle seine Sünden wieder abgebüßt haben. Seine Kraft ist jedenfalls perdu. Seit den Ravioli hat er immer noch nichts gegessen. Wie ein Geist sitzt er vor der Hütte. Das Gesicht bleich, die Hände zittern. An Blutdruck- und Pulswerte denkt er nicht, will sie gar nicht wissen. Diese würden wohl jeden Arzt mehr als nur beunruhigen. Vor ihm steht eine Tasse Milch, aus der er bis jetzt keinen Tropfen getrunken hat – obwohl das

Produkt seiner Mädels mit Sicherheit hinreißend schmeckt und ihm neuerlich neue Power spenden würde.

Aber er hat es geschafft. Alles ist erledigt, nichts mehr erinnert an den gestrigen Besuch und die unschönen Szenen hinter der Hütte und auf dem Berg. Heinz Karner ruht nun in Frieden, seine über die Alm verteilten Körperflüssigkeiten sind weggeputzt, seine Habseligkeiten – wie bereits sein Besitzer am Vortag – irgendwo in der Tiefe auf immer und ewig verborgen.

Jetzt winkt auch Giovanni, das heißt, er hebt langsam seine Hand. »Grüß dich, Alter!«

»Hallo, Bauer!« Lacto-Eckehard schnauft zur Veranda herauf und nimmt seinen Rucksack ab. »Danke für die Einladung.«

Eigentlich hat sich der Milchlasterführer gestern ja selber eingeladen, aber Giovanni sagt nichts.

»Du, das ist wirklich göttlich, hier oben. Ich versteh dich, dass du im Sommer immer selber raufziehst.« Der Glatzköpfige setzt sich neben Giovanni auf die Bank hinter den Tisch und packt seinen Rucksack aus. »Ich hab dir ja ein Jäuschen versprochen«, sagt der noch immer keuchende Wanderer, als er einen kleinen Papiersack hervorholt, der – wie der Aufdruck unschwer erkennen lässt – von einem Bäcker aus der Stadt stammt: »Was Süßes für den Almkönig.« Er lacht. »Haste Teller hier?«

Giovanni quält sich hinter dem Tisch hervor und steht auf, aus der Küche kommt er mit zwei Tellern zurück. »Was möchtest du trinken, Milch ist ja wohl nicht so dein Ding, oder? Vielleicht Kaffee?«

Eckehard nickt und holt zwei Plundertaschen aus dem Sack. »Meine Seele, verdammt schön hier.«

Giovanni kommt in den Sinn, dass ganz in der Nähe,

nur einen Tag zuvor, Karner ähnlich von seiner Alm geschwärmt hat.

»Mein Lieber, wie geht's dir denn? Du siehst ja richtig beschissen aus. Schon gestern wirktest du ganz schön gehetzt. Wat machste eigentlich den ganzen Tag? Wird dir nicht langweilig?«

Giovanni muss sich zusammenreißen und seine Klappe halten. Von der Schönheit hat er in den letzten Stunden nicht sehr viel mitbekommen – und Langeweile ist schon gar keine aufgekommen. Die Müdigkeit schlägt sich zusätzlich auf seine schlechte Stimmung. Ausgerechnet heute muss dieser Milchfahrer aufkreuzen und dumme Bemerkungen machen. Lieber hätte er eine Stunde geschlafen.

Was würde er nur für eine Stunde im Bett geben.

Bis vor wenigen Augenblicken war Giovanni mit der Entsorgungsaktion ›Karner‹ beschäftigt. Das Feuer, in dem er gemeinsam mit im Winter abgebrochenen Ästen seine verschmutzte und blutige Kleidung, Handschuhe, Wolldecke und Putzfetzen verbrannt hatte, ist erst vor Kurzem ausgegangen.

An sich ist der Bauer ja so weit zufrieden.

Es könnte schlimmer stehen.

Nachdem er nach der Autoentsorgung im Tal knapp vor Sonnenaufgang wieder auf dem Berg angekommen war, hat er funktioniert wie eine Maschine. Er versorgte die Kühe, schloss sie an die Melkmaschine an. Sobald wieder genügend Licht herrschte, begab er sich neuerlich hinauf zum Grab. Die Stelle war nur wenig eingesunken. Kein Wunder, ist doch kaum Zeit vergangen. Er schüttete noch einmal Erde auf den Punkt, stopfte ein paar Löcher weiter nördlich Plastikplane, Rucksack und Autoschlüssel in den Boden.

Mobiltelefon und SIM-Karte zerschlug er noch einzeln mit einem handlichen Stein, bevor er sie schließlich im selben Loch verschwinden ließ. Anschließend begann er, Steine für den neuen Putzhaufen aufzuschichten. Vorerst nur ein paar.

Die Stelle würde in den kommenden Tagen und Wochen neuerlich ein wenig einsinken. Die Spuren aber würden jeden Tag ein wenig mehr verborgen werden. Es war also vollbracht. Nichts mehr erinnerte an sein Auszucken am Vortag. Es gab keine Zeugen und bald würde die Natur mitgeholfen haben, den Toten auf immer zu verbergen. Einzig die Murmeltiere … aber die Mitwisserschaft der Alpennager dürfte sich in keiner Weise negativ auf seine beschissene Lage auswirken. Sollten sie nur pfeifen, verpfeifen konnten die kleinen Plagegeister ihn doch nicht.

Als er sein Werk begutachtete, ergriff Giovanni eine seltsame Ruhe. Er stand neben dem Grab und blickte in die noch nicht sehr hoch stehende Sonne. Auch an diesem Morgen war keine Wolke am Himmel zu sehen. Trotz der Ruhe spürte er ein seltsames Gefühl – es schlich sich langsam an. Hinterfotzig. Beunruhigend. Hundsgemein. Vom Gewissen geschickt. Ein Gedicht, das ihm sein alter Deutschlehrer eingeimpft hatte, fiel ihm wieder ein – was hatte er diesen feisten Unsympathler doch jahrelang gehasst. Aber das von Franz Schubert vertonte Gedicht, das er irgendeinmal auswendig lernen hat müssen, war wieder da. Quasi aus heiterem Himmel. Wanderers Nachtlied.

Über allen Gipfeln
Ist Ruh.
In allen Wipfeln
Spürest du
Kaum einen Hauch;

Die Vöglein schweigen im Walde!
Warte nur, balde
Ruhest du auch.

Die Worte des Geheimrats Goethe, die sich wieder aus seinem hintersten Gehirnbereichen nach vorn drängten und die Melodie von Franz Schubert nahm er als schlimme Vorboten. Plötzlich war er sich nicht mehr so sicher, dass alles glattgehen könnte. Hatte er wirklich nichts übersehen? Würden sie Karner nicht doch bei ihm suchen?

Solange er an der Durchführung seines Plans arbeitete, im Schweiße seines Angesichtes, den Tod zu vertuschen suchte, schuftete wie ein Berserker, so lange war er sich sicher, an diesem Tag nicht nur die alpenländische Gendarmerie austricksen zu können. An diesem Tag war er, Giovanni, der wahre Supergangster. Eine Leichenentsorgungsmaschine allererster Güteklasse.

Aber als es geschafft war, er ausgepumpt, körperlich am Ende, verlor er alle Hoffnung, seine Haut ohne Konsequenzen aus dieser Sache ziehen zu können. Er rezitierte noch einmal das Gedicht. Im Flüsterton. Ganz leise, Zeile für Zeile.

»… Warte nur, balde
Ruhest du auch.«

Dann packte er ein letztes Mal sein Werkzeug zusammen und machte sich mit hängendem Kopf auf den Weg zurück zur Almhütte. Lacto-Eckehard hatte sich ja angesagt – und er vorher noch einiges zu erledigen.

»Im Sommer bist du wohl im Hirschen selten anzutreffen?« Eckehard merkt, dass Giovanni heute etwas maulfaul agiert und nicht allzu viel mit ihm anzufangen ist.

»Nein, da hab ich genug zu tun – heroben und herunten. Und schau dich um, hier hab ich meinen eigenen Gastgarten.«

»Ich hab heuer vor, mehr zu trainieren und mir ein Mountainbike zuzulegen. Haste was dagegen, wenn ich dich öfter mal besuche?«

Giovanni gähnt. »Nein, von mir aus.«

Die Jause ist verzehrt. Eckehard ist wohl wieder zu Kräften gekommen. Er streckt sich, steht auf. Dann schaut er sich ein wenig auf der Alm um. Noch bevor Giovanni reagieren kann, ist der Besucher genau dorthin unterwegs, wo am Vortag der Schnitter die Sense gegen den Karner geschwungen hat.

Giovanni eilt hinterher. Eckehard streichelt Violetta, die unweit der gestrigen Unglücksstelle steht. Er spricht die Kuh an. Redet mit dem schmatzenden Fleischberg, als ob er es mit einem Kleinkind zu tun hat. Dann sieht er den Bauer kommen und geht ihm wieder entgegen. »Da ist aber alles blitzesauber bei dir.«

Jetzt steht er genau da, genau auf diesem Punkt. Genau dort, wo gestern die Tragödie passiert ist.

Giovanni blickt nach oben, befürchtet bereits das Schlimmste. Natürlich passiert nichts, natürlich purzeln keine Steine herab. Er leidet sicher an Verfolgungswahn. Sieht jetzt überall Gefahr, potenzielle Gelegenheiten, neuerlich mit einer Leiche beschert zu werden.

»Komm mal herüber. Ich zeig dir die Alm.« Der Bauer lockt den Besucher vom Platz des Unheils weg. Beruhigung!

»Wirklich blitzesauber«, sagt Eckehard neuerlich. »Bei anderen Almen stiefelt man rund um die Hütte durch Rinderscheiße und Matsch. Knöcheltief. Wenn's geregnet hat, ist noch schlimmer. Bei dir hier ist aber alles richtig astrein. Hast wohl 'nen Putzfimmel – oder kacken deine Kühe auf der Toilette?«

Wenn der nur wüsste, denkt sich Giovanni. Sonst fällt dem Mann aber nichts Sonderbares auf. Giovanni ist zufrieden. Wie sagte der Deutsche eben? Alles astrein!

Die beiden gehen langsam in die Hütte, in den Stall, hocken sich noch einmal auf die Veranda. Eine halbe Stunde später endlich setzt Eckehard zum Gehen an.

»Ich bin dann mal weg. Morgen hol ich wieder die Milch. Ich hab ja heute endlich eine meiner Lieferantinnen kennengelernt. Haben deine Kühe eigentlich Namen? Wie heißt denn die Braune von vorhin?«

»Das war Violetta. Selbstverständlich haben meine Mädels Namen.«

»Violetta, ach wie niedlich. Klingt echt nett. Und edel.«

»Die Heldin aus La Traviata.«

»Der Oper?«

Giovanni erklärt ihm, dass er seine Tiere, immer nach Figuren aus Opern nennt – mit zwei Ausnahmen: »Eine Weiße muss immer ›Schneeflöckchen‹ heißen. Und eine ›Fiona‹ – wie die Urgroßmutter. Das ist in unserer Familie so der Brauch. Das hat der Papa und auch der Opa schon so gemacht.«

»Und was sagte die Oma dazu?«

»Die war zufrieden, fühlte sich wohl ein bisschen geehrt. Sie liebte die Kühe – genauso wie ich. Mein Vater ließ sich sonst nicht viel einfallen, fast alle Braun-Weißen nannte er Maria oder Eva. Je brauner eine war, desto eher war sie eine Eva.«

»Und wie biste auf die Operndiven gekommen?«

»Das ist auf meinen Mist gewachsen. Du musst wissen, ich bin ja ein alter Opernfreund. Das gibt Mädels etwas an Würde.«

»Du bist schon ulkig. Machst hier wohl auf hochalpinen Reserve-Operndirektor. Statt eines Saals haste einen Stall. Aber mit dem Singen hapert's bei den Schönen wohl ein bisschen. Von diesen Diven wird sicher viel Scheiße fabriziert. Das Jauchzen und Frohlocken musste dann wohl selber erledigen.«

»Nein, das macht die Stereoanlage.«

»Wieder ulkig. Und die Kühe hören wohl noch zu, oder?«

»Natürlich! Andächtig. Meine Mädels wissen die Klänge zu schätzen. Sie danken es mir und geben sogar mehr Milch.«

»Verarschen kannst du wen anders«, sagt Eckehard. »Bei klassischer Musik wird die Milch doch sauer.«

»Nein, die Schnelligkeit macht's«, klärt ihn Giovanni auf. »Ruhige, gemächliche Klänge steigern die Milchleistung. Da gibt's wissenschaftliche Untersuchungen darüber. Das kannst du mir glauben. Bis zu einem Dreiviertelliter gibt die Kuh mehr Milch, wenn die Musik stimmt.«

»Und was hören die Viecher gern? Bei deinem Musikgeschmack gönnst du ihnen sicher nicht den Song *No Milk Today*?« Der Mann ist nicht mehr zu halten, klopft sich vor lauter Lachen im Stehen auf die Oberschenkel. »Wenn die Kühe mal keine Milch geben wollen, hätte das Lied auch noch das Zeug, ein klasse Streiksong zu werden.«

»Blödsinn. Ich hab einmal gelesen, dass sie vor allem auf Beethovens Pastorale stehen. Da passen wohl der Takt und das Ambiente perfekt. Auch Mozartsonaten sollen wahre Wunder wirken, behaupten die Forscher. Anscheinend aber lieben sie auch Langsames von *R.E.M.* und *Simon und Garfunkel.*«

»Da haste ja Alternativen. Bridge over troubled Milk und so …« Heute ist Eckehard wirklich nicht zu bremsen.

»Nein, das mag ich nicht, dieses Zeug jagt meinereins aus dem Stall. Bei mir bekommen die Damen nur Klassisches vorgesetzt, Erstklassiges. Dann geben sie schon Milch.«

Der Milchführer, der selbst keine Milch verträgt, scheint die Angelegenheit nicht als ernst zu erachten: »Ja ja, mach dann halt. Solange du Spaß daran hast. Hauptsache, deine Milch wird nicht sauer dabei. Das würde dann meine ganze Lkw-Ladung ruinieren. Deine Musik kannst du der Milch präsentieren und deine Untersuchungen deiner Urgroßmutter. Jetzt lass ich dich aber mal in Ruh. Siehst ja nicht so fit aus heute. Hast gar in deiner Einsamkeit hier gestern Abend einen zu viel gezwitschert?«

Der Besucher grinst und klopft dem Bauer leicht auf die Schulter, um zu signalisieren, dass er nur einen Witz zu machen versuchte. Nicht der einzige, wie Sie unschwer bemerken konnten. »Hast heute sicher noch was zu schaffen – und vergiss mir die Kühe nicht zu melken, damit ich morgen was zum Abholen habe.«

»Grüß mir das Tal, ich muss mich morgen wieder einmal dort unten blicken lassen. Ich versprech dir aber, dass die Milch zeitgerecht am Sammelpunkt steht. Heute melke ich mit Bach.«

Lacto-Eckehard winkt noch einmal zurück. Giovanni ist absichtlich sofort zum CD-Player unterwegs, um eine Demonstration seines alpinen Openair-Feelings zu liefern. Der Wanderer vernimmt noch die Anfangssequenz der Kantate *Herz und Mund und Tat und Leben*. Bleibt noch einen Augenblick stehen, lauscht – und schüttelt belustigt den Kopf.

»Kein Wunder, dass die Milch in den Packungen bereits vor dem Auflaufdatum sauer wird«, sagt er laut vor sich hin. »Und da geben sie uns von der Molkerei die Schuld dafür.« Dann ist er außer Sicht- und Hörweite.

Was der Gute jetzt leider nicht mehr erblickt, sind 13 Rinder, die sich langsam Richtung Brunnen vor dem Stall in Bewegung setzen. Dann kommen auch die Kälber näher. Ob die Klänge Bachs auslösender Grund für die Prozession zum Wasser sind oder nur ein besonders großer Durst, werden wir hier und jetzt nicht klären können. Aber sie kommen. Die Musik lockt Viecher nicht nur in Hameln an.

Giovanni jedenfalls tut die Musik gut. Er beruhigt sich allmählich, legt sich auf die Vorbeibank und schläft ein, den Kopf auf eine dunkelgrüne, alte Strickjacke gebettet, während Choräle und Arien über die Alm gen Himmel erklingen. Von wegen *über allen Gipfeln ist Ruh*. Diese Erkenntnis könnte auch von den Murmeltieren kommen, die weiter oben, unweit des versteckten Grabes, ein böses, nervöses Gepfeife veranstalten. Sie sind heuer noch nicht an geistliche Barockmusik gewöhnt.

Spielt der Bauer wieder Bach,
droht bald das nächste Ungemach.

V. DAS TREFFEN DER GENERATIONEN

Kaum zu glauben: Warum man einer Zimmerpalme eine Fahrt quer durch Europa zumutet und es Menschen gibt, die sich auf Ravioli noch freuen können

»Es freut mich unheimlich, Sie kennenzulernen, Herr Kommissar.«

»Es ist mir eine Ehre, Sie kennenzulernen, Herr Kommissar.«

Die beiden Männer geben sich die Hand und sehen sich lange in die Augen. Beide lächeln. Der eine mittelgroß, schneeweißes Haar, ein Schnauzbart, eben aus dem Korbsessel aufgesprungen. Der andere sicherlich 1,90 Meter groß, beginnende Glatze, glatt rasiert und gut 15 Jahre jünger. Er ist gerade über die Treppe auf die Terrasse des Kaffeehauses getreten.

Urban Simon ist in dieser Minute in der Stadt angekommen. Das Hemd hängt ihm hinten aus der Hose. Sein Auto steht vor der Gastterrasse am Ufer des Flusses. Es ist bis obenhin voll mit Umzugskartons angestopft, auf dem Beifahrersitz thront eine kleine Zimmerpalme – angegurtet und mit einer Schnur an der Sessellehne befestigt. Vor dem Sitz, auf der Gummifußmatte, steht ein besonders schönes Exemplar eines Weihnachtskaktus.

Die Pflanzen und der Kommissar haben ein paar hundert Kilometer Autobahnfahrt hinter sich. Der Polizist hat die Übersiedlungsfahrt mit leichten Rückenschmerzen überlebt, ob auch die beiden Gewächse die Fahrt ohne Schaden überstanden haben, wird sich in den kommenden Wochen weisen.

»Wie war die Fahrt? Kommen Sie, setzen Sie sich«, sagt der Ältere der beiden.

»Danke, ein paar Baustellen – aber sonst war es wunderschön. Beinah wie eine Reise in den Urlaub.«

»Urlaub wird es sicher keiner werden. Wie fühlen Sie sich? Bereit für die neue Aufgabe?«

»Jaja, alles bestens. Die Übersiedlung macht mir momentan zu schaffen. Das Nötigste und Zerbrechlichste hab ich selbst im Wagen mitgenommen, der große Rest kommt morgen früh mit dem Laster. Ich hasse die ganze Umzieherei.«

»Vielleicht wird es ja das letzte Mal sein und Sie finden ein neues Plätzchen – für immer.«

»Man weiß ja nie, hoffen darf man immer. Wie geht's Ihnen?«

»Jetzt, wo ich Sie sehe, viel besser. Ich bin froh, dass meine Nachfolge endlich geregelt ist, das können Sie sich gar nicht vorstellen.« Peter Dallapozza streicht durch sein weißes Haar und nimmt einen Schluck Bier aus dem Tulpenglas. Dann wischt er sich mit dem Handrücken über Schnauzer und Lippen und stellt das Glas wieder vor sich auf den runden weißlackierten Tisch. »Was darf ich bestellen? Nach der langen Fahrt scheinen Sie auch ein kühles Bier zu brauchen.«

Der Jüngere nickt und setzt sich Dallapozza gegenüber, der die Aufmerksamkeit eines Kellners erhascht und diesem mit einem Fingerzeig auf sein Bierglas signalisiert, dass er noch eines zu zapfen habe.

»Es ist eine gute Idee, dass wir uns hier treffen und nicht im Kommissariat. Beinah hätte ich mich aber ordentlich verspätet. Ich war noch nicht in meinem neuen Heim.« Urban Simon sieht über das Geländer der Terrasse hinaus und betrachtet die Szenerie. Das Tal ist nicht gerade breit. Die eine Seite wird von einem gewaltigen Gebirgsmassiv begrenzt. Sicher weit über 2.000 Meter hoch, denkt er sich. Auf der anderen Seite stehen liebliche Grasberge, bedeutend niedriger als die Kaliber gegenüber. Der Himmel ist majestätisch blau. Ein leichtes Lüftchen streicht ihm über das erhitzte Gesicht. Prächtig, seine neue Heimat.

»Es scheint Ihnen hier ja zu gefallen.«

»Merkt man mir das an?« Simon lächelt. »Ja, es wirkt schon imposant hier. Vor allem in dieser Jahreszeit. Neu ist es ja nicht für mich.«

»Genau, Sie haben hier schon einmal gewohnt.«

»Meine Großeltern lebten ein paar Kilometer von hier entfernt. Ich besuchte sie natürlich immer wieder in den Ferien. Bevor ich Polizist geworden bin, habe ich sogar ein paar Monate hier verbracht.«

»Was hatten Sie vor?«

»Ich wollte eigentlich in eine Fachhochschule, das war aber dann gar nichts für mich. Nach ein paar Wochen war das Interesse weg und ich bedeutend öfter auf der Skipiste anzutreffen als im Klassenzimmer. In den Semesterferien hab ich mir selber eingestehen müssen, dass das nichts für mich war. Sobald der Schnee geschmolzen ist, bin ich dann wieder zurück nach Wien und bewarb mich dort bei der Polizei.«

»Sie haben es zu einer richtigen Berühmtheit geschafft, hatten ja so manchen spektakulären Fall in Ihrer Karriere.

Schön, dass es Sie zu uns in den ruhigeren Westen verschlägt.«

»Irgendwie habe ich die Großstadt satt.« Simon blickt noch einmal um sich. Er denkt an seine Frau, die Dallapozza fein säuberlich aus der Unterhaltung ausschließt. Irgendeinmal würde er ihm von Isabella erzählen. Drei Jahre hat er weitergemacht, als sei nichts passiert. Hatte sich in die Arbeit gestürzt und jetzt, nah am Zusammenbruch, die Reißleine gezogen.

»Was ich brauche, ist genau diese Luftveränderung. Vielleicht auch weniger Druck – aber das kann man sich nicht aussuchen. Der kann mir genauso auch hier blühen, Verbrechen gibt's schließlich überall. Es ist aber ein Neuanfang – und der stimmt mich optimistisch.«

Der Kellner bringt das Bier. Der Schaum hat nicht die geringste Chance, sich zu verflüchtigen: Durstig greift Simon sofort nach dem Glas und genehmigt sich einen großen Schluck. »Und dann kam dieses Angebot. Die Kriminalpolizei in den Alpen.«

»Tja, Herr Alpenkommissar. Noch einmal willkommen. Kann ich Ihnen beim Einräumen Ihrer neuen Wohnung in irgendeiner Form behilflich sein?«

»Nein, das geht schon, danke, Sie sind ja schließlich im Dienst – und ich hab noch ein paar Tage frei.«

»Derzeit ist nicht viel los. Nichts Schwerwiegendes, keinerlei Gewalt. Leichen waren in den vergangenen Monaten Gottlob Mangelware. Wir helfen momentan aus, wo wir gebraucht werden. Auf meinem Schreibtisch liegen nur ein paar Vermisstenmeldungen.«

»Wie lange haben wir beide dann eigentlich das Vergnügen?«

»Ich gehe mit Ende des Jahres in Pension. Wenn man

meinen Resturlaub abzieht, werden wir noch etwa vier Monate gemeinsam den Verbrechern nachspüren. Dann sind Sie hier allein der Boss!«

»Wie ist die Stimmung im Kommissariat? Schlechte Luft, weil Ihr Nachfolger von außen kommt?«

»Ach wo. Die haben schon viel von Ihnen gehört und sind schon ganz gespannt, Sie kennenzulernen. Sie werden schon sehen, wir sind hier ein sympathischer, internationaler Haufen. Einheimische und Zugewanderte – und ich glaube, dass Sie genau in diese Gruppe passen. Sie sind das Beste, was unserer Dienststelle passieren konnte.«

Simon ist mit dem Lob überfordert und sich nicht sicher, ob er rot wird. Mit einem schlichten »Danke« bereinigt er die Sache und greift noch einmal nach seinem Bierglas.

Das ist nun aus ihm geworden. Polizist in der Hauptstadt der Alpen. Wenn ihm das jemand von zwei, drei Jahren gesagt hätte … Er, Urban Simon, der einst von den Medien und dem Innenminister gefeierte Vorzeigekriminalist aus der Millionenstadt. Quasi aus der City auf die Alm. Aber es stimmt schon, es ist ihm alles zu viel geworden. Während er den Verbrechern nachhirschte, wurde ihm vor seinen Augen die Ehefrau von der Ostmafia weggeschossen, bald danach verabschiedete sich auch seine Gesundheit. Der Arzt stellte ihn vor die Entscheidung, Beruf oder Leben. Sein Körper machte nicht mehr mit. Die Batterien waren leer, die Kraft ging ihm aus, seine Seele ein einziger Scherbenhaufen. Er musste endlich an sich denken.

Der Kommissar griff schließlich nach einem Strohhalm. Sein neuer Posten, die neue Gegend, sein neues Leben sollen ihn und sein Dasein wieder in geordnete Bahnen weisen. »In den letzten Jahren hat sich hier ja einiges getan. Wie stehen Sie eigentlich zur neuen Entwicklung in Europa?«

Simon wird aus seinen Gedanken gerissen. »Ich bin begeistert. Ich war nie so der Nationale. Und wie Sie sehen, bin ich jetzt ein Nutznießer der neuen politischen Situation. Ein neuer Job, in einer wunderschönen Region. Wie ist es für Sie, hier zu leben?«

»Die Alpenregion ist ja eines der Schmuckkästchen Europas. Zwar ökologisch sensibel, aber reich an Schönheit. Die Entwicklung der letzten Jahre nach der Giga-Wirtschaftskrise, die uns alle schrecklich gebeutelt hat, führte zwar zum Verschwinden und Auseinanderbrechen von Staaten, das einige Europa mit der neuen Verwaltungseinteilung in Regionen hat aber enorme Vorteile. Die Leute gehören zu etwas Größerem, fangen aber auf der anderen Seite an, regionaler zu denken. Die Nationalisten werden wohl weiter auf die Barrikaden gehen. Diese Ewig-Gestrigen. Mir gefällt es. Ich bin froh, dass ich so etwas noch erleben durfte.«

»Ich kann mich immer noch nicht daran gewöhnen, dass meine Befugnisgewalt bald östlich von Nizza beginnen soll und vor den Toren Wiens endet.«

»Tja, wir werden beide zwischen dem Boden- und dem Gardasee den Verbrechern nachlaufen. Gewöhnen Sie sich ruhig schon mal dran. Sie sind bald der wichtigste Kriminalist auf dem Dach des Kontinents.« Dallapozza grinst über das ganze Gesicht. »Wenn ich Sie richtig einschätze, sind Sie nicht der große Sesselpicker und Bürohocker. Eher ein Mann der Tat und im Außendienst.«

»In der Tat, genauso wie Sie, wenn ich mich nicht irre!«

Als Spezialisten müssten die Kriminalpolizisten zur Unterstützung der örtlichen Polizei- und Gendarmeriedienststellen viele Reisen unternehmen, genau das mache aber den Reiz des ganzen aus, erzählt Dallapozza.

»Das ist mir nicht neu«, meint Simon. »Ich war bisher auch nicht ausschließlich in der Stadt im Einsatz.«

»Jetzt wird Ihr Aufgabengebiet aber ein bisschen größer – und die Reisen werden ein wenig länger. Ach ja, ein paar zusätzliche Vokabeln sollten Sie auch noch büffeln. Das hilft wegen des Sprachenwirrwarrs enorm, das kann ich Ihnen versichern.«

Dallapozza erzählt Simon bei einem zweiten Bier über seine zukünftigen Kollegen, verwaltungstechnische Neuerungen in der Europaregion und bietet ihm eine kleine Führung durch das Zentrum der neuen Hauptstadt an. Simon ist sehr dafür, seine Füße zu vertreten, will aber vor der Sightseeingtour in die gotische Altstadt noch einmal nach Auto und Zimmerpflanzen schauen.

An Simons Golf Variant angekommen, erblickt der Kommissar hinter seinen Scheibenwischern einen Strafzettel.

»Das fängt ja gut an.«

»Tja, auch in der neuen Europaregion gibt es Kurzparkzonen. Im Mittelalter hat man hierzulande Wegzoll verlangt, heutzutage zahlt man fürs Stehen. Verdammt viel sogar.« Der ältere Kollege weist auf einen Parkautomaten unweit des Aufgangs zum Café. »Der funktioniert mit Münzen und Kreditkarte. Natürlich können Sie auch mit dem Handy bezahlen. Passen Sie hierzulande bloß auf – an jedem Gehsteig, vor jedem Gartenzaun und unter jedem Birnbaum wird eine kostenpflichtige Kurzparkzone eingerichtet. Ärgern Sie sich nicht – wenn wir zurückkommen, geben Sie mir das Ticket mit. Ich kümmere mich morgen darum. Wir werden unseren neuen Kollegen ja nicht gleich mit saftigen Geldstrafen begrüßen.« Der Beamte grinst – dann geht er in seiner Rolle als Fremdenführer auf, präsentiert dem Zugereisten Kirchen, Palais, Denkmäler – und noch ein paar Kirchen mehr. Er weist auf Behörden hin, gibt Einkaufstipps – und liefert ihn nach eineinhalb Stunden wieder vor seinem Auto ab. »Wir sehen uns am ersten wieder. Dann zeig ich Ihnen Ihr neues Reich und stelle Sie der Truppe vor. Punkt 8 Uhr, für Kaffee ist gesorgt. Ich wünsche noch ein schönes Übersiedeln.«

Das werde ich sicher haben, denkt sich Urban Simon, nimmt wieder im heißen Auto neben seiner angegurteten Palme Platz, stellt am Navigationsgerät seine neue Adresse ein und lässt sich durch die Stadt zur neuen Wohnung leiten.

Kommissar Dallapozza dreht wieder um und marschiert in die entgegengesetzte Richtung ins Kommissariat. Sein letzter beruflicher Wirkungsbereich.

Er hat sich hochgearbeitet. Klassisch, vom kleinen Carabiniere zum Kriminalkommissar und schließlich zum Leiter der Kriminalabteilung der Alpenregion. Ein paar Monate noch, dann kann er endlich all das tun, was er sich immer gewünscht hat – wofür er in den letzten Jahrzehnten keine Zeit hatte. Für alles, was er stets vor sich her geschoben hat. In seiner Bücherwand hat er zwei Stellagen mit nicht gelesenen Büchern eingerichtet. Seine Frau hat das Fernweh gepackt und studiert seit Wochen unzählige Reisekataloge. Zuerst steht eine Kreuzfahrt an, den Jahreswechsel wollen sie beide in Marokko verbringen – inklusive Weihnachtsfeiertage. Sosehr er in seinem Beruf aufgegangen ist – er kann es schon gar nicht mehr erwarten, bis sein neuer Lebensabschnitt beginnt.

Peter Dallapozza betritt das Stockwerk der Mörderbande, wie sein Team im Haus genannt wird. Die Truppe für das Grobe, sozusagen.

Im Hausgang kommt ihm niemand entgegen. Auf seinem einfachen Schreibtisch mit weißer Resopalplatte steht noch eine halbe Tasse alter Kaffee vom Vormittag. Er setzt sich auf den dunkelblauen Bürosessel, schmiegt sich richtig in das Kunstleder, streckt seine Beine aus und nimmt einen Schluck. Bitter, sehr bitter. Dann greift er sich die beiden schmalen Aktenordner, die neben dem neumodischen, für ihn viel zu umständlichen Telefon liegen. Das Ding hat dutzende Tasten, die er noch nie benutzt hat. Null bis neun, das würde ihm schon reichen. Er will damit ja nur telefonieren.

›Vermisst‹ ist auf beiden Schnellheftern zu lesen. Dallapozza hört ein Klopfen. In der Tür steht Valerie Hilmer.

Die Inspektorin tritt mit einer heißen Tasse Kaffee ins Büro. »Bitte sehr, für dich! Ich hab dich kommen hören.« Sie stellt die neue Tasse neben die alte. »Und, wie war er?«

»Ihr werdet zufrieden sein. Derzeit schaut er aber ziemlich fertig aus. Dem hat die Großstadt nicht gut getan.«

»Ich bin schon ganz gespannt. Hast du übrigens noch einen der Vermisstenfälle für mich, die wir neulich raufbekommen haben? Meiner vom Vormittag hat sich inzwischen geklärt. Der Mann ist in Zeeland wieder aufgetaucht. Er hatte seine Reisegruppe satt und ist einfach mit dem Zug nach Hause gefahren. Stell dir das einmal vor. Der Fall liegt seit dem Winter bei der Polizei. Überall hat man gesucht, bei ihm daheim hat aber niemand angerufen. Eine Schlamperei.«

Der Kommissar hat die beiden Aktenordner noch immer in seiner rechten Hand. »Such dir einen aus.«

Hilmer nimmt sich den oberen. Blau wie der heutige Himmel, er umfasst nur wenige Blätter. Ein kurzer Blick auf die erste Seite: »Kannst du Tschechisch? Ich glaub, ich rufe gleich direkt bei dem zu Hause in Prag an, vielleicht ist der ja auch einfach heimgefahren. Der wäre nicht der Erste, der die Zimmerrechnung nicht bezahlen wollte.«

Dallapozza betrachtet seine Akte – die letzte. Er schlägt den Plastikschutzumschlag auf, blickt kurz auf die erste Seite. »Ich schau mir das morgen genauer an.«

Ein Einheimischer, der von einer Bergtour nicht mehr zurückgekommen ist. Er liest weiter: Erst vor vier Wochen verschwunden. Bergrettung, Feuerwehr, Alpingendarmerie haben das Gebiet abgesucht.

»Das sieht nach einem Klassiker aus, warum haben die uns diesen Fall überhaupt weitergeleitet?«, fragt er Hilmer. »Den findet sicher irgendein Wanderer noch im Laufe dieses Sommers. Wenn heuer nicht, dann zumindest das Skelett in einem der nächsten Sommer. Egal, ich fahre morgen dort hinauf und frag mich einmal durch. Viel wird man wohl nicht machen können. Abgestürzt – und liegen geblieben.« Dallapozza blickt auf seine Armbanduhr. »Wally, ich glaub, für heute machen wir Schluss. Die beiden Vermissten laufen uns sicher nicht weg.«

»Da hab ich nichts dagegen.« Die Inspektorin tritt durch die Bürotür.

»Wenn du morgen etwas brauchst, ruf mich doch bitte an. Ich fahre gleich in der Früh rauf ins Tal. Habe einen schönen Abend.«

Dallapozza macht noch eine Runde durch die Büros. Zwei Kollegen haben sich Urlaubstage genommen. Die anderen sind mit Papierkram beschäftigt. »Geht alle nach Hause. Wir hocken lange genug hier drinnen. Genießt noch den restlichen schönen Nachmittag. Wir sehen uns morgen wieder. Die Morgenbesprechung leitet Wally.

Sollte heute noch etwas passieren, alarmiere ich euch schon. Der Bereitschaftsdienst steht sowieso parat!«

Zufrieden geht der Kommissar auf den Parkplatz, steigt in seinen schwarzen 3er-BMW und fährt einen Lebensmittelmarkt an. Seine Frau hatte ihm in der Früh eine Einkaufliste zugesteckt, der er in diesem Augenblick in Gedanken noch eine zusätzliche gute Flasche Rotwein hinzufügt. Tamara plant heute Abend, Ravioli zu kochen – nach einem alten Rezept ihrer Großmutter. Frische Pasta, sensationelle Füllung – vorausgesetzt, er vergisst die Zucchini nicht. Er blickt auf die digitale Uhr auf seinem Cockpit und stellt den Blinker auf rechts. Der Kommissar nickt im Takt des Blinkerrelais und lächelt. Derartige Tage mit derartigen Feierabendzeiten könnten ihm öfter beschieden sein. Bald würde sowieso alles anders sein. Besser.

Sein Nachfolger hat es in ebendiesem Augenblick weniger gut. Er flucht. Und das lautstark. Simon schleppt die inzwischen letzte Kiste aus seinem Kombi in den vierten Stock des Stadthauses. Das Gebäude ist über 120 Jahre alt und besitzt einen nachträglich eingebauten Lift. Dieser wird aber ausgerechnet in diesen Tagen gewartet. Morgen werden die Möbelpacker von der Umzugsfirma noch mehr fluchen als Simon. Verdammt, das ist wirklich ein perfektes Timing!

Dabei braucht er gar nicht zu jammern. In seinen Schachteln sind Gläser und feines Geschirr. Alles nicht übermäßig schwer. Noch einmal geht er zu seinem Auto und holt die Zimmerpalme, die er vorsichtig durch das Stiegenhaus in sein neues, sonniges Reich befördert. Dann sollte er sich noch um das Hotelzimmer für heute Nacht kümmern. Im Schlafsack auf dem harten Boden zu schlafen, ist in seinem Alter nicht mehr das Wahre.

Da sitzt er nun – auf dem Boden. Das große ausladende Fenster gibt einen spektakulären Blick auf die Gebirgskette frei. Simon kommt wieder auf die Füße. Stöhnt. Überall weiße Wände. Das wird auch so bleiben, denn Bilder hat er keine. Der Kommissar geht in die Küche, die einfach eingerichtet ist. Elektroherd, Kühlschrank, Abwaschbecken, Arbeitsplatte, darüber hängen weiß-braune Kästen an der Wand. Er ist nicht der große Koch, es würde reichen. Das Küchenfenster zeigt auf eine relativ ruhige Straße. Er blickt auf die Nachbarhäuser, etwas links ragt ein Kirchturm über die Dächer. Ja, hier kann man es aushalten. In ein paar Tagen – jetzt – würde ein neues Leben beginnen.

Einmal muss er jedenfalls noch hinunter zum Auto, der Kaktus soll heute auch noch in sein neues Zuhause. Vielleicht wird dieser trotz der Übersiedlungsstrapazen Weihnachten noch einmal erleben – und in seiner neuen Heimat neuerlich erblühen.

Kann der Bauer's Leben nicht ertragen,
muss er neue Wurzeln schlagen.

VI. CHANCENLOS IM FEGEFEUER

Unheildrohend: Warum die Polizei immer wieder den richtigen Riecher hat und der Kommissar für Rindsbraten in Landgasthäusern sein Leben geben würde

»Herr Forda?«

Der Bauer nickt.

»Guten Tag, mein Name ist Dallapozza. Entschuldigen Sie, dass ich Sie bei der Arbeit störe. Ich komme von der Polizei.« Der Kommissar holt seinen Dienstausweis aus der Tasche und hält ihn direkt vor Giovannis Nase.

Dieser fühlt sich, als ob ihn der sprichwörtliche Blitz nicht nur getroffen, sondern vielmehr in der Mitte gespalten hätte. Jetzt haben sie ihn nach fast einem Monat doch noch gefunden.

»Guten Tag, wie kann ich Ihnen helfen?«

»Reine Routine, ich suche nach Herrn Karner, Heinz Karner. Er wurde als vermisst gemeldet.«

»Jetzt, wo Sie es sagen. Früher ist er jede Woche einmal auf den Hof gekommen. Ich hab ihn aber sicher schon viele Wochen nicht mehr gesehen.« Giovanni steht vor der Stalltür. Ausgerechnet heute ist er herunten auf dem Bauernhof im Tal und sein Onkel hütet oben die Kühe. Ausgerechnet heute muss hier dieser Polizist auftauchen. Zur falschen Zeit am falschen Ort: Jeder hat das schon einmal erlebt. Vielleicht gehören Sie ja sogar zur Gruppe, die glaubt, so etwas passiere Ihnen täglich.

»Wann haben Sie ihn das letzte Mal gesehen?«

»Wie gesagt, das muss ungefähr einen Monat her sein. Jedenfalls nicht mehr, seit ich auf die Alm hinaufgezogen bin. Sie müssen wissen, ich bin heute nur zufällig im Tal, weil ich endlich das Heu einbringen muss.« Giovanni gibt sich sehr vorsichtig. Nur nicht zu viel plappern. Er legt sein Gewicht abwechselnd auf das rechte Bein, dann wieder auf das linke. »Und Sie sagen, er wird vermisst. Seit wann?«

»Karner wurde am 25. des Vormonats zum letzten Mal gesehen. Es sieht so aus, als ob er am kommenden Tag eine Wandertour Richtung Geisterhorn unternommen hätte. Seit diesem Tag gibt es kein Lebenszeichen mehr von ihm.«

»Der Geisterhorn ist da drüben.« Giovanni deutet mit beiden Armen auf die andere Seite des Tales. »Warum suchen Sie ihn da bei mir?«

»Wie gesagt, ich klappere Bekannte und Geschäftspartner ab, die Karner öfter mal besucht hat. Ich frage mich nur ein wenig herum. Seine Sekretärin hat mir eine Liste mit Kunden erstellt. Also Karner war weder am 25. noch am 26. bei Ihnen?«

»Nein, ich hab ihn nicht gesehen. Vielleicht war er ja da, aber dann hat er mich nicht angetroffen. Ende des Monats war ich nahezu jeden Tag oben auf der Alm.«

»Und heute?«

»Heute ist mein Onkel beim Vieh, ich bin runtergekommen, um das Heu einzufahren. Das Gras wächst heuer schnell.«

Dallapozza sieht direkt in die Augen des jungen Bauern. Nur einen kurzen Augenblick. Dann macht er sich ein genaues Bild seines Gegenübers und des Bauernhofes. Der untersetzte Mann trägt einen, vor allem auf den Kniezonen dreckigen Blaumann, eine rote Baseballkappe mit dem

Logo eines Futtermittelherstellers, schwarze Gummistiefel, in der linken Hand hält er einen Schraubenschlüssel. Das alte Computerspiel seines Enkels Luigi fällt ihm ein. Super Mario heißt die Spielfigur wohl, glaubt er sich zu erinnern. Bei Forda fehlt nur der Bart. Das Anwesen hier ist wunderschön, das Haus sicher 300 Jahre alt. Die halb geöffnete Tür hinter Giovanni gibt aber einen Blick in einen modernen Stall frei – freilich ohne Kühe.

Irgendwie kommt ihm der Mann nervös vor.

»Ich komme gerade von Ihrem Nachbarn. Karner hat ihn am 24. noch besucht, er wollte ihm seinen Hof abkaufen, um einen Golfplatz darauf zu bauen.«

»Ich weiß, von mir will Karner auch Grund für sein Golfprojekt erwerben.«

Das weiß Dallapozza freilich mittlerweile auch. Er ist in aller Herrgottsfrüh ins Büro des Maklers gefahren. Dort traf er die Sekretärin an, die nicht viel zu tun hatte. Sie wartete weniger auf Kunden als auf ihren Chef. Die arme Haut war verdammt nah am Wasser gebaut: Während des Gesprächs weinte die Gute bitterlich und ohne Unterlass. Der arme Karner, was ihm nur zugestoßen sein könnte. Sie hätte außerdem kaum Arbeit, wisse nicht, wie es weitergehen solle.

Dallapozza gelang es unter Einsatz von unzähligen mitgebrachten Papiertaschentüchern, der 20-Jährigen dann doch Informationen zu entlocken. Aus der Polizeiakte hatte er ja Kenntnisse über den Fundort des Autos, die erfolglose Suchaktion am Berg und die Daten der Telefonfirma über die letzten Gespräche des Vermissten. Karners Sekretärin erzählte ihm, dass ihr Chef einen Tag, bevor er offensichtlich auf den Berg hinauf wollte, sich nicht mehr bei ihr gemeldet hätte. Am späten Vormittag hätten sie noch miteinander gesprochen. Bei einer wichtigen Besprechung mit der Bank am Nachmittag wäre der Makler aber nicht mehr aufgekreuzt.

Die Sekretärin erklärte dem Kommissar, dass Karner eigentlich nie Besprechungen versäumt hätte. Er sei zwar immer konfus und zudem schweigsam gewesen, was seine persönlichen Terminvereinbarungen anging. Immer wieder hätte er zwischen den ihr bekannten Besprechungen oder Kundenkontakten eigene Süppchen gekocht, wie sie es bezeichnete – kurz bevor sie sich wieder einmal schnäuzte und eine dicke Träne von ihrer rechten Wange wischte. Nein, an diesem Tag war ihr bis auf das Bankendate kein Termin bekannt.

Das Gebiet, in dem er seine Häuser und Wohnungen anbietet, ist relativ groß. Im Katalog sind dutzende Objekte angeführt, die sich in gut 20 unterschiedlichen Ortschaften befinden. Karner könnte an diesem Tag überall gewesen sein, sie erinnerte sich nur noch, dass die Telefonverbindung während ihres letzten Gesprächs sehr schlecht war. Das passiere aber oft: Er könnte auf dem Berg gewesen sein, genauso aber in einer Tiefgarage telefoniert haben.

Ein seltsames Gefühl bemächtigte sich des Polizisten. Ein Gefühl, das Dallazoppa nur selten täuschte. Irgendetwas war faul an der Sache. Eigentlich war der Mann bereits einen Tag, bevor er den Tatsachen nach verschwunden ist, nirgendwo mehr aufgetaucht. Laut den Ermittlerakten hatte er aber am Abend dieses Tages noch ein paar Mal von zu Hause aus telefoniert. Er holte die Akte aus seiner schwarzen, abgegriffenen Ledertasche, während Karners Sekretärin nach einem neuen Taschentuch fingerte. Karner hatte an diesem Abend die Nummer einer Sexline gewählt und zweimal den Bürgermeister eines nur wenige Kilometer entfernten Dorfes angerufen. Von ihm war keine Aussage in der Akte erfasst. Er würde mit diesem Auer wohl persönlich sprechen müssen.

Den Bürgermeister erreichte Dallapozza natürlich nicht im Gemeindeamt. Wie in kleinen Orten üblich, hielt der Dorfchef nur wenige Sprechstunden ab. Die übrige Zeit erwischte man ihn auf seinem Bauernhof.

Genau dort traf ihn Dallapozza dann auch an – genaugenommen auf dem Traktor inmitten einer Wiese unweit seines Hofes. Bürgermeister Auer sammelte das frische Heu ein. Dallapozza kam ihm entgegen. Zuerst wollte Auer dem Kommissar eine Standpauke erteilen, weil er auf seiner Wiese, inmitten des guten, frischen Heus, gefälligst nichts zu suchen hätte. »Schau, dass du mit deinen Latschen aus dem Heu verschwindest. Aber schnell«, hat er ihn angebrüllt. Sobald er aber einen Blick auf den Polizeidienstausweis werfen konnte, stellte der Bauer und Bürgermeister den Motor ab und stieg von seinem Monstrum von Traktor herunter. Warum müssen Traktoren heutzutage bloß solche Riesentrümmer sein?

»Sie müssen entschuldigen. Womit kann ich Ihnen dienen, Herr Kommissar?«

»Ich bearbeite die Vermisstenmeldung Karner.«

»Was? Immer noch. Der Arme liegt doch irgendwo oben auf dem Geisterhorn. Da ist er nicht der Erste. Was glauben Sie, warum der Berg wohl so heißt?«

»Mag schon sein. In diesem Fall kommt mir aber etwas komisch vor. Laut meinen Unterlagen hat er mit Ihnen einen Tag vor seinem Verschwinden noch zweimal telefoniert. Was wollte er?«

Der Bürgermeister dachte nach. »Warten Sie, wann ist Karner verschwunden?«

»Im letzten Monat, am 26.«

»Dann soll er mich am 25. angerufen haben? Am 25. war ich in London. Wir sind am Abend nach Heathrow geflogen. Da hat mich niemand angerufen. Das würde ich wissen.«

Dallapozza überlegt. Mitten auf dem Feld holt er neuerlich den Schnellhefter hervor. »Wann sind Sie weggeflogen?«

»Spät am Abend. Der Geizverein von Tourismusverband wollte sparen und hat uns auf einen billigen Urlauberflug gebucht, der erst spät wegging.«

Die Anrufzeiten passten mit der Flugzeit überein. »Er hat Sie also nicht erreicht. Haben Sie keine Mitteilung über Anrufe in Abwesenheit erhalten?«

»Was weiß ich, ich drück das Zeug immer weg. Sollte jemand von mir etwas wollen, ruft er schon wieder an.«

»Außer, derjenige verschwindet danach. Was könnte er gewollt haben?«

Der Bürgermeister überlegt. Der Mann steht neben seinem grünen Ungetüm von Traktor – die Transformers sind nichts dagegen. Er stellt den rechten Fuß auf die unterste Stufe des Trittbretts. »Ich weiß nicht? Vielleicht hatte es ja mit dem Golfplatzprojekt bei uns zu tun. Vielleicht wollte er auch wegen eines anderen Bauprojektes in der Gemeinde sprechen.«

Dallapozza lauschte interessiert den Ausführungen des Bürgermeisters. In der Luft lag der Duft von frischem Heu. Es war angenehm warm, die beiden Männer blieben mitten auf dem Feld stehen. Immer wieder machte der Kommissar sich Notizen. Namen von Beteiligten, Adressen. Der Bauer holte ihm sogar eine Telefonnummer aus dem Speicher seines Handys. Am Ende war er über die Pläne eines Millionärs aus Mailand informiert, der in exponierter Hanglage ein luxuriöses Zweitwohndomizil bauen will und die Pläne Karners, hier im Dorfgebiet einen Golfplatz zu errichten.

»Beide Projekte machen Schwierigkeiten«, sagte Auer. »Vom Grundstück des reichen Industriellen hat man zwar eine tolle Aussicht über das ganze Tal, dafür liegt es aber mittendrin in der roten Zone. Eine Umwidmung ist unmöglich. Ausgeschlossen. Viel zu gefährlich! Das kann ich mir als oberste Baubehörde im Ort nicht leisten«, verteidigt sich der Bürgermeister. »Wie Karner dem Mann diesen Platz als Baugrundstück andrehen konnte, ist eines jener Geheimnisse, die bis zum Sanktnimmerleinstag nicht mehr geklärt werden können. Wenn ich dem erlaube, dort sein Haus zu bauen, klopft beim nächsten Wolkenbruch gleich die Mure zum Kaffee an. Karner hat jetzt natürlich Schwierigkeiten mit dem Grundbesitzer. Die ganze Sache läuft auf ein gerichtliches Nachspiel hinaus.«

Das Golfplatzprojekt in seinem Dorf warf zwar keine nennenswerten behördlichen Probleme auf, einer der beteiligten Bauern wollte Karner aber den nötigen Grund nicht verkaufen. Dallapozza rückte mit den zwei Adressen der Landwirte ab – dass Karner nach Mailand gejettet sein könnte, glaubte der nicht. Auer warf wieder den Traktor an und widmete sich seiner Heuernte.

Statt zum nächsten Bauer zog der Hunger den Kommissar aber schnurstracks ins Wirtshaus. Im Gastgarten des Hirschenwirtes bestellte er sich einen Rindsbraten und nutzte die Wartezeit, um die Sache noch einmal zu überdenken. Sein böses Gefühl wurde immer stärker. Irgendetwas stimmte hier nicht. Immer mehr sagte ihm sein Gefühl, dass es sich in diesem Fall nicht klassisch um einen vermissten Wanderer handelte. Besonders der Tag vor dem Verschwinden hatte es in sich. Da war doch etwas nicht ganz koscher.

Besonders der eine Landwirt, der sich sträubte, den Grund für den Golfplatz zu verkaufen, interessierte ihn. Außerdem würde er noch der Gendarmeriedienststelle dieses Tales einen Besuch abstatten müssen. Vielleicht gab es ja etwas Neues.

Dallapozza packte seine Akte aus und suchte die Telefonnummer der Ortsstelle. Diese hatte er schnell gefunden – ganz im Gegensatz zu seinem Mobiltelefon. Nicht in der Jacke, nicht in der Tasche. Er verließ den Gastgarten, um im Auto nachzusehen. Wieder nichts. Dabei hatte er sich bereits den ganzen Vormittag gewundert, warum sich Wally nicht meldete. Jetzt wusste er es, jetzt erinnerte er sich auch, dass er das Telefon zu Hause in der Küche angesteckt hatte, um den Akku wieder aufzuladen. Gestern Abend.

Zwischen den letzten beiden Ortschaften hatte er an einer Bushaltestelle eine Telefonzelle gesehen. Von dort aus wollte er später Wally anrufen. Im Alter wurde man vergesslich, dachte sich der Kommissar, aber auch nachlässig. Die Gewissensbisse, mehrere Stunden nicht erreichbar gewesen zu sein, blieben aus. Früher einmal hätte er die Sache noch ernst genommen, jetzt aber hatte er Hunger – und zwar großen.

Die Kellnerin brachte das Rindfleisch mit Reis und einer schier sensationell duftenden braunen Soße und warf dem Gast ein Lächeln zu: »Guten Appetit.«

Dieser Duft, schier atemberaubend. Dallapozza war ein großer Freund von Landgasthäusern mit ihrer Hausmannskost. Welch kulinarische Sternstunden hatte er bereits in schattigen Gastgärten oder steinalten, mit uraltem Holz vertäfelten Gaststuben erlebt. In letzter Zeit fuhr er aber hin und wieder gewaltig ein. Internationale Küche, oder was die Wirte in Tourismusorten darunter verstanden, war nicht so das seine. Wenn er etwas Asiatisches wollte, dann ging er zum Chinesen oder zum Inder.

»Geschmack ist etwas zutiefst Subjektives«, sagte seine Frau immer. Das war dem Kommissar schon klar. Auf derartige pseudokulinarische Geschmacksverirrungen konnte er aber in heimischen Wirtshäusern verzichten. Ein alter Spruch seines Vaters kam ihm in den Sinn, den er immer dann angebracht hatte, wenn es um schlechten Geschmack ging. Etwas deftig – aber so war man halt in den Bergen: *Der hat einen Geschmack wie eine Kuh beim Scheißen*, pflegte sein alter Herr in derartigen geschmacksverirrenden Situationen immer einzuwerfen. Ja, das traf die Sache wohl ziemlich genau, wenn einheimische Gastwirte glaubten, die besseren Chinesen zu sein.

Dieses Mal war aber alles in Ordnung, dieses Mal wusste der Koch, was sich gehörte. Dieses Mal hatte Dallapozza einen Volltreffer gelandet. Er schwärmte für Rindsbraten, hatte das Gericht für sein Leben gern. Das Wasser lief ihm im Mund zusammen. In diesem Moment war er selig: Mein Gott, was war das köstlich: diese Soße, das zarte Fleisch. Sicher von einer Kuh hier aus der Gegend.

Bürgermeister Auer hatte diesen Giovanni Forda als jähzornig beschrieben. Aufbrausend, stieß öffentlich Drohungen aus, eigenbrötlerisch, auch ein wenig alternativ angehaucht. Der Mann lebte allein auf dem sogenannten Tannhof, ein prächtiges Gut am anderen Ende des Dorfes. Karner hatte den Mann oft besucht und dabei versucht, ihn zu überreden und auf seine Seite zu bringen. Im Laufe der Zeit hatte er dem Bauern auch mehr Geld geboten. Keine

Chance! Forda verkaufte nicht, und das machte böses Blut hier im Dorf. Denn die Allgemeinheit stand dem Tourismusprojekt positiv gegenüber. Der junge Bauer stellte sich aber quer, dem war das Geld anscheinend Wurst.

Ein toller Tag heute – und dieses Mittagessen hatte verdammt das Zeug dazu, ihn zu krönen. Dallapozza stellte Teller und Bierglas an den rechten Rand seines Tisches, um linker Hand Platz für die aktuelle Ausgabe der Lokalzeitung zu haben. Ein anderer Gast hatte sie wohl zuvor auf dem Tisch vergessen.

»Sie haben einen wunderschönen Hof, Herr Forda.« Peter Dallapozza schaut Giovanni tief in die Augen. »Wenn ich mir überlege, dass der Ihres Nachbarn bald nicht mehr stehen wird. Angeblich soll das Haus in ein Freiluftmuseum übersiedeln.«

Giovanni starrt auf dem Polizisten. »Warum das?«

»Weil dort drüben in nicht allzu langer Zeit der Golfplatz stehen soll. Er hat mir erzählt, dass er wegziehen will.«

»Stimmt, er kann ja schließlich nicht im 10. Loch hausen, wenn dort alles verschandelt und umgegraben ist.« Giovanni ist wieder in seinem Element. »Ich verscherble mein Erbe nicht. Wenn Karner nicht auf einen Neun-Loch-Platz umplant, wird hier gar nichts gebaut. Dann kann der Vitus daheim bleiben.«

»Er hat mir erzählt, dass Sie gar nicht so viel Grund dafür abtreten müssten.«

»Ja, das stimmt, aber ohne meine Wiesen geht eben nichts. Dumm gelaufen.« Was will der Bulle. Der Opa soll ihn in Ruh lassen. Er hat zu tun, das Heu muss rein, solange das Wetter so schön ist. Dabei hat er noch gar nicht begonnen zu mähen. Morgen muss auch noch der

Mist raus aufs Feld und dann kann er endlich wieder rauf zu seinen Kühen.

»Dumm ist es offensichtlich auch für Heinz Karner gelaufen. Irgendetwas ist ihm zugestoßen. Und wenn ihn nicht die Sehnsucht nach dem Meer gepackt hat, wie Ihren Nachbarn, dann ist zu befürchten, dass er tot ist.«

Giovanni beginnt zu schwitzen. In Windeseile ist er platschnass. Beinah so, als hätte er sich unter die Dusche gestellt. Die Schweißdrüsen schuften im Akkord, alle Poren öffnen sich im selben Augenblick und setzen einen wahren Tsunami in seine Kleidung frei.

Der Bauer ist wie gelähmt, dann nimmt er die Kappe ab und wischt sich mit dem Handrücken über die Stirn. Ertappt? Nur einen kurzen Augenblick sieht er nicht in die Augen des alten Kommissars.

Dieser hat wieder einmal einen dieser magischen Momente erlebt – wie schon so oft in seiner langen Berufskarriere. Mit dem Menschen gegenüber ist etwas passiert. Schlagartig. Er hat es gesehen, nein, gefühlt. Dieser Bauer weiß mehr, Fordas Gesicht ist jetzt kreideweiß, verräterisch hat es die Farbe gewechselt. Außerdem schwitzt der Rinderbauer wie ein Schwein.

Was hat er zuvor gesagt? War es nicht ›Karner muss tot sein‹? Diese Worte haben bei seinem Gegenüber glatte Panik ausgelöst. Jetzt zittert er, er wischt sich schon wieder den Schweiß von der Stirn. Sein Haar, das er zuvor unter seiner Kappe versteckte, ist klatschnass.

Bald, nein, lange wird es nicht mehr dauern, dann geben seine Knie nach. Forda wankt einen Schritt zurück. Er steht jetzt genau im Rahmen der Stalltür.

»Ja, entweder ist er beim Wandern verunglückt oder er ist anders zu Tode gekommen, vielleicht hat ihn ja jemand umgebracht«, mutmaßt der Kommissar. Einen Versuch ist es wert. Einfach ein Schuss ins Blaue.

Giovanni stottert: »Sie, Sie haben wahrscheinlich recht. So lange überlebt da oben keiner, das ist jetzt wohl zu lange her.«

»Glauben Sie, dass er sich das Bein gebrochen hat und da oben lag, bis er verhungerte? Zwischendurch war es in der Nacht noch ein paar Mal saukalt. Vielleicht ist er aber auch abgestürzt und hat sich den Schädel eingeschlagen.«

»Ja«, Giovanni zögert. »Ja, das ist schon durchaus möglich. Man passt nicht auf. Das ist schnell passiert.«

Der Kommissar macht einen Schritt nach vorn und versucht es noch einmal. »Könnten Sie sich vorstellen, dass jemand Karner etwas zuleide tun könnte?«

Giovanni fühlt sich bedrängt und macht seinerseits einen Schritt nach hinten, hinein in den Stall. »Nein, nein, nein. Das glaube ich nicht. Ich kenn ihn aber auch zu wenig. Er kommt hier und da zu mir auf den Hof, will mich umstimmen und trinkt schon mal ein Schnäpschen. Eigentlich ist er ja ein umgänglicher, sympathischer Typ. Ein netter Bursch. Ich will ihm halt nur meine Wiesen nicht verkaufen.«

Der Bauer wischt sich neuerlich den Schweiß von der Stirn. Die Kappe setzt er nicht mehr auf, sondern legt sie auf ein Fenstersims im Inneren des Stalls. Das ist die Gelegenheit, sich noch ein paar Schritte von Dallapozza wegzubewegen. Langsam gleicht der Bauer einem waidwunden Tier, das in die Enge getrieben wird. Der Kommissar hat Blut gerochen. Der Karner ist nicht einfach so verschwunden.

»Sie sagen, Karner war am 24., am 25. oder am 26. Mai nicht bei Ihnen?«

»Ich war ja nicht da. Vielleicht stand er vor meiner Haustür, aber ich hab ihn jedenfalls nicht gesehen.« Giovanni bewegt seinen Kopf, schaut nach links und rechts.

Dallapozza weiß, dass er den Mann einer intensiven Befragung zuführen muss. Mit dem stimmt etwas nicht, der gehört in ein Verhörzimmer. Das würde noch mehr Eindruck auf ihn machen, da würde er schon mit der Sprache rausrücken. Aber er versucht es noch einmal: »Vielleicht hat er Sie ja hier nicht angetroffen. Vielleicht ist er ja zu Ihnen auf die Alm gegangen. Wenn er Zeit dafür gehabt hätte, wäre das doch logisch. Das müssen Sie zugeben.«

Giovanni ist baff. »Nein, nein, da oben war niemand.« Er blickt noch einmal auf das Fensterbrett, auf das er vorhin seine Kappe gelegt hat.

»Da geht doch sicher eine Straße oder ein Weg hinauf. Wo liegt denn die Alm des Tannhofes. Ist sie drüben auf der Seite beim Geisterhorn?«

»Nein, die ist auf der anderen Seite, unter dem Zwölferhorn.«

»Das ist freilich die falsche Richtung. Sein Auto stand beim Lift.«

Der Bauer atmet kurz durch. Sie glauben nicht, welch großer Stein Giovanni gerade vom Herzen gefallen ist. Die ganze Prozedur hat sich ausgezahlt, die wissen alle nichts. Riesengroßes Aufatmen, das können Sie sich gar nicht vorstellen!

Dann erschrickt der Bauer. Kater Giuseppe streicht ihm um die dreckigen Gummistiefel. Schnurrt und schaut dann hoch zu ihm. Giovanni bückt sich, streichelt das Tier. »Das ist Giuseppe, sein Mittagsschlaf ist wohl vorbei.«

Dallapozza blickt auf die Katze, lässt sich aber nicht ablenken: »War Karner ein Mountainbiker?«

»Nicht, dass ich wüsste«, sagt Giovanni. Lässt mich der Bulle denn nie in Ruh? Wann haut das Schwein denn endlich ab?, fragt sich der Bauer. Lang halte ich den Wahnsinn nicht mehr aus. Giovanni schluckt, das befreiende Gefühl war nur von kurzer Dauer.

»Wann haben Sie ihn denn das letzte Mal gesehen?« Der Kommissar hat die Frage schon einmal gestellt.

»Ich … ich weiß nicht.« Der Bauer weiß wirklich nicht mehr, was er sagen soll, wird wieder panisch. »Vermutlich zur Monatsmitte.« Der vermutet etwas, warum bohrt der Bulle denn so?, denkt sich Giovanni. In seinem Kopf geht es drunter und drüber.

»Sie sind sich sicher, Mann?«

Schweigen.

Der Kommissar gibt auf. Zumindest für heute. So kommt er nicht weiter. Er würde die Sache morgen oder übermorgen noch einmal anders angehen müssen. Vielleicht wandert er unangemeldet mit Wally als Verstärkung hinauf auf die Alm. Außerdem würde er mit der Spurensicherung Richtung Karners Wohnhaus ausrücken müssen. Bei diesem Bauer will er aber auf jeden Fall noch einmal nachsetzen. Irgendetwas stimmt mit dem nicht, irgendetwas ist hier nicht in Ordnung; das fühlt er. Der Mann ist viel zu nervös.

»Ich weiß es nicht, bei mir ist er jedenfalls nie mit einem Rad angerückt.« Unter der Kappe auf dem Fensterbrett erkennt Giovanni das Ende eines dunkelgrauen Plastikstabs. Es ist geradezu unheimlich, wie sich seine Sinne plötzlich schärfen. Das Schnurren des Katers, der immer noch neben ihm hockt, wird lauter, er hört deutlich die Hennen vor der Stalltür, drüben an der Straße vernimmt er das Stottern eines Motorrads. Ihm ist kalt im Stall, der

Schweiß in seiner Kleidung lässt ihn frösteln. Der Bauer fixiert den kleinen sichtbaren Teil des Stabs mit seinen Augen, sein Gehirn formt den Rest des Gegenstands in seinen Gedanken. Dann ein kurzer Blick auf den Polizisten.

Giovanni zieht das jetzt durch. Ein für alle Mal. Er greift unter die Kappe, zieht den handlichen Stab heraus. Die Spitze ist etwas breiter als das hintere Ende, zwei Metallstäbe schauen daraus hervor. Der Bauer drückt auf den Knopf an der Seite und setzt den elektrischen Viehtreiber direkt an den Hals des 60-jährigen Kommissars.

Der Polizist ist überrascht. Setzt zurück. Tausende Volt. Giovanni lässt nicht locker, er drückt die Metallspitzen jetzt direkt auf die Haut von Dallapozzas linkem Unterarm. Dann auf die Brust. Wieder auf den Unterarm. Dann wieder auf den Hals. Hat der rabiate Landwirt seinen Arm überhaupt noch unter Kontrolle?

Der Bauer zwingt den Polizisten in die Knie. Dallapozza stößt einen markerschütternden Schrei nach dem anderen aus. Die Katze springt weg und läuft aus dem Stall. Giovanni drückt weiter drauf los und schießt den Strom in Dallapozzas Hals. So lange, bis der Mann vor ihm liegt.

Der Polizist krümmt sich auf dem Boden. Er wehrt sich nicht. Giovanni kniet inzwischen neben ihm, hält den Viehtreiber an den Kopf seines Opfers. An die Stirn, die Wangen. Ist er denn gar nicht mehr zu stoppen? Der Überwältigte zittert.

Nicht nur er: Auch der Bauer zittert. Dallapozza schreit wieder wie am Spieß und versucht jetzt den Bauern mit den Händen abzuwehren. Auch Giovanni brüllt – sogar lauter als sein Opfer. Dann schiebt der Peiniger dem Polizisten den Plastikstab in den Mund. Fest, mit einem erschreckenden Ausmaß an Gewalt, weil die Spitze des Stabs eigentlich zu breit dafür ist. Giovanni schiebt und drückt – so weit es geht. Drückt noch einmal.

Wie von der Tarantel gestochen springt Giovanni plötzlich auf. Der Viehtreiber steckt im Rachen seines Opfers. Dallapozza reagiert anscheinend nicht mehr. Dann vernimmt er ein leises Röcheln. Will er ihn jetzt ersticken?

Der Bauer dreht sich um. An der Wand steht die Mistgabel. Er packt den Stil, holt aus und versenkt die Zinken im Leib des Polizisten. Umständlich holt Giovanni das Werkzeug wieder aus dem Bauch des Opfers. Dabei setzt er seinen rechten Fuß auf den Körper des Sterbenden, um die Waffe leichter aus dem Fleisch herauszuziehen. Dann holt er noch einmal aus und sticht in den Brustkorb des Kommissars.

Hauptkommissar Josef Dallapozza ist tot.

»Gott verdamm – Jesus, Maria, nicht schon wieder.« Giovanni geht zuerst in die Knie, dann setzt er sich neben die Leiche. Die Mistgabel steckt noch im Körper seines Opfers. Was heißt hier »schon wieder«? Dieses Mal verdreht der Bauer hier eine Kleinigkeit. Dieses Mal muss er nicht nur den Leichnam entsorgen. Dieses Mal ist er für den Tod eines Menschen verantwortlich.

Als ob es in einem solchen Augenblick nichts anderes zu denken gebe, macht Giovanni, an sich kein fleißiger Kirchgeher und außerhalb des Advents Weihwasserabstinenzler, Sorgen um seine Zukunft in der Ewigkeit. »Wenn ich jetzt nicht diretissima in die Höll' komm, gibt es doch noch Wunder.« So wie die Sache liegt, wird wohl mit einer Einladung ins Fegefeuer und einer zweiten Chance nichts mehr werden. Die Aussicht auf Läuterung und in der Folge auf das ersehnte Himmelreich ist wohl ab jetzt gleich null, lieber Giovanni. Hochdramatisch das Ganze!

Ja, dumm gelaufen. Strafverschärfung bis in alle Ewigkeit. Da nützt es wohl auch nichts mehr, künftig jeden Sonntag vor dem Altar ein Kerzlein anzuzünden.

Der Bauer steht wieder auf, beschwört noch einmal alle möglichen Heiligen. Er friert und schwitzt zugleich, zittert wie Espenlaub. Wieder überall Blut. Auf dem Boden, Spritzer an der Wand, auf seiner Kleidung – und natürlich auf dem Opfer.

Nur langsam beruhigt er sich wieder, verdrängt die Sorgen um sein Seelenheil und schließt die Stalltür. In seinem Kopf formt sich eine neue To-do-Liste. Der Bauer weiß, wie es weiter geht. Wieder hinauf zu den Löchern im Karst. Diesmal aber quasi unter verschärften Bedingungen.

Die Leiche muss aus dem Tal verschwinden. Er kümmert sich in der Nacht um den Transport. Mit dem Auto hinauf, den letzten Rest zu Fuß. Morgen in aller Herrgottsfrüh muss der Polizist in ein Loch. Der Stall gehört geschrubbt, das Auto entsorgt – und ein Spiel mit dem Handy muss er sich auch wieder ausdenken. Das wird diesmal aber alles viel schwieriger werden.

Zuerst gehört die Leiche versteckt – hier im Tal kann jederzeit jemand reinschneien. Neben seinem Opfer stehend blickt er auf die Mistgabel. Dann kommt ihm eine Idee.

Jawohl. Das ist genau das Werkzeug, das er genau jetzt braucht! Giovanni zieht die Forke aus Dallapozzas Leichnam, wieder muss er mit seinem Fuß nachhelfen. Dann blickt er aus dem Stallfenster und vergewissert sich, dass niemand um den Hof schleicht.

Ein ordentlicher Misthaufen ist stets neben der Stalltür aufgehäuft. Ein kurzer Transportweg für die tägliche Scheiße aus der guten Stube der Rinder bedeutet in diesem Fall eine ebenso schnelle Entsorgungsmöglichkeit für die Leiche. Da er den Mist noch nicht auf die Felder aufgebracht hat, steht Giovanni ein ideales Versteck zur Verfügung. Was haben Bauern im Laufe der Geschichte nicht schon alles in ihren Misthaufen versteckt. Von der Schmuggelware und wertvollem Diebesgut bis zu politisch falschen Flaggen. Während des Zweiten Weltkriegs wurde unweit von hier sogar ein großes, sehr kostbares Kruzifix vor der Zerstörung gerettet, indem es an der Wegkreuzung abmontiert und unter einen Misthaufen gebettet wurde. Selbst Kirchenglocken wurden so vor dem kriegsbedingten Einschmelzen bewahrt. Giovanni wird heute hier einen Toten verscharren, quasi zwischenlagern – wahrscheinlich ist er nicht der erste Bauer, dem diese Idee im Laufe der Jahrhunderte gekommen ist.

Da ist sie wieder, haben Sie es auch gemerkt? Die Coolness, mit der Giovanni einen toten Menschen vor neugierigen Blicken zu verstecken sucht. Der beißende Spott, das Pokerface. Kein Funke von Nervosität. Das Profikiller-Gen in ihm hat wieder vollständig die Kontrolle über seinen Körper übernommen.

Er zieht Dallapozza die Schuhe aus. Dankenswerterweise ist auf den Sohlen gut sichtbar die Schuhgröße 43 zu lesen. Das ist genau Giovannis Nummer. Die Dinger sollten also passen. Zuvor hat er die Taschen durchsucht, außer einem Schlüsselbund und einer Brieftasche aber nichts gefunden. Kein Telefon. Er muss später im Auto danach suchen. Die Brieftasche steckt er wieder in die Hosentasche seines Mordopfers, die 147,11 Euro, die er darin gefunden hat, lässt er aber in die Tasche seines Blaumanns gleiten. »Trinkgeld«, sagt er. Erschreckend, wie sich der an und für sich recht nette Zeitgenosse in diesem Augenblick verhält. Er ist gar nicht wiederzuerkennen. Ein echtes Scheusal, dieser Meinung sind Sie doch auch. Oder nicht?

Die Entsorgung eines toten Menschen ist für Giovanni anscheinend bereits Routine. Mit der Mistgabel hebt er den obersten Teil des Misthaufens ab. Dann zieht er Dallapozza aus dem Stall und deckt den Leichnam wieder mit dem Dung zu. »Da finden nicht einmal die besten Spürhunde mehr etwas«, sagt der Bauer laut zu sich. »Da können die Köter noch so eine gute Nase haben.«

Der Mörder ist sich bewusst, dass er sich heute nicht den kleinsten Fehler erlauben darf. Bei Karner hat er aufgepasst. Da er dessen Verschwinden inszeniert hat, ist kein Kriminaltechniker dem Auto auch nur nahe gekommen. Dieses Mal würden die Spurensicherer aber nur so ausschwärmen, sobald sie den Wagen des Opfers finden. Giovanni holt sich eine neue Plastikfolie aus dem Haus, zuvor hat er sich einen noch nicht getragenen Arbeitsoverall übergezogen. Jetzt steigt er in die brauen Wildlederschuhe seines Opfers. Auf dem Autoboden wird man so nichts Fremdes finden. Er fährt den BMW schnell in seine Tenne und schließt das Tor mit einem Vorhängeschloss zu.

Alles deutet darauf hin, dass der Polizist eine Routineuntersuchung durchführte. Türklinkenputzen. Offensichtlich hat er alle abgeklappert, mit denen Karner in der letzten Zeit Kontakt pflegte. Wie hat er dann aber die Wahrheit herausgefunden? Geraten? Er hatte doch nichts Konkretes in der Hand.

Giovanni konnte nur drauf hoffen, dass es so war. Sicherlich dauert es aber nicht lange, bis andere Polizisten wiederkommen. Ruhe muss er bewahren. Nicht durchdrehen – wie grad eben im Stall. Und die Spuren beseitigen. In den nächsten Wochen würde er sich jedenfalls so selten als möglich im Tal blicken lassen.

In der Nacht wird er das Auto auf einem Parkplatz in der Stadt abstellen und absperren. In der Folge steht wohl wieder ein längerer Fußmarsch auf dem Programm, die Leiche muss beim ersten Tageslicht direkt rauf auf den Berg. Hier neben dem Stall würde den Toten derweil niemand suchen und schon gar nicht finden. »Jede Art von Gestank wird vom Duft des Dungs überdeckt.«

Giovanni lacht laut auf, der Bauer ist noch immer entzückt über sein Versteck. Dann macht er sich ans Putzen. Es gibt viel zu tun – für ihn und seinen nigelnagelneuen gelben Hochleistungshochdruckreiniger. Ein wahres Wunderding – das wäre freilich seinerzeit der Traum des Herakles gewesen. Augias' Ställe wären in Bestzeit blitzeblank gewesen.

Bist du ein Freund von Rinderbraten,
wird dich jeder Bauer gern beraten.

VII. DIE SUCHE BEGINNT

Lästig: Warum eine Nadel im Heuhaufen leichter zu finden ist als ein vermisster Polizist und selbst ein erfahrener Kommissar mit fremden Orten zu kämpfen hat

»Das teilen Sie mir erst heute mit?« Urban Simon ist entsetzt. »Seit wann, sagen Sie noch einmal, ist er verschwunden?«

»Seit vorgestern haben weder seine Frau noch wir etwas von ihm gehört«, antwortet Valerie Hilmer inzwischen ein zweites Mal.

»Sie haben versucht, ihn anzurufen?«

»Natürlich, das Telefon hatte er zu Hause vergessen. Das war nicht das erste Mal. Wir haben sein Auto auf die Fahndungsliste gesetzt, aber noch keine Rückmeldung.«

»Warten Sie, ich komme sofort zu Ihnen.«

Von wegen noch ein paar Tage Zeit, um sich hier einzurichten. Simon greift zu seiner schwarzen Lederjacke und den Autoschlüsseln und schon sitzt er in seinem Volkswagen. Er zermartert sich das Hirn und versucht, sich an die Adresse des Kommissariats zu erinnern, um damit sein Navigationsgerät zu füttern. »Das wird etwas werden, ich kenn mich hier noch nirgendwo aus und Dallapozza ist verschwunden. Und dann find ich noch nicht einmal ohne fremde Hilfe zu meinem Arbeitsplatz.«

Sie sehen, berühmte Polizisten sind auch nur Menschen – vor allem, wenn sie es versäumt haben, sich von ihrem neuen Arbeitsplatz die Adresse zu organisieren. Der Ortsunkundige fühlt sich wie ein Blinder, dem man beim Überqueren der Straße gnadenlos seinen Hund abknallt. In seiner Verzweiflung hat der Ermittler jedoch Glück und der Straßenname fällt ihm wieder ein. Die Hilfeleistung der künstlichen Stimme ist für ihn gold wert.

»Woran hat er zuletzt gearbeitet?« Die Begrüßung fällt knapp aus. Der neue Kommissar reicht seinen neuen Kollegen eilig die Hand und kommt schnell zur Sache. »Sie sagten, Dallapozza sei wegen eines Falles ausgerückt.«

»Wir haben zuletzt Diebstähle und Vermisstenfälle behandelt. Routine, weil zurzeit nicht allzu viel ansteht. Die letzten Tage gingen wir eigentlich nur Vermisstenfällen nach. Jeder von uns hat sich Akten genommen und abgearbeitet. Eigentlich eine einfache Büroarbeit, Dallapozza wollte aber in einem Fall vor Ort nach dem Rechten sehen und nahm seine Akte mit.«

»Worum handelte es sich dabei?«, will Simon wissen.

»Das weiß ich eben nicht. Er hat den Ordner mitgenommen. Ich habe gestern und heute versucht, bei Kollegen nachzurecherchieren, um welchen Fall es hierbei geht. Es muss sich um einen Vermissten irgendwo im Gelände handeln. Er sagte nur, dass diese Person irgendein Wanderer im Lauf des Sommers schon finden werde.«

»Das gibt's doch nicht. Es muss doch irgendwo nachkontrolliert werden können, um welchen Vorgang es sich handelt. Wofür leben wir im Zeitalter des Computers?« Simons Coolness lässt in diesem Augenblick sichtlich zu wünschen übrig. Irgendwie hat er aber auch recht. Der digitale Akt ist ja schließlich schon erfunden.

Die Mitarbeiter der zentralen Mordkommission der Alpen haben sich an einem runden Tisch aus naturbelassenem Birkenholz zusammengefunden. Der neue Kommissar sitzt mitten unter seinen noch fremden Kollegen. Ihm gegenüber Valerie Hilmer. Simon schätzt sie auf Mitte 30. Dallapozza hat sie am Telefon über den grünen Klee gelobt. Er hält große Stücke auf die junge Inspektorin und kündigte seinem Nachfolger an, noch viel über sie zu erzählen. Hilmer hat ihr langes, braunes Haar zu einem Pferdeschwanz zusammengebunden und erläutert der gesamten Runde noch einmal die Lage. Links neben ihr sitzt Pierre Meier. Simon schätzt auch dessen Alter auf circa 35. Dem Akzent nach kommt er aus dem französischsprachigen Regionenteil. Daneben Luca Felice, der Einzige im Raum, der einen Anzug trägt. Der bietet gerade an, alle an die Behörde übergebenen Fälle noch einmal abzugleichen, um auf die Spur von Dallapozza zu kommen. Lorenz Peffke und Maria Angelosanto haben sich verspätet der Runde angeschlossen. Die beiden sind noch jünger als ihre Kollegen, Mitte bis Ende 20, glaubt Simon. Die zwei erklären, gerade noch einmal Krankenhäuser, Rettungsleitzentralen und Polizeidienststellen durchtelefoniert zu haben, dabei aber keinen Hinweis auf den Verbleib ihres Chefs erhalten zu haben.

»Frau Hilmer, Sie sagen, Dallapozza wollte selbst zum Ort des Verschwindens. Das heißt vermutlich, dass sich der Fall nicht weit von hier zugetragen hat. Wegen eines vermissten Wanderers oder Joggers würde er doch nicht weiß Gott wo hinfahren. Laut seiner Frau wollte er auch am Abend wieder zu Hause sein.« Der Kommissar kratzt sich an der Unterlippe. »Ich schlage deshalb vor, dass sich alle mit dem Kollegen Felice noch einmal an den Aktenvergleich machen. Ich gehe jetzt jedenfalls zum Polizeichef und teile ihm mit, dass ich meinen Job früher antrete als geplant – und wir uns bis auf Weiteres ausschließlich auf die Suche nach Dallapozza konzentrieren. Die anderen Vermissten soll von mir aus die Jettitant suchen.« In Simons Kopf geht es drunter und drüber. Das ist vielleicht eine Runde. Die lassen sich mit ressortfremder Arbeit eindecken und verlieren dabei ihren Chef. Simon blickt noch einmal auf die Polizisten. Mittlerweile ist er wieder die Ruhe in Person. First-class-Coolness, so muss sich ein guter Kommissar geben.

Die sind ja alle verzweifelt, denkt er sich. Ja, direkt schockiert. Total unkoordiniert. Die Startsequenz seines neuen Jobs ist wahrlich nicht die Beste.

Als alle aufstehen wollen, ergreift Simon noch einmal das Wort: »Sobald ihr etwas erfahrt, ruft mich umgehend an.« Simon wedelt mit seinem Mobiltelefon. Gleichzeitig mit ihm holt die versammelte Kollegenschaft ihre Handys hervor und speichert die Nummer des neuen Vorgesetzten ab. »Und jetzt muss mir noch jemand sagen, auf welchen Weg ich zum Polizeipräsidenten komme …«

Es ist Hilmer, die Kommissar Simon im Büro des Polizeichefs zehn Minuten später erlöst. »Wir wissen jetzt, welche Akte fehlt. Ein Immobilienhändler wird auf dem Berg vermisst, nicht allzu weit weg von hier in einem Hochtal.«

»Danke, wir treffen uns in fünf Minuten wieder am Konferenztisch.«

Der Polizeichef hat den neuen Alpenpolizisten zuvor herzlich begrüßt. Ein unkomplizierter Mensch, sympathisch. Offensichtlich ein Chef, wie man ihn sich nur wünschen kann. Simon hat ihn bisher nur einmal kurz in Wien getroffen – Small Talk am Rande einer gesamteuropäischen Polizeikonferenz, der im Laufe des Tages immer mehr zu einem Bewerbungsgespräch mutierte. Jetzt gilt die Sorge beider aber nur dem verschwundenen Dallapozza. Unfall, natürliches Ableben, Mord? Am Ende aller Gedanken steht jedenfalls der Tod. Die erste Spur ist da. Und genau der wird Simon jetzt nachgehen.

Der Polizeichef verspricht, für die Formalitäten einer vorzeitigen Einstellung zu sorgen und reicht ihm zum Abschied die Hand. Wieder am Konferenztisch teilt Simon die Arbeit unter seinen neuen Kollegen auf: »Sie begleiten mich hinauf ins Tal.« Der Kommissar blickt auf Inspektorin Hilmer. »Hat schon jemand die dortige Polizei verständigt?«

»Das ist bereits geschehen«, sagt Felice. »Die Gendarmerie begibt sich gerade systematisch auf die Suche nach seinem BMW.«

Jessas, genau! Das heißt hier ja jetzt wieder Gendarmerie. Simon hat in seiner neuen Heimat noch viel zu lernen.

Maria Santangelo teilt jedem an dem Tisch ein paar Blatt Papier aus: »Kopien der Akte aus dem Computer.« Sechs Paar Augen fixieren das knappe Dossier.

Simon unterbricht als Erster die Stille. »Wie gesagt, Hilmer und ich recherchieren vor Ort. Sie hier sammeln alles, was es über diesen Karner zu erfahren gibt. Familie, Geschäftliches, Infos aus dem Polizeicomputer. Ich will alles über diesen Mann wissen. Ruft jeden an, der mit ihm zu tun hatte, und befragt sie auch nach dem Kommissar. Es muss eine Verbindung geben. Finden wir das, finden wir Dallapozza. Los geht's! Und meldet uns laufend eure Berichte.«

»Ich fahr, Sie sagen mir, wo's hingeht!«

»Es tut mir leid, dass Ihr Einstand so verlaufen muss«, versucht Hilmer nach einer ziemlich schweigsamen, 20 Minuten langen Fahrt ein Gespräch zu beginnen, während der ihre einzigen Äußerungen sich auf Richtungsänderungen an Kreuzungen bezogen.

Simon hat nichts gesagt, kein einziges Wort. Fährt beinah wie eine Maschine. Ein Autopilot – seine Gedanken aber gleiten immer wieder ab. Wo zum Teufel ist Peter Dallapozza geblieben? Der hat es sich doch nicht in einer Hütte gemütlich gemacht. Sitzt auf einer Alm und spielt Verstecken?

Schlaganfall, Herzinfarkt im Gelände? Ein Verkehrsunfall müsste doch in der Zeit irgendwo aufgefallen sein – auch in den Bergen.

»Da kann man nichts machen. Mir wäre es auch anders lieber gewesen, das können Sie mir glauben, Frau Hilmer.« »Er war so gut drauf in letzter Zeit. Ihre Bestellung hat ihm viele Sorgen genommen. Was die Fälle betrifft, war auch nicht gerade viel los. Er freut sich schon so auf seine Pensionierung. Seine Frau und er …« Valerie Hilmer stoppt. »Seine Frau Tamara ist ganz krank vor Sorge um ihn.«

»Das bin ich auch. Ein verantwortungsbewusster Polizeibeamter verschwindet nicht einfach so mir nichts dir nichts.«

»An der nächsten Kreuzung da vorne müssen Sie nach links. Da geht es hinauf in dieses Tal.« Hilmers Telefon läutet, sie geht dran. »Sie haben sein Auto gefunden. In der nächsten Stadt, auf dem Parkplatz vor der Kirche. Von Dallapozza keine Spur. Halten Sie bitte an, wir müssen wieder zurück zur Abzweigung und zur Hauptstraße.« Während sie noch immer telefoniert, versucht Hilmer, mit ihrer linken Hand die Straßenkarte so zu falten, um den Weg zu finden. »Es müssten noch gut zehn Kilometer sein.«

»Keine Spur?«, will sich Simon versichern. Hilmer hat keine besseren Nachrichten und schüttelt den Kopf, um ihre Antwort noch einmal zu unterstreichen. Die örtliche Gendarmerie hat gerade den Wagen mit einem Pannenfahrer aufgeschlossen. Außer einer Jacke auf dem Rücksitz hat man nichts entdeckt. Im Handschuhfach waren ein paar CDs und eine Taschenlampe. Im Kofferraum ein leerer Plastiksack und eine Decke. Aber sonst war der Wagen leer.«

»Keine Akte, keine Aufzeichnungen?« Hilmer verneint. Simon hat den Wagen mittlerweile angehalten und gewendet. Ein paar Sekunden denkt er nach und dreht dann wieder um. »Sag ihnen, sie sollen die Spurensicherung rufen und den Wagen durchleuchten. Dann sollen sie den Gendarmen ein Foto von Dallapozza schicken, mit dem sie in der Stadt hausieren gehen können. Gasthäuser, Hotels, Geschäfte, was weiß ich. Öffentliche Toiletten, wenn es sein muss. Vielleicht gehören hierzulande Klofrauen ja noch nicht zu einer ausgestorbenen Spezies. Wenn er in der Stadt war, muss ihn jemand gesehen haben. Frag nach, ob es dort Überwachungskameras gibt. Das ganze Programm. Wir fahren wieder weiter ins Tal und suchen nach einem Hinweis, warum es den Kommissar schlussendlich in die Stadt gezogen hat. Hoffen wir, dass er überhaupt Richtung Dörfer gefahren ist und nicht zuvor privat einen Abstecher machen wollte. In diesem Fall wären wir aufgeschmissen.«

Simon ist bereits wieder auf dem Weg und drückt diesmal das Gaspedal ein wenig fester durch. »Hilmer, diese

Akte geht mir nicht aus dem Kopf. Fragen Sie bitte noch einmal seine Frau, ob er sie wie sein Telefon vielleicht doch daheim vergessen hat.«

Den Gendarmerieposten an der Einfahrt zum ersten Dorf des Hochtales haben sie bald gefunden. An die neue – eigentlich eine alte – Bezeichnung der alpenländischen Landpolizei muss er sich erst wieder gewöhnen. »Das ist der einzige Posten hier, die anderen wurden schon lange aufgelöst. Weniger Tourismus, und dieser wäre auch geschlossen«, sagt Hilmer.

Doch auch diese Dienststelle ist zu.

Nicht aufgelassen, aber verwaist. An der Tür finden die beiden Kriminalpolizisten einen Zettel mit einer Telefonnummer. Diese sollte man doch bitte anrufen, wenn man mit einem Gendarmen zu reden wünsche.

»Was glauben die denn, warum wir hier vor der Tür stehen?« Simon ist verärgert.

»Eine weitere Form der Einsparung. Das ist doch klar. Zuerst schließt man die anderen Posten – und die paar Bullen, die man noch behalten hat, müssen schließlich auch mal aus dem Haus. Und ihr Wirkungsbereich wird aufgrund des Gesundsparens auch nicht kleiner.« Bevor Hilmer die letzte Ziffer der Nummer, die an der Tür notiert worden ist, auf ihrem Smartphone eingeben kann, biegt ein Gendarmeriewagen auf den Parkplatz vor dem Posten ein.

Zwei Beamte steigen aus dem weiß-blauen Renault. Ein schlaksiger, agiler Typ, wahrscheinlich ein zäher Kletterer in Uniform, der lieber und öfter Gämsen nachjagt als Verbrechern und Verkehrssündern, kommt direkt auf Simon zu und reicht ihm die Hand.

»Kommissar Simon, wenn ich mich nicht irre.« Der alpine Neuzugang aus der Großstadt ist überrascht und reicht ihm automatisch die Hand. Der Uniformierte lächelt. »Ich bin Postenkommandant Alberto Coro. Tun Sie nicht so überrascht. Natürlich kennen wir Sie hier. Ihr Bild war in den vergangenen Jahren oft genug in der Zeitung. Sie müssen entschuldigen, dass wir den Posten kurze Zeit schließen mussten, wir wurden zu einer Amtshandlung gerufen.«

Der zweite Uniformierte stellt sich als Andreas Hofer vor – nein, das ist kein Witz, der Name steht wirklich auf seinem Taufschein und natürlich auf dem blauen Namensschild, das an seiner Uniform fixiert ist. Der Hofer öffnet die Haustür. Wenn nicht über der Tür das Schild der Gendarmerie angebracht wäre, in azurblau gehalten mit zwölf goldenen, zu einem Kranz geordneten Sternen, würde man nicht vermuten, dass es sich hier um ein Amtsgebäude handelt. Die Europäische Union hat es mittlerweile in das hinterste Tal geschafft.

Das Quartier der Exekutive in den Tiefen der Provinz wirkt jedoch ein wenig hausbacken. Den Besuch im Wachzimmer hätten sich Simon und Hilmer jedoch sparen können. Coro hat nichts Neues zu berichten. Ja, natürlich hätten sie tagelang nach Karner gesucht, ja, sie versuchen jetzt auch Dallapozza zu finden. Nein, der hätte sie hier nicht besucht. Nein, und Neues wisse man schon gar nicht. Der Postenkommandant berichtet den beiden Kollegen aus der Hauptstadt noch einmal alle sowieso schon bekannten Einzelheiten über das Verschwinden des Immobilienmaklers.

Simon steht auf. Er will jetzt selbst in Karners Privathaus nachsehen und vor allem mit dessen Sekretärin reden, die den ganzen Tag nicht ans Telefon geht.

Coro kramt in seiner Schreibtischschublade und holt einen einzelnen Schlüssel für ein Magnetzylinderschloss hervor. »Der ist für das Haus«, sagt er. »Wir haben dort nichts Verdächtiges gefunden.« Simon ist jetzt überrascht. Er nimmt den Schlüssel entgegen. Der Ausflug zum Posten hat sich also doch noch gelohnt.

Langsam rollt der Kombi auf dem Weg von der Hauptstraße zu Karners Villa. Das Haus steht verlassen da. Neben der Eingangstür haben die seit Wochen gnadenlos gelieferten Tageszeitungen einen beachtlichen Haufen Altpapier gebildet. Die Ausgaben, die mit Sicherheit auch Nachrichten vom Verschwinden des Abonnenten beinhalten, sind nass geworden – nach ein paar Regentagen, reichlich Morgentau und der Umfunktionierung zu einer äußerst großzügigen Katzentoilette, die so manche Mietze aus der Gegend dankend frequentiert. Einige Blätter hat der Wind über den Rasen gewirbelt. Auch der Briefkasten ist hoffnungslos überfüllt. Der Briefträger verwendet offensichtlich bereits seit vielen Tagen ein Blumenkisterl neben der Eingangstüre als zweite Aufbewahrungseinheit für Postsendungen aller Art. Eigentlich sagt man immer, die Großstadt sei unpersönlich, denkt sich Simon noch. In einer Gegend wie dieser müssten doch die Leute Bescheid wissen … Aber vielleicht sind Briefträger einfach überall gnadenlos.

»Hören Sie das auch?« Hilmer macht ein paar Schritte bis zur vorderen Ecke auf der Südseite des Hauses, dann hört es auch Simon. Ein penetrantes Surren, fast ein Geknattere. Aber nicht richtig laut. Ein Staubsauger in seinen letzten Zügen? »Irgendjemand ist hinter dem Haus«, flüstert Hilmer.

Die beiden Polizisten schleichen sich heran, achten peinlichst darauf, ja selbst kein Geräusch zu verursachen. Was den beiden in diesem Moment wohl in ihren Köpfen herumgeistert? Vermutlich glauben die zwei, jemanden für den Fall Bedeutsamen dort hinten zu entdecken.

Hilmer denkt an ihre Glock, die im Schreibtisch des Hauptquartiers liegt – in der rechten oberen Schublade, in die sie sie jeden Morgen zu deponieren pflegt. Jetzt verspricht sie sich selber, die Waffe künftig jedes verflixte Mal mitzunehmen, auch wenn sie nur ein Tramezzini holen geht. Simon, der im Wirbel der Ereignisse weder mit Dienstwaffe noch Dienstausweis beschenkt werden konnte, ist weniger pessimistisch. An eine echte Gefahr glaubt er nicht.

Er bleibt abrupt stehen. Und lacht.

Fehlalarm, kein Mensch ist für den Radau verantwortlich. Ein kleiner, runder, nur wenige Zentimeter hoher Rasenmäherroboter dreht brav seine letzten Runden durch die saftige Vorzeigegrünfläche hinter der Villa. Da wäre sicher jeder penible Landschaftsgärtner eines englischen Lords so was von neidisch geworden, das können Sie glauben. Offensichtlich peilt er, gedrängt von seinem nach neuer Energie hungrigen Akku mit letzter Kraft die Andockstation an der Hauswand an – und das wird er wohl auch noch den ganzen Sommer über so tun, sollte die Elektrizitätsgesellschaft nicht den Strom abstellen. Das wiederum wird in unserer heutigen Zeit wohl erst dann geschehen, wenn auf dem Konto des Verschwundenen das Kapital verbraucht und der letzte Cent des Überziehungsrahmens ausgeschöpft ist. Karner war keine arme Kirchenmaus, das haben Sie wahrscheinlich bereits erraten. Aus diesem Grund wird der fleißige Roboter wohl eher zuvor im winterlichen Eis festfrieren oder von einem Maulwurf aus der Bahn geworfen, der sich aufgrund der ausgesetzten Gegenwehr Karners durch das makellose, private Grün des Golfplatzbauers wagt.

Jetzt lachen beide, dann beschließen sie, sich im Haus umzusehen. Helmer hat ihre Waffe und den guten Vorsatz bereits längst wieder vergessen und wird sie auch weiterhin im Büro liegen lassen. Aber peinlich war das Ganze schon. Auch wenn es nur Gedanken waren, die ihr Chef nicht erraten kann.

Die Suche war für den Hugo! Wie Sie sich denken können, haben die beiden Rasenmäherjäger im Inneren der Villa nichts wirklich Wichtiges entdecken können und neuerlich Zeit verplempert. Dallapozza ist ja niemals hier gewesen, auch ein weiterer Anruf bei Karners Sekretärin – Hilmer schätzt, es war heute mindestens ihr 15. – verlief ergebnislos. Dort meldet sich einfach niemand.

Simon setzt sich auf die Steintreppe vor dem Hauseingang. Hämorrhoiden würde er sich hier keine zügeln, liegen im Umkreis ja genügend, die Kälte des Bodens isolierende und von den Katzen dankenswerterweise ungenutzte Tageszeitungen herum, auf die er seinen Hintern getrost betten kann. Die Zeit scheint ideal, um mit einem Seufzer seine Unmut und die Enttäuschung zu bekunden, die sich durch ihre bisherigen Recherchen ergeben. Als ob sie es abgesprochen hätten, senden beide Kollegen einen erbärmlichen Stoßseufzer gen Himmel – beide wohl in der Hoffnung, damit ihre Situation sprunghaft zu verbessern und neue Eingebungen heraufzubeschwören.

»Verdammt, wir müssen endlich mit jemanden reden. Die Gegend ist ja schön, aber die Häuser sind leer und niemand geht ans Telefon. Wie ausgestorben. Kommen Sie, wir fahren zu diesem Skilift und beim nächsten Gasthof organisieren wir uns was zu Essen. Sie haben wahrscheinlich heute auch noch nicht viel zwischen die Zähne bekommen. Dort fangen wir endlich mit dem Fragen an. Dort werden wir vielleicht doch ein paar Menschen treffen.«

Der Kommissar greift nach zwei, drei alten Zeitungen – keine Angst, sie stinken nicht nach Katzenpisse – und wirft sie in Richtung Tür. Darunter kommt ein kleines Kärtchen aus Karton zum Vorschein. Eines jener Art, wie es an neuen Textilien angebracht wird, um neben anpreisenden Produktinformationen Auskunft über Angaben wie Größe und Materialbeschaffenheit zu geben. Simon steht auf, wirft einen kurzen Blick auf das grüne, in der Mitte gefaltete Kärtchen, an dem noch ein abgerissener Anhänger aus dünnem, weißem Plastik hängt. ›Man@Work, Overall, blau‹ steht drauf, ›Größe M‹ mit einem bemerkenswerten Baumwollanteil von 95 Prozent. Außerdem ›Made in Germany‹. Ein Land, das es in dieser Form inzwischen gar nicht mehr gibt. Wie die Zeitungen zuvor, wirft Simon den klatschnassen Miniaturkarton vor die Haustür Karners.

»Hier sieht es aus wie an einer Altpapiersammelstelle. Los, auf geht's! Wir fahren.«

Sie werden es nicht glauben, aber im Rahmen dieser Ermittlung geschehen auch noch kleine Wunder: Die Fahrt Richtung Dorf verläuft vollkommen problemlos. Simon verfährt sich nicht, die Straßenkarte gibt Hilmer keine Rätsel auf. Angesichts des nur ein paar hundert Meter verlaufenden Weges auf der Hauptstraße darf dieser Umstand aber nicht zu sehr gepriesen werden.

Der einladende Gasthof ›Zum springenden Hirschen‹ lockt die beiden Beamten geradewegs an, es sich unter einer schattigen Linde auf den eigelb lackierten, hölzernen Klappsesseln bequem zu machen. Sie nehmen Platz und signalisieren der Kellnerin, die an der Eingangstür zur

Gaststube steht, dass sie Einsicht in die Speisekarte wünschen. Die wie eine Wurst in einem viel zu engen, pinken Pseudotrachtenkleid eingeschnürte Wasserstoffblondine postiert sich mit ihrem ausladenden Dekolleté bedrohlich nah an Kommissar Simon, um ja einen ordentlichen Eindruck auf den Herren zu machen, der aller Wahrscheinlichkeit nach die Rechnung begleichen und damit auch für das Trinkgeld zuständig sein müsste. Der offensichtlich gewünschte Effekt bleibt unmittelbar aus, denn der Verbrecherjäger hat seine Augen vollkommen perplex auf ihren rechten Oberarm gerichtet, wo unter dem mit weißer Spitze gesäumten Ärmel eine Tätowierung hervorquillt.

»Buongiorno, was darf's sein?«

Warum sich die lächerlich ländliche Kellnerin, die ihrem Akzent nach eher von der Spree als vom Po ins Zentrum der Alpen zugewandert ist, ein Ankermotiv auf den Oberarm verewigen ließ, wird wohl eine jener Fragen bleiben, die sich in Simons Leben nicht beantworten lassen. Darauf ansprechen kann er die ins poppige Souvenierdirndl gezwängte Seemannsbraut wohl schlecht. Stattdessen greift er zu seinem Smartphone, ruft das Foto Dallapozzas auf und hält es ihr unter die Nase – ganz vorsichtig, eingedenk des verdammt knapp bemessenen Luftraums unmittelbar vor ihrem Busen.

»Haben Sie diesen Mann hier schon einmal gesehen?« Ein »Ahoi« zur Begrüßung verkneift er sich nur knapp.

Sie denkt nicht lange nach. »Natürlich, der war, glaube ich, vorgestern hier. Genau an diesem Tisch – es ist ja schließlich der mit der schönsten Aussicht«, schwärmt sie, ganz die PR-Perfektionistin. »Weil momentan wenige Touristen da sind, erinnere ich mich an ihn. Er aß den Schmorbraten und hat ihn sehr gelobt.« Die wirklich beängstigend eingeschnürte Frau ächzt nach Luft und nimmt sofort wieder ein professionelles, kundenorientiertes Auftreten an. »Wir haben ihn auch heute wieder auf der Karte. Den kann ich Ihnen wirklich empfehlen.«

»Hat er Ihnen etwas gesagt, hat er Sie nach jemandem gefragt?«

»Nein, er hat wohl Akten durchgeblättert, hat ein Bier getrunken und war ganz begeistert von seinem Braten. So wie ich übrigens von seinem Trinkgeld.« Der pink verpackte Monroeverschnitt denkt nach. »Nein, gesagt hat er nichts, ich kann mich nur erinnern, dass er taleinwärts gefahren ist.«

»Na, das ist doch was.« Simon steht auf, gibt Hilmer ein Zeichen, dass sie wieder aufzubrechen gedenken. »Nichts für ungut. Wir kommen später wieder. Lassen Sie das Feuer im Ofen nicht ausgehen«, sagt er an die fassungslos zurückbleibende Kellnerin gerichtet.

»Er war hier! Da er nicht zu Fuß gegangen ist, ist er wohl wieder aus dem Dorf raus. Kommen Sie, wir fragen uns durch.«

Unmittelbar hinter dem Ortsschild biegt Simon schon wieder von der Straße ab und fährt zum ersten Bauernhof. In der Einfahrt stehen ein roter Traktor und ein ebenfalls knallroter Subaru. Außer ein paar Hühnern, die vor dem mit einem niedrigen Gatter versperrten Hauseingang eifrig nach Futter picken, ist nicht viel zu sehen. Die Tür aber steht offen.

»Hallo, ist hier jemand?«, ruft Hilmer in den Hausgang. Klingel gibt es keine. »Hallo!«

Simon steigt auf den Traktor. Was er dort oben zu finden hofft, weiß er aber selber nicht. Die Aussichtsposition freilich ist höher, entdeckt hat er trotzdem nichts und niemanden.

»Sie wünschen?« Die beiden drehen sich um. Aus dem Stall tritt eine junge Frau. Sie trägt ein grünes Funktions-T-Shirt und eine speckige, hellbraune Wanderhose, mit der sie anscheinend primär zwischen Kühen und Schweinen zu marschieren gedenkt. Die sportliche Kleidung ist auch für die Strapazen im Stall überaus zweckmäßig, kann sich Hilmer vorstellen. Für die Stallarbeit vielleicht ein klein wenig zu stark geschminkt, lugt die Bäuerin unter dem Schirm ihrer lilafarbenen Baseballkappe auf die Besucher hervor. »Suchen Sie meinen Mann? Der Vitus ist nicht da. Er ist nur kurz zum Nachbarbauernhof, zum Giovanni, gegangen.«

Da die Bäuerin mit dem Foto Dallapozzas wenig anstellen kann, steigt das Polizistenduo sofort wieder ins Auto. Jetzt steuern sie den Hof des Nachbarn an.

Sitzt der Bauer oft im Wirtshaus,
geht ihm gern schon mal das Geld aus.

VIII. DER AUSFLUG IN DIE STADT

Interessant: Welche Auswirkungen eine Akteneinsicht haben kann und womit ein Mörder speziell im regionalen Raum zu kämpfen hat

Giovanni öffnet zuerst den Kofferraum. Das musste man ihm lassen, der Bulle wusste, was Ordnung war. Derart aufgeräumt sah es in seinem Wagen nur einmal aus – nicht überraschend war das unmittelbar der Zeitpunkt, an dem er den Subaru seinerzeit vom Händler abgeholt hat. Auf dem Rücksitz liegt eine Jacke aus braunem Wildleder und eine Aktentasche.

Uninteressant.

Der Gegenstand, den er darin findet, ist dann aber schon eher nach Giovannis Geschmack: die Akte Karner. Der Bauer setzt sich hinter das Steuer des BMW, freilich wieder bekleidet mit einem neuen Blaumann – es ist der Letzte aus seiner Sammlung. Sehr bald wird er sich Nachschub besorgen müssen. Die Hände stecken in Latexhandschuhen, die Füße hat er in Dallapozzas Schuhe gezwängt. Die drücken zwar ein wenig, passen aber gar nicht einmal so schlecht. Auf dem Kopf trägt er diesmal die rote Schirmkappe einer Fluggesellschaft, mit der er selbst noch nie geflogen ist.

Giovanni vertieft sich in die Akte über die Suchaktionen nach dem von ihm selbst verbuddelten Heinrich Karner.

»Kalt!«, sagt er laut zu sich selbst. »Falsch gesucht, ganz falsch. Falsche Richtung.«

Giovanni ist ganz begeistert von den Anmerkungen der Gendarmerie, die er hier schwarz auf weiß vor sich hat. Anscheinend ist alles aufgegangen: Die Suchmannschaften haben genau dort nach dem Abgängigen gesucht, wo er sie hingeschickt hat. Nicht einmal ein kleines bisschen sind sie in seine Nähe gekommen, diese Trottel. »Warum ist dieser Volltrottel von Himbeertoni dann heute vor meiner Stalltür gestanden?« Giovanni liest weiter. Die Antwort entdeckt er auf der letzten Seite neben einem großen Soßenfleck. Nicht in gestochen scharfen, von einem Laserdrucker geprägten Druckbuchstaben, sondern in wenigen handschriftlichen Anmerkungen, die sein Bulle im Misthaufen offensichtlich erst vor Kurzem dort gemacht hat.

Das ist die Lösung: Der Schweiß schießt ihm wieder den Rücken hinab, der Kopf wird rot wie eine Tomate. Unglaublich. Der Bürgermeister, dieser verflixte, saudumme Trottel hat den Bullen zu ihm geschickt. Dem hat man wohl in Zeiten, in denen hierzulande noch die Ruhr grassierte, kräftig ins Gehirn geschissen. Dieser Depp, der einfach sein vermaledeites Maul nicht halten kann!

Er ist völlig außer sich, aber dieser Umstand ist Ihnen sicher nicht verborgen geblieben. Giovanni fixiert diesen Soßenfleck, als ob es ihm gelingen würde, durch diesen in eine Parallelwelt zu entwischen und seine Sorgen und Verfolger ein für alle Mal abzuschütteln.

»Was mache ich jetzt bloß?«

Mehr als 24 Stunden ist der Wagen jetzt in seiner Tenne gestanden. Gestern Abend, nachdem er im Stall ganze

Arbeit geleistet hatte und man dort hinterher quasi von Boden essen hätte können, brachte Giovanni die Leiche des Polizisten wieder ans Tageslicht – was so nicht richtig stimmt. Natürlich wartete er zuvor die Dunkelheit ab, bis er sich mit der Mistgabel wieder an die Freilegung des Körpers machte. Mangels Lichtquelle war das gar nicht so einfach, denn mit einer Stirnlampe konnte er schlecht den Misthaufen abgraben. Wenn ihn da jemand gesehen hätte … Man hätte ihn wohl schnurstracks in einer Irrenanstalt eingeliefert. Ohne mit der Wimper zu zucken.

Es war jedenfalls ein verflixter Job. Giovanni buddelte zügig und nach Gefühl. Die Sache war nicht allzu schwer. Er wusste ja, an welcher Stelle genau zu werken war.

Einmal hat er sich aber doch verstochen – ordentlich. In Anbetracht der herrschenden Lage und der Tatsache, dass es auf den Körper keine große Auswirkung mehr hatte, war das aber nebensächlich. Eine Sauerei war die ganze Schufterei sowieso, aber das können Sie sich ja denken.

Er schleppte die Leiche in seinen Geländewagen und machte sich einmal mehr auf den Weg Richtung Berg. Eigentlich sollte dem Bauern der Duft des Dungs schon lange nicht mehr viel ausmachen. Im Wagen brauchte er den Gestank aber nicht. Bis der Mistnebel wieder endgültig aus seinem Auto verschwunden ist, wird er wohl einen ganzen Wald von Wunderbäumen roden und in seinem Auto aufknüpfen müssen.

Jedenfalls ging's nächtens wieder hinauf, diesmal jedoch mit der Schwierigkeit, unbemerkt an der Almhütte und dem gottlob schlafenden Onkel vorbeizukommen. Giovanni wusste, dass sein Verwandter auf der Alm – wie übrigens auch im Tal – gern einen Schnaps zu viel zwitscherte und im Normalfall einen guten Schlaf hat. Diesen gönnte er der guten Seele vor allem in dieser Nacht. Wieder hatte der Bauer Glück. Der Onkel ließ sich nicht vor der Hütte blicken. Giovanni hatte diesmal den Vorteil, genau zu wissen, welches Werkzeug für diese Art von Arbeit einzustecken ratsam war.

Der Bulle war jedenfalls mir nichts, dir nichts leicht portioniert unter der Erde. Diese Formulierung stammt aus dem Wortschatz des stark verwandelten Bauern – nur für den Fall, Sie würden an dieser Stelle auf den Gedanken kommen, zu einem Protest anzusetzen.

An alles hat er gedacht, das sparte vor allem an den langen Wegen. Rauf, rein, lautete die Devise – und das ratzfatz. Er erinnerte sich mit Schrecken, wie das beim ersten Mal alles gelaufen ist und er wiederholt bergauf, bergab unterwegs war, um dieses oder jenes zu holen. Total unökonomisch! Wenn die Sache legal wäre, hätte man als Leichenentsorger ja beinah schon den Anspruch auf Kilometergeld. Aber so ist das nun mal im Leben, jeder muss einmal sein Lehrgeld zahlen. Er hat draus gelernt. Man kann im Leben alles rationalisieren. Auch die Entsorgung von unliebsamen Leichen.

Dort oben in der Wildnis, wo mitten in der Nacht sich höchstens Fuchs und Hase gute Nacht sagen – was in dieser Form nicht ganz richtig ist, weil die beiden im Normalfall nicht so weit auf den Berg steigen –, traute sich der Bauer übrigens, die Stirnlampe einzuschalten. Für diesen Teil des Jobs fehlte ihm dann doch ein wenig die allerletzte Routine. Da kann man ihm nicht den Vorwurf machen, er wäre unvorsichtig. Stellen Sie sich bloß einmal vor: diese Arbeit, bei diesen Lichtverhältnissen! Das wäre ja beinah, als würde die Friedhofsverwaltung einen blinden Totengräber oder die Metzgerei einen stark sehbehinderten Schlachter einstellen. Kaum auszudenken, was da alles passieren könnte. Vor allem beim Fleischhauer, versteht sich!

In der Früh jedenfalls putzte er im Tal wieder einmal seinen Wagen. Scheuerte und wischte, was das Zeug hielt. Und sparte auch nicht mit Chemie.

Ganz im Vertrauen, Giovanni kann schon keinen Putzfetzen mehr sehen, geschweige denn einen anrühren. Was hat der Bauer doch in der letzten Zeit für eine Unmenge an Kernseife und schärferen chemischen Reinigungsmitteln verbraucht. Eine ganze Putzkolonne benötigt nicht so viel – vor allem in heutigen Zeiten, in denen die Putzfrauen dazu angehalten werden, ja nicht zu viel dieser Mittel zu verprassen. Man denkt gar nicht dran, was die chemische Industrie eigentlich an Morden tagein tagaus weltweit verdient.

Nach ein paar Stunden Schlaf und ein wenig Arbeit auf der Wiese um den Hof machte er sich am Abend neuerlich an die Tat. Der BMW des Polizisten musste weg. Unauffällig, mit aller Vorsicht und freilich wieder professionell. Beängstigend kaltblütig.

In Anbetracht der Tatsache, dass der folgende Job nicht mit Blut oder Putzmittel zu tun hatte, war der Bauer geradezu euphorisch gestimmt. Tja, bis ihm eine mit grünem Kugelschreiber verfasste Notiz nur ein paar Zentimeter neben einem Rinderbratensoßenfleck, der hervorragend in die Bildersammlung eines Rorschach-Tests gepasst hätte, in die Augen springt. Ein wenig pessimistisch veranlagt, könnte man aus diesem Fettfleck einen Totenschädel herauslesen – genauer gesagt einen Totenschädel, der auf dem Kopf steht. Zweifellos ein Fleck von der bedrohlichen Sorte.

Ein böses Omen? Oder was würden Sie aus solch einem Bild herauslesen? Nur wenige verknüpfen mit derartigen Bildern wohl positive Assoziationen. Ein schnuckeliger Smiley wäre Giovanni in diesem Augenblick sicherlich lieber gewesen, denn dieses gespenstische braune Etwas inmitten einer Polizeiakte ist in diesem Augenblick aber schon absolut nicht dafür geeignet, Giovannis Stimmung hinter dem Cockpit dieses schnittigen BMW zu heben. Seien Sie versichert, hier kommt wahrlich keine Freude auf. Nicht ein Funke!

»Der Bürgermeister muss weg.« Der Bauer hat offensichtlich für jedes Problem nur mehr eine Lösung parat und ist gar nicht mehr zu bremsen. Wie er den Alten um die Ecke bringen soll, weiß er aber nicht. Unwahrscheinlich, dass Auer einfach so mir nichts, dir nichts auf dem Hof einreiten würde, direkt in seinen Stall, wo Giovanni bereits mit der Mistgabel hab Acht stehen kann. Ganz und gar unwahrscheinlich.

Punkt. »Ein Problem nach dem anderen«, sagt er zu sich und beschließt, zuerst einmal den Wagen von seinem Hof zu entfernen. Das ist jetzt dringender. So kann er immer noch abstreiten, dass der Kommissar überhaupt hier war.

Giovanni rollt die Akte zusammen, steigt noch einmal aus dem Wagen aus und geht ins Haus. Er reißt das Papier aus dem Hefter und sieht zu, wie es im Ofen verbrennt. Schnell greift er noch zur Tasche mit seinen Turnschuhen, die er beinah vergessen hätte, und setzt sich wieder ins Auto. Er will gar nicht daran denken, welche Blasen er sich an den Füßen geholt hätte, wäre das Sackerl daheim liegen geblieben. Je länger er die Schuhe des Kommissars an seinen Füßen trägt, desto weniger gut passen sie ihm.

»Nur jetzt keine Fehler machen«, sagt er wieder laut zu sich selbst, während er den Zündschlüssel ins Schloss steckt. Es dauert ein paar Augenblicke, bis er es überreißt, dass der Wagen erst mit dem Druck auf einen Startknopf zu starten ist. Ein paar Augenblicke, die ihn wieder nervös machen. Dabei hatte er das Auto doch erst gestern hier herein unter das Dach kutschiert.

Tja, aufgrund seiner Vehikel ist er anderes gewöhnt – und die Gewohnheit ist bekanntlich ein Luder. Ein schlimmes Luder.

Der Wagen schnurrt angenehm ruhig. Giovanni setzt zurück, fährt langsam aus der Tenne. Noch einmal steigt er aus und schließt das Tor. Dann macht er sich auf den Weg in die Kreisstadt – draußen außerhalb des Tals. Um die Spur weit weg zu platzieren, wird er sich den langen, nächtlichen Heimmarsch diesmal sparen. Der erste Bus zurück ins Dorf geht kurz nach sechs Uhr in der Früh.

Vorsichtig lenkt er den Boliden durch das Dorf. Keine Menschenseele auf der Straße. Er muss auch in der Stadt darauf achten, dass ihn niemand sieht, denn hier in der Gegend sind auch die Städte nicht gerade groß. Hier in der engeren Gegend kennt man sich untereinander – da mag einer noch so leutscheu sein wie der Giovanni.

Die paar Gesichter merkt sich doch jeder. So fortgeschritten kann der Alzheimer gar nicht sein. Erblickt man an der Anschlagtafel an der Kirchmauer ein Bild auf einem Partezettel, besteht hierzulande eine relativ große Chance, dass man den Verstorbenen auch kennt, ihn zumindest schon irgendwo einmal gesehen hat. »Den kenn ich«, gesteht man sich dann ein. »Frag mich nicht, wie er heißt, aber ich kenn ihn.« Der Name sagt einem zwar nichts, aber das Gesicht – das Gesicht dieses Menschen hat man sicher schon irgendwo einmal aufgeschnappt, irgendwann. Noch vor Kurzem vielleicht hat er dir an der Kreuzung bei den Eichen, drüben beim Egartbauer, die Vorfahrt genommen und dich zu einer Vollbremsung gezwungen. »Das geschieht ihm ganz recht, dass es ihn jetzt erwischt hat«, mag man sich dann denken. »Das nächste Mal hab ich freie Fahrt!« Oder er saß vor nicht allzu langer Zeit direkt gegenüber im Wartezimmer des Arztes – und wenn man sich richtig daran erinnert, sah er bereits da nicht mehr so richtig gesund aus. »Hat er's also nicht mehr allzu lange gemacht, der Arme. Ja, wenigstens hat er nicht mehr schlimm leiden müssen. Frag mich aber bitte nicht, wie er heißt.«

Gesichter vergisst man schwer, vor allem wenn einem außerhalb der Saison immer wieder die gleichen unterkommen.

Das Leben auf dem Land hat für Mordstypen wie Giovanni aber auch Vorteile zu bieten. In der Stadt ist ein Mörder vielleicht anonymer, aber nicht derart mit Löchern in menschenleeren Gegenden gesegnet, in denen er in aller Ruhe sein Opfer für die Ewigkeit deponieren kann. Immer und überall steigt einem dort ein neugieriger Nachbar auf die Zehen. Dort in den Mietskasernen rinnt das Blut ungehindert durchs Stiegenhaus. Nachbars Dackel rutscht darin aus und alarmiert umgehend kläffend, während es ihn die Treppen hinabschleudert und noch bevor er sich dabei das Genick bricht, die schwer bewaffnete Sondereinsatztruppe der Polizei. Nein, so ein Großstadtmörder ist nicht zu beneiden, da mag er noch so versuchen, in der Anonymität unterzugehen. Sobald man sich die Last eines toten Opfers geschultert hat, mag man schauen, dass man wegkommt. Das sehen Sie doch auch so?

Viel zu viele Augen. Überall. Und die Polizistendichte ist um einiges höher als auf dem durch Einsparungen ausgedünnten ländlichen Raum. Sie haben das ja schon erlebt. Glauben Sie, Sie würden am Eingang eines Polizeipostens in der Großstadt auf einem Zettel aufgefordert, unter der saloppen Mitteilung ›Komme gleich‹ eine Telefonnummer anzurufen – und das bitt schön nur, wenn es wirklich dringend ist?

Kaum daran zu denken. Nur jene bemitleidenswerten, einsamen Menschen, die allein in ihrer Wohnung auf natürlichem Wege das Zeitliche segnen, bleiben oft vergessen. Diese werden, sobald endlich der egoistische Nachbar – meist oft erst nach Monaten – den Gestank, den es in die eigene Wohnung herüberdrückt, nicht mehr auszuhalten vermag, dankenswerterweise aus ihrem ersten Grab befreit und in das finale, unter der Erde, hinübergebettet. Ja so ist das in der Großstadt!

Hat man aber einmal vor, jemanden umzubringen, fällt das meist sofort auf. Hat der urbane Mörder, was nicht allzu oft vorkommt, anfangs einmal mehr Glück – bitte verzeihen Sie an dieser Stelle dieses Wort –, kommen die in Kellern Eingemauerten oder Vergrabenen, in Flüssen Versenkten und in Müllcontainern Verborgenen irgendeinmal dann doch wieder ans Licht. Und dann ist Feuer am Dach. Aber wirklich.

Hier in der ländlichen Kleinstadt oder im dörflichen Milieu ist aber alles anders. In der Weite der Einsamkeit lässt sich eine Leiche einfach besser entsorgen. Platz satt. Da können Sie sagen, was Sie wollen. Und Giovanni hat das Glück – wir wollen hier nicht von dem des Tüchtigen sprechen.

Es ist bereits nach Mitternacht, als er Richtung Zentrum

fährt. Die Straßen der lieblichen kleinen Ortschaft sind leer, die Beleuchtung aus ökologischen und pekuniären Gründen ein wenig gedimmt. Aus manchen Straßenleuchten hat man offensichtlich die Birnen geschraubt. Außerdem sind die noch ein wenig mehr ins Finstere gedrängten Seitengassen mit reichlich Parkplatz gesegnet.

Mein lieber Giovanni, was willst du mehr? Neben der Kirche, hinter den von der Stadtverwaltung aufgesetzten massigen Blumenkästen stellt er den BMW ab. Ein prächtiger Sichtschutz! Sportwagenmodelle glänzen in derartigen Situationen neben höherem Fahrspaß durch zusätzliche Vorteile. Vielleicht sind in dieser Ortschaft aber auch die kommunalen Blumenkästen ein wenig zu hoch gezimmert.

Das Szenario ist jedenfalls ganz nach dem Gusto des Mörderbauern. Der ist zufrieden, schnalzt einmal mit der Zunge und blickt hoch auf die beleuchtete Kirchturmuhr.

0:45 Uhr. Dreiviertel eins. Auch die Kirchturmuhr arbeitet für ihn und schweigt, verbeißt sie es sich doch, ganz im Gegensatz zu den Gebräuchen untertags, um Viertel vor der vollen Stunde dreimal zu schlagen. Den Glocken wurde ihr Jahrhunderte gültiges Recht untersagt, 24 Stunden lang ihr Zeitsignal in die Welt zu tragen. Das Bimmeln wurde einfach gestrichen, die christliche Tradition mit Füßen getreten. Die Glocken machen Pause, als ob jede Nacht ein paar Stunden lang ein kleiner Vorgeschmack von Gründonnerstag oder Karfreitag serviert würde, an denen bekanntlich Jahr für Jahr alle Glocken schweigen und nach Rom fliegen sollen.

In den Alpen macht der Fremdenverkehr alles möglich: Die Nachtruhe der Einheimischen war den Verantwortlichen in den Gemeindeverwaltungen und Pfarrämtern zuvor offensichtlich jahrhundertelang wurscht, und so verwundert es doch ein wenig, dass dieses Glockenleutverbot heutzutage auch vielerorts in der Zwischensaison Gültigkeit behält. Wahrscheinlich macht man das aber, um die vielen Zweitwohnsitzler nicht zu verärgern. Der Ausspruch *Wem die Stunde schlägt* besitzt in vielen alpinen Regionen daher eher nur mehr während des Tages Gültigkeit.

Für Giovanni alles eins. Hauptsache, es ist ruhig. Der Bauer denkt in diesem Augenblick natürlich an ganz andere Dinge, greift nach dem leeren Plastikordner und seiner Tasche mit den Schuhen – und schließt schließlich den Wagen ab. Feierabend für heute!

Sein erster Weg führt ihn Richtung Friedhof, dessen Tore während der Nacht nicht versperrt werden. Beim Eingang in die Leichenhalle befindet sich ein Vorbau, unter dem es jetzt in der Nacht stockdunkel ist und den Giovanni bereits im Vorhinein zur Umkleidekabine auserkoren hat. Der Bauer zieht die Schuhe seines Opfers aus und steigt aus dem blauen Arbeitsoverall. Darunter trägt er bereits eine dunkelgraue Jacke sowie eine schwarze Jeans. An die Mauer gelehnt schlüpft er in seine mitgebrachten Turnschuhe. Als er aus dem Vorbau heraustritt, sieht er da und dort vereinzelt brennende Grablichter. Er wendet sich wieder Richtung Friedhofstor und marschiert anschließend auf unbeleuchteten Gehsteigen zur zentralen Bushaltestelle. Ein kurzer Blick. Laut Fahrplan fährt sein Bus um 6.06 Uhr ab.

Hier jedenfalls würde er nicht warten. Das ist ihm zu unsicher. Vielmehr denkt er an einen Heustadl, der ein paar hundert Meter hinter der Stadtausfahrt steht. Dort bleibt er unentdeckt und kann vielleicht ein paar Stunden schlafen. Giovanni geht weiter, am Rande der Haltestelle sind Container aufgestellt. Dallapozzas Schuhe bindet er an den Schnürbändern aneinander und wirft sie in den Kasten für Altkleider und Schuhe. Den Blaumann wickelt er zusammen, stopft ihn in die mitgebrachte Tasche, die er mit den beiden Henkeln fest zusammenbindet und schließlich ebenfalls in der Sammelbox einer karitativen Organisation versenkt. Ob das sein Gewissen ein wenig beruhigt? Die Schuhe des Toten und der Overall des Mörders enden beide als Spende an ein christliches Hilfswerk. Na ja, es weiß ja niemand darüber Bescheid.

Während er aus der Kreisstadt hinausgeht, kreisen seine Gedanken bereits rund um das Problem Bürgermeister. Wenn er ihn nicht zum Schweigen bringt, würde die Polizei bald wieder bei ihm auf dem Hof aufkreuzen. Dieser Fall schreit nach einem ultimativen Denkzettel.

Er weiß, dass der Bulle bei seinem Nachbarn Vitus vorbeigeschaut hat. An dieser Adresse lauert für ihn keine Gefahr. »Sicher nicht«, versucht er sich einzureden. »Ich kann ja schließlich nicht alle Welt abmurksen.« Bürgermeister Ignatius Auer aber muss verschwinden, der konnte ja schließlich seinen Brotladen nicht halten.

Als er am Schaufenster einer kleinen Konditorei vorbeikommt, bleibt er abrupt stehen. Er wollte zuvor schon die Straßenseite wechseln, weil ihm das Schaufenster ein wenig zu hell beleuchtet ist. Dann bleiben seine Augen auf dem Konfekt hinter der Auslage picken.

Ignatius' Leidenschaft für Schokoladentrüffel ist im Dorf legendär. Giovannis Mund verzieht sich zu einem Lächeln. Die einen stehen auf Grappa, die anderen auf gegrilltes Fleisch. Ignatius Auer liebt Süßes.

Diese Idee ist einzigartig, ist der Bauer überzeugt. Darauf würde bestimmt niemand kommen. Er würde ihn einfach vergiften, mit präparierten Pralinen in die ewigen Jagdgründe schicken. Ganz einfach, es muss nur schnell und heute noch passieren. Die Polizei würde vor einem Rätsel stehen. Nicht einmal ein Krimiautor würde es wagen, sich einen derart absurden Mord auszudenken. »Der Zuckerlmörder«, also wirklich. Wie soll er auch wissen, dass ein derartiger Mordversuch seit vielen Jahren bereits ausgeführt wurde und heute noch der Paradefall in der Ausbildung der Polizeiakademie ist. Ja, es war eine schlimme und grauslige Tat! Sie müssen wissen, dass es auf der Welt nichts gibt, dass es nicht schon einmal gegeben hat. Selbst Mördern fällt heutzutage nichts mehr Neues ein.

Aber der Plan kommt dem Mörder zweckmäßig vor – immer noch besser, als Auer neben dem Dorfbrunnen einfach abzustechen oder seinen Hof anzuzünden und zu hoffen, dass er darin zu Tode grillt. Nein, Gift ist klassisch, relativ sicher und immer gut.

Die Mordwaffe selbst macht ihm keine Sorgen: Strychnin ist reichlich im Haus. Auch andere Sachen. Seit Jahren kommt ihm das Gift daheim immer wieder unter, hat er es doch quasi von seiner Mutter geerbt. Wofür diese das einst gebraucht hat, ist Giovanni heute noch schleierhaft. Er hofft bloß, dass es mit den Jahren nicht an Wirkung verliert.

Was weiß ein Laie. Ach was, er würde schon nicht damit sparen. Wie viel er mindestens nehmen müsse, wird ihm sicher das Internet verraten. Wenn man mit der Hilfe des Web heutzutage Bomben basteln kann, dann würde sich sicherlich dort auch das Rezept für einen Giftmord finden lassen. Das Problem ist ein ganz anderes. Was Giovanni Sorgen macht, sind die Trüffel. Er muss noch möglichst unauffällig an die Bonbons kommen.

Während er weitergeht, beschließt er, nicht den ersten Bus nach Hause zu nehmen, sondern auf den zweiten zu warten. Das gibt ihm die Gelegenheit, in den Supermarkt hier in der Kreisstadt zu gehen und neben dem Konfekt noch ein paar andere Dinge einzukaufen. Niemand wird sich daran einmal erinnern.

Jetzt geht er gerade an dem Supermarkt vorbei, in dem er in ein paar Stunden einzukaufen gedenkt. Nur noch ein paar hundert Meter, dann trifft er auf den Heustadl. Heu würde sich zwar noch keines darin befinden, Giovanni ist jedoch so müde, dass er problemlos auch auf dem harten Boden schlafen kann. Wenn es heute sein muss, auch auf einem Nagelbrett.

Er hat wieder Glück. Das erste Heu ist bereits eingefahren. Seine Bettstatt für die restliche Nacht ist gar nicht so ungemütlich.

Giovanni hat es sich im Fond des gelben Regionalbusses gemütlich gemacht, auf dem Nebensitz unter dem Fenster steht eine prall gefüllte rosarote Plastiktasche mit dunkelroten Henkeln. Das Grün eines Stangenselleries schaut daraus hervor, der Hals einer Essigflasche ist zu entdecken. Kenner erblicken auch die Ausbuchtung mehrerer Bierdosen. Inmitten des Einkaufs hat Giovanni aber die Schachtel mit den Trüffeln versteckt. Zwar nicht vom Konditor, dafür aber anonyme Fabrikware mit flüssiger Füllung. Ganz im Sinne des holden Spenders. Giovanni versucht bereits zum dritten Mal seinen Onkel auf der Alm zu erreichen. Telefonverbindung kommt wie üblich keine zustande.

Im Geiste geht er noch einmal durch, was alles zu erledigen ist. Der Bürgermeister ist zu erledigen, so schnell wie nur möglich. Bevor der mit weiteren Polizisten spricht, die ihren Kollegen suchen. Es muss deshalb unbedingt noch heute geschehen. Giovanni weiß, dass der Bürgermeister sein Vieh immer noch nicht auf die Alm getrieben hat. Er erhält die Bestätigung, als er mit dem Bus vor seinem Dorf an dessen Wiese vorbeizuckelt.

Er kennt Ignatius' Gewohnheiten. Er weiß, dass dieser seine Milchcontainer auf einem Anhänger an der Kreuzung seines Hofzufahrtsweges zur Hauptstraße zur Abholung abstellt und sie nach den Amtsstunden im Gemeindeamt am späten Nachmittag wieder mitnimmt. Das trifft sich hervorragend, gerade heute ist Eckehard wieder auf Tour mit seinem Milchwagen.

Alles passt perfekt: Er wird das giftige Geschenk auf dem Anhänger platzieren, der Rest ein Kinderspiel. So geil, wie Ignatius auf diese Dinger ist, wird er ein paar davon bereits einwerfen, bevor er daheim ankommt. Wenn er noch daheim ankommt.

Sobald Giovanni daheim sitzt, muss im Internet recherchiert werden. Der Tierarzt hat ihm im Winter ein paar Spritzen zurückgelassen, die eigentlich für seine Kühe gedacht sind. Er muss zuvor das Gift auflösen, um es in das Konfekt zu impfen. Wahrscheinlich gilt es im Nachhinein, die Pralinen über Wasserdampf wieder zu schließen. Das sollte relativ einfach und unauffällig zu bewerkstelligen sein, da diese Dinger von sich aus schon ziemlich rustikal aussehen. Das ist die Welt der Zuckerbäckerzunft, wie sie sich ein Mörder während einer beschaulichen, morgendlichen Busfahrt durch eine Bilderbuchlandschaft vorstellt. Ein Mann wie Giovanni ist doch schließlich nicht auf der Nudelsuppe dahergeschwommen, der ist in der Lage, sich in jeder Situation selbst zu helfen. Ja, der kann auch mit Bonbons richtig umgehen. Mit Latexhandschuhen, versteht sich.

So genau müssten Sie ihn mittlerweile kennen.

Nach dem Ausflug in die Stadt fühlt sich der stärkste Bauer matt.

IX. DER SENNER DES VERDERBENS

Überraschend: Wie der Besuch eines Supermarktes ein Leben verändert und die Sache mit den Trüffeln ordentlich in die Binsen geht

In Wirklichkeit hat er keine Ahnung. Er weiß nicht Bescheid, ob ein potenzielles Giftopfer das Strychnin aus der schokoladigen Köstlichkeit herausschmeckt und postwendend wieder auskotzt. Kosten kann in diesem Fall ein Mörder ja schlecht. Er hat außerdem nicht den blassesten Schimmer, wie sich die inneren Hohlkugeln mit der Flüssigkeit verhalten, wenn man mit einer Spritze hineinsticht. Die Idee mit dem Dampf war ja an und für sich nicht schlecht. Der Bauer hat es auf unterschiedliche Art und Weise probiert, mit Nadel und auch ohne. Die Tatsache, dass er sich bei mehr als einem Viertel der Pralinen derart verstochen hat und sich die Schokomasse schwerer schließen lässt als gedacht, war aber nicht eingeplant. Darüber hinaus ist das flüssige, vergiftete Gemisch kaum unter Kontrolle zu halten und versucht permanent, das Weite zu suchen – ganz so wie bei einem eingeleiteten Aderlass.

Alles in allem ist die ganze Prozedur eine arge Sauerei – freilich, im Vergleich zu manchen Situationen in den vergangenen Tagen kein Vergleich.

»Gott verdamm, das wird nichts!« Giovanni sitzt am Küchentisch und schleudert die noch halb aufgezogene, verklebte Spritze quer durch den Raum. Zuvor hat er noch selbst über seine Definition der ›Giftspritze‹ gelacht. Neben einer Schüssel mit heißem Wasser ist immer noch sein Notebook platziert, auf dem ein Browser ganz unschuldig Gewichtsangaben und Anleitung für das Auflösen von Giovannis bevorzugtem Giftstoff präsentiert.

»Das ist alles für die Fisch«, ist in diesem Augenblick das Einzige, was ihm einfällt. Der Bauer eignet sich anscheinend nicht zum Konditor. Giovanni, mach dir nichts draus. Es ist noch kein Meister vom Himmel gefallen!

Der gescheiterte Amateurzuckerbäcker blickt auf die beiden kärglichen Häufchen mit Pralinen: die Guten im rot-weiß gemusterten Töpfchen, die kaputten oder leergelaufenen im Kröpfchen – in unserem Fall eine alte, gelbe, zerkratzte Plastikschüssel mit weißem Rand, in der Giovanni bevorzugt pflanzliche Küchenabfälle zu sammeln pflegt. Ein glattes Missverhältnis: Die Plastikschüssel ist eindeutig besser gefüllt als das schmucke Töpfchen. Geplant war, dem Bürgermeister, ein standesgemäßes, todbringendes Geschenk unterzujubeln. Das ist mit einer nicht einmal halbvollen Packung nur schwer möglich. Niemand schenkt einem eine angebrochene Packung Konfekt. Wie schaut denn das schon wieder aus. Als ob man vor der Bescherung noch ordentlich davon gekostet hätte. Er kramt in mehreren Schubladen seiner Küchenkredenz herum. In der rechten, ganz hinten, findet er noch ein wenig Stanniolpapier.

»Das müsste doch mit einer kleinen Masche ganz fein aussehen«, versucht sich der Bauer selber einzureden. »Beinah wie vom Konditor.«

Jetzt sitzt er vor einem lächerlich kleinen Präsent, das schlichtweg ein Witz ist. Minder sieht es aus. Eines Präsents unwürdig. Da erhält man ja zum Weltspartag höherwertigere Geschenke.

»Ich hätte mehr davon kaufen sollen. Verdammt, es hilft nichts. Ich muss noch einmal in den Supermarkt.« Mordpläne bedeuten einen Mordsstress, das muss sich Giovanni eingestehen. Gleich darauf sitzt er im Auto und steuert den Supermarkt in der Stadt an. Früher gab es hier im Dorf noch eine Greißlerei. Aber im kleinen, suboptimal sortierten Laden im Dorf, der der letzten Wirtschaftskrise endgültig zum Opfer fiel, hat man derartige Leckereien sowieso nicht geführt. Da konnten Sie unter ein paar unterschiedlichen Tafeln Schokolade auswählen, und basta. Friss oder stirb – der gute alte Leitspruch vieler ehemaliger Tante-Emma-Läden. Wenn es nach den Plänen Giovannis geht, wird Ignatius Auer heute noch beides hinter sich bringen. Die Zubereitung eines Abendessens kann sich der Auer jedenfalls heute sparen.

Gescheit ist das ja nicht, an einem Tag zweimal Trüffel einzukaufen. In Wahrheit dumm. Da könnte sich eine Kassiererin leicht daran erinnern. Vielleicht sollte er den Bürgermeister doch in anderer Form über den Jordan schicken. Eine aufgeschlitzte Leiche würde aber bei den Bullen sofort alle Alarmglocken läuten lassen. Natürlich, auch sein Giftplan birgt viele Gefahren. Er hat darüber gelesen, wie und wie lange das Gift im Körper nachweisbar sei. Da könne man aber nichts machen. Es ist ja noch gar nicht gesagt, dass man eine Autopsie durchführt. Aller Wahrscheinlichkeit nach, ja. Heutzutage ist man misstrauisch, was solche Dinge angeht.

Aber der Auer darf nichts ausplaudern, Giovanni wäre in diesem Fall geliefert. Natürlich wäre es ihm lieber, Ignatius Auer auf seinen Hof – oder, was freilich noch luxuriöser wäre – auf seine Alm locken zu können, um in vertrauter Umgebung und überaus angenehmer Abgeschiedenheit noch einmal mit Einsatz der Mistgabel das Problem zu lösen. »Das wäre ideal, warum aber sollte sich der bei mir blicken lassen? Steht doch derzeit keine Wahl an.« Nein, er hat sich entschieden und will die Sache jetzt durchziehen. Er würde darauf achten, bei einer anderen Kassiererin zu zahlen, und er würde wieder zusätzliche Lebensmittel einkaufen, damit seine Schachtel Konfekt zwischen Brot und Wurstwaren nicht auffällt. Dann könnte die Sache schon klappen.

Vielleicht ist das jetzt doch ein wenig nachlässig, glauben Sie nicht auch? Die professionelle Haltung eines Killers, die Sie an Giovanni kennengelernt haben, scheint plötzlich wie verflogen. So langsam wirkt der Bauer etwas nervös, überfordert und schicksalsergeben. Genau diese Art ist vielen Mördern schon zum Problem erwachsen und hat schließlich zu ihrem Untergang geführt. Tja, es ist also doch schwerer als gedacht, die eigene Haut abzulegen.

Unmittelbar bevor Giovanni auf den Parkplatz des Supermarktes abbiegt, läutet sein Telefon: »Wo treibst du dich denn herum? Ich warte schon seit gestern auf dich. Deine Kühe haben Sehnsucht nach dir.« Onkel Vincenzo hat für heute andere Pläne und ist deshalb mit seinem Handy bewaffnet in Richtung eines Mobilfunksenders gewandert – genau gesagt, steht er fast auf jenem Platz, an dem Karner vor nicht allzu langer Zeit mit seiner Sekretärin geplaudert hat. Der Empfang ist schlecht, der Wunsch des Teilzeitsenners aber unmissverständlich. »Ich muss spätestens heute Abend wieder im Tal sein. Was ist denn los?«

»Es gibt hier Probleme und ich konnte dich bisher nicht mit dem Telefon erreichen. Es ist aber halb so schlimm, geh du nur am Abend, ich schaukle das schon. Danke jedenfalls, dass du so brav die Stellung hältst.«

Der Onkel scheint beruhigt, dass er sein vielversprechendes Date – Essen, Bier und vielleicht mehr – einhalten kann: »Gut, bring dir aber noch was zu beißen mit. Ich hatte Hunger! Brot ist aus, Butter und Wurst ebenso. Und füll endlich wieder deinen kärglichen Biervorrat auf.«

»Das mach ich, Onkel, danke noch einmal.«

Als sich Giovanni mit einer Pfandmünze einen Einkaufswagen erkauft, klingelt es schon wieder. Giovanni holt sein Telefon aus der Jackentasche, während er mit der anderen Hand den Wagen ins Geschäft schiebt. »Ja, Onkel, was gibt es noch?«

»Du, Bub«, das sagt er immer, wenn er versucht Giovanni einen guten Rat zu geben. »Du, Bub, was ich dir vorher schon sagen wollte … du kennst das Problem bei der Abbruchstelle an der automatischen Viehtränke?«

Giovanni – und mit ihm der Einkaufswagen – scheinen unmittelbar vor der Getränkeabteilung versteinert worden zu sein. Nur ganz kurz, denn jetzt fängt der Bauer zu zittern an. Sein Gefährt, das er noch immer mit seiner rechten Hand derart festhält, dass die Knöchel weiß hervortreten, beginnt jetzt leicht zu klappern. Hat er etwas entdeckt? Ist wieder etwas passiert? Dann spricht er wieder: »Nein, was meinst du?«

»Da oben bricht alles ab. Lass ja keine Kühe mehr da rauf. Du musst den Teil komplett absperren. Gestern wären beinah die Kälber mit jeder Menge Geröll abgestürzt. Zuerst treten sie das Gestein ab, dann purzeln sie selber nach. Das ist gefährlich!«

Ja, das ist gefährlich. Jetzt weiß er plötzlich, was genau passiert ist. Das scheint für ihn der endgültige Beweis zu sein: Seine Viecher haben den Karner auf dem Gewissen.

»Ich dank dir recht schön, dass du so aufpasst. Ich zieh

gleich morgen einen neuen Zaun ein, damit dort keine Kuh mehr raufkommt.« Giovanni war kurz davon überzeugt, dass der Onkel nach Wochen doch noch etwas Belastendes gefunden hätte. »Danke noch mal, bis bald.«

Bevor er die Trüffel in seinen Einkaufswagen legt – sicherheitshalber dieses Mal zwei Packungen – greift er nach einer Kiste Bier. Onkel Vincenzo wird es ihm danken – und außerdem gibt ihm dieser Gerstensaft eine perfekte Ausrede, warum er ein zweites Mal an einem Tag ins Geschäft geht. Noch einmal einkaufen? Um Bier zu holen! Da fragt keiner weiter, alles klar.

Einen ordentlichen Schrecken holt sich der Bauer an der Brottheke, an der ausgerechnet heute Maria Dienst schiebt. Sie ist gerade dabei, frisch aufgebackene Baguettes in Papiersäcke zu stecken und auszupreisen, als sich Giovanni gedankenverloren vor die Vitrine stellt, um den dezimierten Brotvorrat auf der Alm wieder aufzufüllen.

»Gio, mein Guter. Ist das aber nett, dass ich dich wieder einmal seh. Wie geht's dir denn?«

Giovannis einstige Flamme aus Jugendtagen ist mittlerweile zur dreifachen Mutter und Gattin des Geschäftsführers ebendieses Supermarktes aufgestiegen. »Grüß dich, Maria. Alles bestens. Der Onkel hat mir auf der Alm alles weggegessen. Wenn ich jetzt nicht einkaufe, müsst ich selbst wohl bald verhungern.«

Maria blickt in den Einkaufswagen und runzelt überrascht die Stirn. »Ich hab geglaubt, du bist ein Bauer. Einer mit Milchkühen, Hühnern und so. Warum kaufst du deine Butter im Supermarkt? Und Eier seh ich da auch noch, mein Guter.«

Der Bauer murmelt ein paar Worte, unter denen man die Bezeichnung Stress zu hören glaubt. Maria fehlten schon immer jegliche Skrupel, alle Fragen zu stellen, die ihr in den Sinn kommen. Außerdem gehört sich das nicht für Verkäuferinnen, den Inhalt des Einkaufswagens zu kommentieren oder sogar zu kritisieren. »Hast du den Stress oder deine Hühner? Seit wann liebst du eigentlich Schokolade?« Sie blinzelt ihm verschwörerisch zu. »Das war ja früher nicht so deins.«

»Ich bin mittlerweile ganz süchtig danach. Weiße, braune, mit Füllung und ohne – ich kann gar nicht mehr genug bekommen davon.« Ausreden sind schnell gefunden.

»Das ist aber fein, dass ich das weiß, mein Guter. Ich leg dir von Fall zu Fall ein paar Packungen oder Tafeln weg, wenn wir die abgelaufene Ware aussortieren. Die dürfen wir nicht mehr verkaufen, kaputt ist das Zeug deshalb aber noch lange nicht. Abgemacht?«

Giovanni ist ganz perplex. Er kann das fette, süße Kakaozeug natürlich immer noch nicht ausstehen. Zugeben kann er es in diesem Fall aber schließlich auch nicht: »Abgemacht. Ich brauch übrigens noch einen Wecken Schwarzbrot und ein Kräuterciabatta, dann muss ich wieder auf den Berg. Meine Kühe warten.«

»Alles klar, mein Guter.« Maria sackelt dem Bauern das gewünschte Brot ein und reicht ihm zusätzlich ein in hellbraunes Papier gewickeltes Schokocroissant. »Das hier geht aufs Haus, sag das so an der Kasse. Bist ja jetzt ein Süßer.« Maria grinst über beide Ohren – wie die hierzulande sprichwörtliche Schneekönigin.

Giovanni ist in dieser Situation alles recht, bedankt sich artig und schaut, dass er so schnell wie möglich an die Kasse kommt. Er braucht ihr nicht zu erklären, dass er bei dem mörderischen Programm der letzten Tage nicht so richtig Zeit hatte, Butter zu machen. Außerdem, was regt sie sich so auf. Er schaut noch einmal auf das Butterstück. Es stammt schließlich aus jener Molkerei, der er seine Milch abliefert. An dieser Butter haben vielleicht Elvira, Fiona und Schneeflöckchen fleißig mitproduziert. Da kann man als Bauer und Konsument stolz darauf sei, jawohl!

Giovanni wird schon wieder übermütig, gegen Maria würde er jedoch nie ein böses Wort fallen lassen. Es hat halt damals nicht sein sollen – mit ihnen beiden. Obwohl die gute Maria seinerzeit die Erste war, mit der er auf einem Jagdhochsitz die noch neuen und aufregenden Welten des Pettings zu erforschen angetreten war. Herumfummeln. Mehr war nicht. Sie waren ja noch jung damals – als ob das gestört hätte.

Und wie gesagt, leider ist nicht mehr daraus geworden – vielleicht wäre aus Giovanni als Partner von Maria ja ein anderer geworden.

Auf dem Weg zur Kasse kommt er an einer Wand vorbei, an der unzählige Glückwunschkarten feilgeboten werden. Er braucht noch dingend eine Karte, die er dem Schokoladenpräsent beifügt. Giovanni will schon zugreifen, als ihm einfällt, dass er sich dadurch noch verdächtiger machen würde. Fragt ein Bulle übermorgen: »Hat bei Ihnen jemand Pralinen und eine Glückwunschkarte gekauft?« Der geistig minderbemitteltste Kassierer würde in diesem Fall begeistert aufschreien: »Aber natürlich, der Giovanni vom Nachbardorf war's.« Also lassen wir das, beziehungsweise der Giovanni lässt das. Dem Bauer fallen die dutzenden Billetts ein, die ihm Hilfsorganisationen mehrmals pro Jahr zuschicken, weil sie hoffen, dass er ihnen deshalb ein paar Euro spenden könnte. Er hat immer brav gezahlt – und die Dinger in einer alten Schuhschachtel gesammelt. Da würde schon etwas für den Bürgermeister dabei sein.

Der Bauer stellt seinen Einkauf mit Ausnahme der Bierkiste auf das Band und sieht zu, wie ein älterer Mann direkt vor ihm wiederholt damit kämpft, Unmengen von Hochprozentigem ebenfalls auf dem Förderband zu platzieren. Jedes Mal, wenn die Gummimatte sich wieder ruckartig in Bewegung setzt, stürzen drei bis vier langhalsige, schmale Schnapsflaschen um. Der nicht gerade nüchtern wirkende Käufer stellt die Bouteillen bereits zum dritten Mal auf und hat selbst gehörig damit zu kämpfen, stehen bleiben zu können. »Verflixt noch mal«, vernimmt Giovanni von seinem Vordermann. Der Bauer gibt dem Besoffenen zu verstehen, dass es unter Umständen besser sei, die Flaschen liegen zu lassen, bevor sie noch zerbrechen. Der Mann nickt und lüftet leicht seinen dunkelgrünen, speckigen Filzhut, ganz so als ob er sich für diese Glanzidee bedanken will. Giovanni hat den Alten irgendwo schon einmal gesehen und ist außerdem davon überzeugt, sein Bild in nächster Zeit auf einem Partezettel wieder erblicken zu können. Um diese Uhrzeit schon derart besoffen und mit einem derart großen Saufvorrat ausgestattet, hat man schließlich äußerst geringe Chancen, nur annähernd an das Alter von Jopie Heesters heranzukommen.

»Ja, wen treff ich denn da? Ciao, Giovanni.«

Der Bauer dreht sich um und glaubt doch im selben Moment, wieder einmal versteinert worden zu sein und sich keinen Millimeter bewegen zu können. Vielleicht fühlt er sich auch zu einer Salzsäule erstarrt. Das kann man in einer solchen Situation schwer sagen.

So muss sich aber ein Herzinfarkt anfühlen, denkt er. Dann fällt ihm wieder die Sache mit dem Partezettel ein –

surreal, als ob man in einem derartigen Moment nichts anderes im Kopf hätte. Ein Partezettel – klassisch, mit pechschwarzem Rand. Dieses Mal steht aber sein Name drauf – neben einem Bild, das ihn und ein paar seiner Kühe zeigt:

Giovanni Forda:
Viel zu früh von uns gegangen.
Nehme Gott sich seiner armen Seele an.

Jener Mann, der hinter ihm steht, würde mit ziemlicher Sicherheit seiner Beerdigung beiwohnen. Dazu ist er auf dem Land quasi schon aufgrund seines Amtes verpflichtet. Hinter ihm hat sich niemand Geringerer als Bürgermeister Ignatius Auer postiert, in der einen Hand ein paar vakuumverpackte Würstel, in der anderen einen Sechserpack Bier und eine Schachtel gefüllte Trüffel – von der selben Sorte wie die, welche die Kassiererin in ebendiesem Augenblick für Giovanni vom Band nimmt und über den Scanner zieht.

Giovanni ist baff. So ein Pech müssen Sie einmal haben: Sie wollen jemanden vergiften, und genau diese Person kauft mit Ihnen die Zutaten für den Giftmord ein.

»Se… Servus.« Zu mehr ist der Überraschte nicht fähig.

»Hast du deine Kundenkarte dabei«, will die Kassiererin von Giovanni jetzt wissen.

»Ne… Nein«, lautet Giovannis knappe Antwort. Jetzt hat er andere Sorgen. Schlimmer wäre in diesem Moment freilich gewesen, er hätte Ja gesagt – und die Mitarbeiterin der Supermarktkette den Kauf der Trüffel auf seinem Kundenkonto verbucht. Geradezu ein gefundenes Fressen für jeden Polizisten. An dieser Stelle darf aber nicht unerwähnt bleiben, dass Giovanni in der Früh, ohne zu denken, beim Kauf der ersten Bonboniere gewohnheitsmäßig seine Kundenkarte zückte. Eine sinnlose Aktion, löst der Bauer seine Bonuspunkte sowieso niemals ein. Seien Sie jetzt aber bloß leise. Diesen Umstand sollte man dem Bauer unmittelbar in diesem Augenblick verschweigen. Sonst sucht ihn noch wirklich etwas an und der Pfarrer könnte seine Ministranten bereits für übermorgen zur Totenmesse in die Kirche zitieren.

»Ich seh, du stehst auch auf diese g'schmackigen Trüffel. Ich kann nie genug davon bekommen.«

Giovanni hat seine Sprache wiedergefunden und versucht unter Einbeziehung seines kompletten schauspielerischen Könnens sogar einen kleinen Witz: »Hast recht, aber ein g'schmackiges Bierchen ist mir trotzdem lieber.« In Wirklich- und aller Heimlichkeit stellt er sich die Frage, was er jetzt machen soll.

Der Bauer zahlt seinen Einkauf und rollt den Wagen in die Richtung der Glasschiebetür. Dann stoppt er und wartet auf seinen Bürgermeister – sein potenzielles Mordopfer, das einen Kampf mit der Bankomatkasse austrägt, weil sie seine Codenummer zweimal partout nicht akzeptieren will.

»Nett, dass du auf mich wartest. Gehen wir doch gemeinsam auf den Parkplatz?«, fragt der Bürgermeister. »Wie geht's dir denn? Ist auf der Alm alles in Ordnung?«

»Ich kann nicht klagen. Ja, das Gras ist schon mächtig gewachsen droben. Ich hab mich ja heuer schon ein wenig früh raufgetraut.«

»Und ich hab meine Viecher noch gar nicht hinaufgetrieben. War verdammt nachlässig. Hatte halt viel zu viel zu tun. Du weißt, das Amt. Sogar nach London hab ich müssen, mit dem Tourismusobmann. Jetzt pendeln meine Kühe immer noch zwischen dem Stall und der Wiese. Aber am Wochenende ist es endlich so weit, mit dem Anhänger fahren wir alle hinauf.«

Giovanni weiß, wo die Alm des Bürgermeisters liegt. Ein schlechtes, schattiges Loch, da drinnen im Graben. Wenig Sonne, dafür windanfällig, wenig Grün. Aufgrund der vielen Nässe dürfte das Gras aber recht saftig sein – solange es zumindest nicht fault: Kein Vergleich zur bevorzugten Lage seiner schmucken Alm.

»Fährst du auch wieder heim? Ich muss jetzt schnell auf den Hof und dann wieder ins Gemeindeamt. Es ist schon ein Kreuz, dass bei uns im Dorf die Greißlerei zusperren musste. Wegen jedem Würstel musst jetzt rausfahren.«

»Das ist eigentlich ein Job für dich, Bürgermeister. Du könntest dich ja drum kümmern, dass wir wieder ein Geschäft ins Tal bekommen, mit deinen Beziehungen. Vielleicht mit einer kleinen Förderung aus Brüssel?«

»Ja, ja. Wenn das so leicht wäre. Aber du hast schon recht. Wenn wir jetzt den Golfplatz bauen und im Sommer zusätzliche Gäste anlocken, zahlt sich das schon aus. Jetzt hab ich aber einen Kohldampf.« Auer fuchtelt mit seinem Einkauf vor seinem Gesprächspartner herum: »Zu Mittag gibt's bei mir Würstel, weißt du. Meine Frau ist ein paar Tage zu ihrer Schwester nach Bergamo gefahren. Jetzt bin ich Strohwitwer.« Auer bleibt stehen: »Verdammt, keine Zigaretten mehr. Ich muss noch einmal zurück ins Geschäft. Wünsch dir alles Gute, will dich nicht länger aufhalten.«

Kurz angebunden, wie immer, der Herr Bürgermeister. Er wedelt noch immer mit seinen biologischen vakuumverpackten Frankfurtern herum. Giovanni weiß nicht, ob er sich Luft zufächeln will oder ob er gerade Zeuge einer neuen nervösen Angewohnheit Auers wird: Bevor er aber seine Zigaretten holt und wieder in das Geschäft zurückgeht, will er noch wissen: »War dieser Polizeikommissar letztens eigentlich bei dir?«

»Der Alte. Ja.«

»Konntest du ihm weiterhelfen – wegen dem Karner, du weißt eh!«

»Nein, den hab ich schon lange nicht mehr gesehen.«

»Klar, weil er verschwunden ist …«

In diesem Augenblick kommt Giovanni die rettende Idee. Er hat die zweite und dritte Packung Konfekt umsonst gekauft, aber eine neue Idee ist geboren. Triumphaler Augenblick, was glauben Sie! Man muss aus jeder Situation das Beste machen, sagte seine Oma immer. Und wie Sie den mordenden Landwirt kennen, lässt das mit ziemlicher Sicherheit Böses erahnen.

»Ich seh dich bald wieder«, verabschiedet sich Giovanni.

»Ja, ja«, hört man von Auer, der wieder im Supermarkt verschwindet.

Jetzt ist Giovanni aber richtig im Stress. Kaum ist der Einkauf im Kofferraum verstaut, braust er aus der Einfahrt des Geschäftes. Den Einkaufswagen lässt er mit seiner Ein-Euro-Pfandmünze mitten auf dem Parkplatz stehen. Das ist man von dem knausrigen Bauern gar nicht gewohnt.

Viel zu schnell rast Giovanni wieder retour Richtung Dorf. Sie erahnen mittlerweile alle seinen Zustand: Seine Sinne sind wieder geschärft, seine Nerven angespannt, der Adrenalinspiegel schießt neuerlich lichten Höhen zu. Zweifellos, in dieser Verfassung hätte er auch bei einem Profiautorennen eine gute Figur gemacht. Die Strecke kennt er wie seine Westentasche, nimmt die Kurven mehr als nur sportlich, weiß von jeder Tücke – und steigt unmittelbar vor der Radarkontrollbox hinter einer alten Ulme, knapp vor der Kreuzung zur Straße in sein Tal, auf die Bremse. Jetzt auch noch fotografiert zu werden, genau das fehlt noch.

Weiter geht's Richtung heimatliche Scholle. In einer kleinen, nur schwer einsehbaren Parkbucht fährt Giovanni aber rechts ran. Vor Jahren hat man hier eine Bushaltestelle angelegt, die – so glaubt sich der Bauer zu erinnern – nie von einem öffentlichen Verkehrsmittel angefahren wurde: kein Haus in der Nähe, kein Wanderweg. Egal, im Laufe der Zeit geht so manches Steuergeld halt in Rauch auf.

Diese Zone wird von Urlaubern aber gerne genutzt, um eine kleine Pause einzulegen. Am Rande des Platzes stehen zwei große alte Eichen, die man gottlob beim Haltestellenbau nicht gefällt hat. Dahinter erstreckt sich die weite, bunte Wiese des Fischer-Bauern. An der Grenze zum Feld wurden ein paar Birken gepflanzt, deren Zweige ein leichter Wind sich heute zum Spielen auserkoren hat. Ein idyllisches Plätzchen, das werden Sie zugeben. Etwas abgeschottet.

Schlecht einzusehen.

Mit anderen Worten: Ideal.

Der Bauer legt den Rückwärtsgang ein und fährt ganz nach hinten, bis zum Ende des Platzes. Dort ist er hinter den Zweigen noch besser vor neugierigen Blicken geschützt. Er stellt schließlich die Alarmblinkanlage an und öffnet die Motorhaube. Anschließend holt er sich aus dem Kofferraum eine Flasche Bier. Leider hat er den Wagenheber zu Hause liegen lassen. Nach dem Wechseln der Winterreifen hat er es weiß Gott wie oft mal verschwitzt, das Werkzeug in den SUV zurückzulegen. Auch das übrige Werkzeug liegt daheim. Mittlerweile blitzsauber geputzt, vom kleinsten Bluttropfen befreit und inzwischen wohl wieder trocken. Die Bierflasche muss also reichen.

Er stellt sie in eine kleine Öffnung neben den Motor. Der Inhalt würde warm werden – im Normalfall, ein Frevel. Dieses Bierchen ist aber sowieso nicht zum Trinken gedacht, es würde einer anderen Verwendung zugeführt werden. Auf die Temperatur des Inhalts kommt es da nicht an.

»Durch diese hohle Gasse muss er kommen.«

Giovanni tritt auf die Straße, blickt in die Richtung, aus der er gefahren ist. Für den Kauf der paar Zigaretten würde sein potenzielles Opfer nicht lange brauchen. Neben ihm geben alle Blinker vereint Signal – ganz, als ob sie Ignatius Auer eine Warnung senden würden. In regelmäßigen Abständen scheinen sie ihm zurufen zu wollen: Fahr vorbei, fahr nach Hause, lass den mordlustigen Bauer einfach an der Straße stehen. Das ist eine Falle!

Nervosität. In hohem Ausmaß.

Giovanni überlegt sich wieder, die Blinkerei abzustellen. Nicht, weil er an einen Warnruf an den Bürgermeister denkt, sondern weil er Angst hat, dass ein anderes Auto vorher des Weges kommen könnte. Das Signal ist nicht unbedingt notwendig. Viele sind um diese Zeit zwar nicht unterwegs zum Dorf, aber bei dem Pech, das dem Bauern in den vergangenen Wochen beschert war, kommt sicher jemand vorbei.

Heute ist ihm Fortuna hold.

Die Scheinwerfer des bürgermeisterlichen Mercedes-SUV sind bereits zu erkennen. Brav, denkt sich Giovanni noch. Fährt am Tag mit Licht, wie es heutzutage in ganz Europa Pflicht ist.

Der mordlustige Bauer steht heftig winkend mitten auf der Straße.

Inzwischen hat Auer den Blinker angestellt. Sein Auto wird langsamer und reiht sich vor Giovannis Subaru ein. Die Straße ist wieder leer, es gilt, rasch zu handeln.

»Was ist denn los?« Der Bürgermeister steigt aus dem mächtigen Geländewagen und geht auf Giovanni zu, der sich neben der geöffneten Motorhaube postiert hat. »So eine Scheiße, plötzlich ging nichts mehr, ich bin gerade noch hierher gerollt.«

Ausgerechnet hier herein, in diese Parkbucht. Allein schon diese Tatsache müsste Auer stutzig machen. Hier hinten, im hintersten Winkerl. Aber wer denkt schon von jedem Menschen das Schlimmste. An einem so schönen warmen Tag.

Entlang der Fahrerseite geht er Richtung Motorraum: »Schauen wir einmal, schließlich habe ich einmal eine Landmaschinenmechanikerlehre gemacht. Ist der Motor abgestorben, oder was?«

Auer bückt sich, schaut unter die Motorhaube. Er wundert sich noch, warum ein fein säuberlich zu einem Quadrat zusammengelegtes hellblaues Putztuch neben dem Motorblock liegt. Er mag sich kurz denken, dass der Fahrer zuvor den Ölstand kontrolliert hat, vermag jedoch nicht die kleinste Spur von Schmutz oder Öl darauf zu erkennen. Er fingert nach dem Fetzen und enthüllt die Bierflasche, nach der Giovanni, der sich mittlerweile vorsichtig an sein Opfer herangeschlichen hat, im selben Moment greift.

Sie können nicht gewiss annehmen, dass der Natz, wie er sich gern von seinen Freunden nennen lässt, die Situation noch mit all seinen Folgen erahnen kann. Der eine

Bauer holt mit der Flasche aus und zieht sie dem perplexen anderen Bauer über dem Kopf. Auer trägt eine schwere Kopfwunde davon. Blutet schlimm. Stinkt nach Bier, sein Körper ist über und über mit dem lauwarmen Gerstensaft bedeckt. Das verschüttete Bier sorgt für ein beängstigendes Zischen, als es auf dem heißen Motorblock auftrifft.

Die Wirkung ist verheerend, Giovanni aber nicht genug. Er macht einen Schritt zurück, greift zur Motorhaube und lässt sie auf den stöhnenden Körper niederschlagen. Er klappt sie wieder hoch, lässt sie wieder niedersausen. Wieder und wieder.

Wenn Sie in diesem Augenblick auf der Straße an dem Schauplatz vorbeifahren könnten, würde Sie ein mehr als skurriles Szenario empfangen. Kopf und Oberkörper des Ignatius Auer sind von der Motorhaube halb verdeckt. Man erkennt noch ein paar Zipfel seines rot gemusterten Holzfällerhemdes, ausgewaschene Jeans und festes, dreckiges Schuhwerk. Und man erkennt Giovanni, wie er noch ein paar Mal die Motorhaube nach oben klappt und anschließend wieder nach unten donnern lässt. Noch einmal, und noch einmal, ohne an die Dellen zu denken, die dabei entstehen. Dann öffnet Giovanni die Haube ein letztes Mal, zieht den Körper des Bewusstlosen rasch hinter das Auto, um ihn vorübergehend vor fremden Blicken zu verbergen, und drückt den verbeulten Deckel wieder fest ins Schloss. Er hat Glück, dass er – verbeult, wie nun alles ist – überhaupt noch schließt.

Jetzt hantiert er im Kofferraum herum, wirft zwei leere Bananenschachteln auf die Rückbank. Dann hebt er mehrere alte Zeitungen auf. Von der ersten Seite prangt eine Schlagzeile, auf der die Augen Giovannis kurz kleben bleiben: ›Riviera-Schlitzer sticht wieder zu – Serienmörder hinterlässt sein drittes Opfer auf Liegestuhl‹, ist dort zu lesen.

Ja, was wäre das für ein gefundenes Fressen: Erfährt die Boulevardpresse jemals von den Taten des Bauern, zögert sie sicher nicht, ihn zu ihrem saisonalen Helden zu küren. ›*Killer-Bauer*‹, ›*Todes-Landwirt*‹ oder ›*Alpin-Monster*‹ könnte er genannt werden. Manche nach Blut und Schlagzeilen lechzende Chefredakteure würden freilich Kombinationen wie ›*Cowboy des Todes*‹, ›*Viehwirt aus dem Fegefeuer*‹, ›*Blutgeiler Bio-Bauer*‹ oder vielleicht ›*Senner des Verderbens*‹ bevorzugen, um damit die eine Spur längere Titelzeile füllen zu können. ›*Bio-Henker*‹ würde sich für ökologisch denkende Chronikredakteure anbieten. Gern gehört wird im urbanen Raum auch die beinah klassische Titulierung ›*Bauern-Bestie*‹, ›*Schluchten-Ripper*‹ wäre sicherlich auch eine Variante. Ohne an wissenschaftliche Fakten zu denken und ohne mit der Wimper zu zucken, würden Teile der Yellow Press Giovanni wohl andichten, er hätte sich mit Rinderwahn infiziert. Die meisten Journalisten würden aber zweifellos auf herkömmlichen Wahnsinn tippen. Da kann man nicht viel falsch machen.

Der Mann, der jedenfalls seine Tiere verhätschelt, ist beinah zum Serienmörder geworden und würde sich von gnadenlosen Boulevardpresse-Fritzen weiß Gott was heißen lassen müssen.

So weit ist es aber noch nicht, Giovanni ist derzeit genaugenommen ein einfacher Mörder. Quasi nichts Außergewöhnliches. Sein aktuelles Opfer, Ignatius Auer, ist ja immer noch am Leben.

Der potenzielle Star der Schlagzeilenfront müht sich jetzt sichtlich ab, den alles andere als leichten Bürgermeister in den Kofferraum seines Geländewagens zu zerren. Das wird wieder eine Schlepperei werden heute Nacht, der Natz ist ein anderes Kaliber und liegt mehrere Gewichtsklassen über Karner und Dallapozza. Im Geiste hat er Auer bereits ein Loch droben auf dem Berg zugewiesen, er, der Killer und Leichenentsorger in Personalunion; der Dorfschnitter und Almtotengräber, der er geworden ist. Sie, die dem Boulevard freilich durchwegs ablehnend gegenüber stehen, werden über Giovanni in Zukunft vielleicht sagen, er hätte ein wenig zu viel gedacht. Er hätte Pläne um Pläne geschmiedet, hätte keine Anstrengung gescheut und halbwegs logisch Mord um Mord verübt, um den Verdacht von sich zu lenken. Ein Teil von Ihnen könnte aber genauso einwenden, er hätte zu wenig gedacht und, ohne das Hirn richtig einzuschalten, schlimme Tat um Tat begangen, Sünde um Sünde. Hätte er nur einmal nachgedacht und den Unfall Karners gemeldet – so wie es normalerweise jeder zu tun pflegt – dann wäre alles anders gekommen. Peter Dallapozza könnte weiter von seiner Kreuzfahrt und dem wohlverdienten Ruhestand inmitten seiner Bücher träumen und seine Gattin umarmen, Ignatius Auer würde wahrscheinlich in nur wenigen Augenblicken zufrieden daheim sitzen ganz kommod bei Würstel und Bier.

Giovannis geschundenes, mittlerweile wieder stöhnendes, nach Bier stinkendes Akut-Opfer ist mittlerweile im Fond verstaut. Wieder einmal Blutspuren auf dem Boden des Kofferraums. Das ist aus Sicht des Leichenentsorgers aber halb so wild. Die Decken, die Giovanni immer mitzuführen pflegt, sind ihm aber mittlerweile ausgegangen. Er kommt mit dem Auffüllen und dem Organisieren der nötigen Utensilien in seinem Auto gar nicht mehr nach.

Aber wer denkt schon daran, dass diese Art von Arbeit sich zur Routine auswachsen kann. Wenn Blut fließt, dann fließt Blut. Man kann noch so an alles denken, die Natur und ihre Flüssigkeiten suchen sich eben immer einen Weg. Außerdem ist es dem Täter lieber, sein Auto bekommt den roten Saft ab und dafür ist auf dem Boden des Parkplatzes kein Tropfen davon zu finden. Daheim kann man solche Sachen schließlich auswaschen.

Giovanni geht die paar Schritte zum Auto des Bürgermeisters. Dieser hat die Tür nicht geschlossen. Ohne viel zu denken, schlägt er mit der flachen Hand die Fahrertür zu. Dann öffnet er sie wieder, um den Mercedes versperren und den Zündschlüssel mitnehmen zu können. Fehlanzeige, der Schlüssel steckt nicht im Schloss. Vermutlich hat ihn der Natz eingesteckt. Dessen Telefon hat er bereits vorhin aus der linken vorderen Hosentasche geholt und Akku sowie SIM-Karte aus dem Gerät entfernt.

»Verflucht!« Der Bauer fingert rasch eine aufgerissene Packung Papiertaschentücher aus seiner linken Hosentasche und wischt mit mehreren Zellstofftüchern wild an Türgriff und Blech herum. »Gott verdamm, keine Handschuhe«, zischt er. Er wirft noch einen Blick auf Auers Einkauf, lässt ihn aber auf der Rückbank liegen – und schließt jetzt endgültig den Mercedes. Mit einem Taschentuch in der Hand, versteht sich.

Der Todeslandwirt startet seinen Subaru und lenkt ihn aus der Parkmulde. Er merkt noch, dass er mit dem linken Vorderrad über etwas hinwegrollt. Er bremst. Das war kein Stein, das hat er durchs offene Fenster mitbekommen. Irgendetwas ist zersplittert.

Der Subaru steht jetzt mitten auf der Straße. Noch immer ist niemand vorbeigekommen – Gott sei Dank ist Zwischensaison. Giovanni öffnet die Tür und blickt zurück.

»Verdammt, das war der Schlüssel« ist alles, womit er die Situation zu kommentieren pflegt. Sein Spurenbeseitigungsprozedere hat sich schon mehrfach bewährt, und deshalb wollte er den Mercedes nächtens wieder wegfahren, um der Polizei falsche Fährten zu legen. Er weiß ja, dass Auers Ehefrau momentan nicht auf dem Hof weilt. Das Auto vor seinem Stall würde die Polizei wohl neuerlich verwirren, glaubt er.

Sie werden jetzt aber sicherlich zur Ehre der örtlichen Gendarmerie einwenden, dass mehrere verschwundene Menschen und ihre verwaisten Autos sogar die jüngsten Gendarmenanwärter aufscheuchen und zu sagenhaften Kombinationen anstacheln werden. Und da haben Sie vollkommen recht.

Jedenfalls ist der Schlüssel jetzt hinüber. Da diese neumodernen Dinger keinen herkömmlichen Bart mehr haben, kann man damit nicht auf traditionelle Art hantieren. »Das Ding ist zum Verschmeißen«, sagt er laut. Was soll's, Auers Wagen steht hier am Rande der Straße, niemand hat etwas gesehen. Den kaputten Schlüssel nimmt er mit. Auch ein paar Plastiksplitter sammelt er ein.

Während seiner Fahrt auf die Alm denkt Giovanni über die kommunalpolitischen Auswirkungen seiner Tat nach. Das menschliche Hirn ist ein wahrer Meister im Verdrängen. Das Wichtigste und Wesentlichste wird fein säuberlich in weit vom Schuss gelegene Windungen geschaufelt, nur um sie ja nicht ins Zentrum der Gedanken zurückkehren zu lassen. Die Gedanken gleiten ab. Nur ja nicht an den verletzten Bürgermeister hinter seiner Rückbank denken …

Als Giovanni auf den steilen Almweg abbiegt, ist er wieder ganz bei der Sache: Er entscheidet sich dafür, hinter einem Holzstoß im Wald noch einmal einen kurzen Zwischenstopp einzuschieben. Da ihn der stöhnende und mittlerweile wieder des Fluchens mächtige Natz während der Fahrt gehörig nervt, zieht er die Handbremse an, steigt aus dem Wagen und sucht sich aus dem Holzstoß ein handliches Holzscheid. Nicht zu schwer, nicht zu lang. Eines, das ihm zur wahren Freude gereicht, das er dem Bürgermeister einmal über den Schädel zieht, damit er wieder seine Ruhe gibt. Nicht zu fest, versteht sich. Beinah vorsichtig. Noch mehr Blut will er nicht ins Auto rinnen lassen.

Giovanni ist zufrieden, hat er doch wieder seine gesegnete Ruh. Der Bauer steigt ein und greift nach einer CD, die nach einer Vollbremsung auf dem Boden unterhalb des Beifahrersitzes liegen bleibt. Eine Jazz-Suite von Dmitri Dmitrijewitsch Schostakowitsch. Endlich lächelt er wieder. Herz, was willst du mehr? Er sucht sich auf der Trackliste den Walzer Nummer 2. Dann setzt er die Fahrt hinauf in die Richtung seiner Kühe fort. Hinauf gen Almfriedhof.

Was soll man über seine restlichen Taten an diesem Tag noch sagen? Sie kennen das ja fast schon alles.

Ein wenig später schlägt er dem Bürgermeister, der noch einmal zu sich kommt, mit einer Schaufel auf den Kopf. Eine wirklich zache Haut, der Arme! Dann beginnt die neuerliche Schlepperei auf den Berg. Vor dem Karstloch tötet er Auer diesmal zur Abwechslung mit der Hacke – ein Henker im Sold von Heinrich VIII. wäre stolz auf ihn gewesen, das können Sie glauben. Dann geht die Sache in gewohnter Manier weiter: Das obligate Gespräch mit dem Toten, die weitere Axtschwingerei und die damit verbundene Sauerei, die Schauflerei, Steineschlichterei, die abschließende Putzerei. Sie sind ja schon im Bilde und wissen, wie das ist. In Wahrheit einfach nicht mehr auszuhalten.

Sie können sich aber sicher sein, Giovanni, der hochalpinen, metzelnden Bestie, geht es mittlerweile genauso. Bei ihm hat das aber zum Teil ganz andere Gründe.

Die Idylle der einst ruhigen, Kühen, Dohlen und Murmeltieren vorbehaltenen Hochalm ist jedenfalls für immer dahin. Enzian und Brunellen blühen dort zwar immer noch. Aber aus dem Paradies mit den kleinen Karsthöhlen ist ein Filialfriedhof geworden. Auf ungeweihter Erde.

Eines wirkt aber langsam verdächtig, dort oben auf dem Gräberfeld. Auf relativ kleiner Fläche stehen jetzt drei Putzhaufen. Drei Steinhaufen unüblich nah beieinander, wie drei Fingerzeige. Drei kleine Pyramiden. Nicht nur Althistoriker oder Archäologen könnten sich an die verwandten, freilich viel mächtigeren Gräber in Gizeh erinnert fühlen.

Aber welch Wanderer würd denn gleich an das Schlimmste denken. Auf der Alm gibt's schließlich koa Sünd.

Verübt der Landwirt einen Mord,
schaufelt er Löcher im Akkord.

X. DAS SCHREIEN DER KÜHE

Grauenhaft: Warum es in Rinderställen zumal zu albtraumhaften Szenen kommen kann und wie Gewitter für Erleuchtung sorgen

»Jetzt schlagen wir zwei Fliegen mit einer Klappe.« Simon ist sich sicher, in wenigen Augenblicken zwei Bauern auf einmal anzutreffen, um Dallapozzas Wegstrecke nachzeichnen zu können. Als Hilmer und er aber vor Giovannis Bauernhof ankommen, ist schon wieder niemand zu sehen. Einzige Ausnahme bilden die Hennen, die hinter einem – nicht einmal den bescheuertsten Fuchs von einem Raubversuch abhaltenden – Maschendrahtverhau direkt vor dem Bauernhaus ihre Körner picken. Daneben glaubt ein Hahn etwa alle eineinhalb Minuten mit einem lautstarken Kikeriki den Anbruch des Tages ankündigen zu müssen. Der natürliche Biorhythmus des Vogels scheint ordentlich hinüber.

Idyllisch. Einfach. Rustikal. Auf der rechten Seite des Balkons ist ein leicht verwittertes Schild mit der Aufschrift ›Tannhof‹ montiert. Keine Blumenkästen, auch sonst kaum Schmuck. Keinerlei Behübschung, keinerlei Schnickschnack. Neben dem Wohnhaus wurde ein eingezäunter Garten angelegt. Die Beete sind leer. Außer ein paar alten Schnittlauchpflanzen, die offensichtlich auch durch Nichtbeachtung nicht umzubringen sind, gedeiht nur eine Handvoll Unkraut. Trotzdem wirkt alles ordentlich auf diesem Hof. Ein Auto aber fehlt, wieder nur ein vereinsamter Traktor, dessen Fahrerhaus versperrt ist. Für die beiden Beamten wirkt dieses Szenario beinah wie ein Déjà-vu: Diesmal gibt es aber eine Klingel an der Haustür.

Helmer läutet, niemand öffnet. Sie blickt durch ein Fenster in das Bauernhaus. Hinter einem kleinen Guckloch, kaum größer als eine Schießscharte, ist ein finsterer Hausgang zu erahnen. Viel altes Holz, eine Bank, unter der nebeneinander, fein säuberlich, ein paar Paar Schuhe aufgestellt sind. Schön in einer Reihe, angetreten wie zum Rapport. Auf der rechten Seite erblickt sie eine Holzstiege, die in das Obergeschoss führt. Hinter einem zweiten, bedeutend größeren Fenster ist die Küche zu erkennen. Ein rotweiß gemusterter Vorhang ist halb zugezogen, vielleicht hat die Sonne den Bauern geblendet. Dahinter ein großer Raum. Direkt vor dem Fenster steht offensichtlich vor einer Eckbank ein langer Tisch aus hellbraunem Holz und ein zwei, nein, drei Sessel. Gegenüber ein moderner Küchenblock aus Nirosta mit Elektroherd, Dunstabzug und einer übergroßen Kühl-Gefrier-Kombination. Hilmer erblickt noch eine alte, wirklich alte, Küchenkredenz sowie einen dunkelgrünen Kachelofen mit einer Bank davor. Alles leer, niemand ist zu sehen. Alles sieht sauber aus, nur auf dem Tisch erkennt Hilmer eine geöffnete Bonboniere, ein Schneidbrett, eine alte, mit buntem Blumenmuster und dem Namen Fiona bemalte Kaffeetasse. Daneben liegt ein schmutziges, kariertes Geschirrtuch, das halb das Keyboard eines aufgeklappten Notebooks verdeckt. Die Inspektorin kann sich nicht entscheiden, ob diese Flecken auf dem Tuch von Dreck oder Schokolade herrühren. Sicher ist jedoch, dass der Bauer damit weniger sein Geschirr abgetrocknet, sondern eher seine Hände abgewischt haben muss. Der Monitor des Notebooks ist schwarz.

Simon geht zum Stall, findet heute keine Frau vor. Die Stalltür ist angelehnt. Langsam macht er sie weiter auf. Quietschen. Der Stall wirkt sauber, sensationell sauber sogar. Ein leichter, keineswegs penetranter Mistgeruch liegt in der Luft. Gut gelüftet. Alles wurde geputzt. Herausgeputzt. Als ob diese Räumlichkeiten demnächst als Schauplatz für eine landwirtschaftliche Ausstellung dienen würden. Eine Wand wurde offensichtlich erst vor kurzer Zeit geweißelt. Ein wahrer Musterstall – aber eben ohne Viecher. »Die Tiere sind sicher auf der Alm«, sagt Hilmer, als sie zu ihrem Vorgesetzten in den Stall tritt.

»Und da wird wohl auch der Bauer sein«, meint Simon. »Und wo ist dieser zweite Bauer, der angeblich hier sein soll? Verdammt, hatte Dallapozza auch mit der Ausdünnung des ländlichen Raums so zu kämpfen wie wir? Kein Schwein zu sehen, und das ist wörtlich gemeint!«

Die beiden gehen weiter in den Stall hinein, Simon betrachtet die Melkmaschine – ein Ding, das Städter wie ihm nicht ganz geheuer ist – und sieht nach, ob die Durchgangstür in den Wohntrakt versperrt ist. Da er auch hier nicht mehr weiterkommt, dreht er sich wieder zu seiner Kollegin um. »Denken wir also einmal logisch, Hilmer. Wo würden Sie in einem solchen Dorf wohl zuerst hingehen, um etwas über den Vermissten herauszubekommen?«

»Zum Bürgermeister«, sagen beide. Gleichzeitig.

»Der sollte über seine Gemeindebürger Bescheid wissen«, bemerkt Hilmer, die bereits über ihr Telefon mit dem Kommissariat in Verbindung steht: »Du sagst, er heißt Auer? Gut, schick mir Telefonnummer und Adresse auf mein Telefon.« Die Inspektorin beendet ihr Gespräch und dreht sich wieder zu Simon zu. Dieser hat schon bemerkt, dass sich seine neue Kollegin bei jedem Telefonat von ihm abwendet und bevorzugt in den Himmel starrt. Das hat sie auch dieses Mal so getan – durch ein frisch geputztes Stallfenster, die bedrohlich dunklen Wolken fixierend, die von Westen heranziehen. Hilmers Telefon läutet, dieses Mal wendet sie ihre Augen aber schnell wieder vom Himmel ab und visiert dafür ihren Chef an. »Was sagst du da, Karner hat versucht, mit Auer zu sprechen? Dem Bürgermeister. Zweimal? Am Abend zuvor? Und das sagst du uns erst jetzt?« Simon erkennt die Lage, seine Inspektoren im Kommissariat gehen alle Hinweise nach dem Verschwinden des Wanderers noch einmal durch und sind auf die Liste der letzten registrierten Telefonate gestoßen. Die Sache wird immer interessanter. »Also, auf zum Bürgermeister.«

Inspektorin Hilmer schreckt zusammen, als die Katze wie eine Geisterhand um ihre Beine streift. Die Polizistin trägt eine den sommerlichen Temperaturen entsprechende leichte, schwarze Hose, an der die Haare Giuseppes besonders gut hängen bleiben und ideal zur Geltung kommen.

»Hallo, wie heißt denn du?« Die Katze streicht unermüdlich um sie herum. Zuerst am linken, dann am rechten Bein. Zwischendurch entfleucht ihr ein geradezu erbarmungswürdiges Miauen, das, so vermuten die anwesenden potenziellen Futterbeschaffer, Hunger signalisieren soll. Großen Hunger! Wahrscheinlich sind heuer die Mäuse knapp.

Nach dem Hilfeschrei oder der Aufforderung, Fressbares herbeizuschafffen – das kann man nicht so genau sagen – beginnt das Tier mit einem neuen Durchgang. Linkes Bein, rechtes Bein. Als Hilmer aber in die Knie geht und das Tier zu streicheln versucht, faucht das kleine niedliche Ding derart aggressiv, um nur ja keine Zweifel aufkommen zu lassen, dass es über gefährliche Verwandte à la Jaguar oder Puma verfügt und sich im Ernstfall auch selber standesgemäß zu verteidigen weiß. »Gib die Hand weg!«, scheint das zu heißen – Katzenkenner, die genauer hinschauen, würden jetzt bemerken, dass der Bauernkater allem Anschein nach auch ein paar Gene einer Britisch Kurzhaar mitvererbt bekommen hat.

»Kommen Sie, Kollegin, die Mieze kann uns nicht weiterhelfen. Sie scheint sich außerdem nicht entscheiden zu können, ob sie eher zum Schmusekätzchen oder zur Sphinx tendieren soll.« Simon hat die Katze und seine schreckhafte Kollegin, die sich jetzt bemüht, die lästigen Haare von ihrer Hose zu streichen, amüsiert – viel zu lachen hatte er heute ja noch nicht. Außerdem steht er auf Katzen, ihre Eigenheiten und ihren Charakter liebt er. »Komm meine Kleine, geh aus dem Stall. Ich möchte dich hier nicht einsperren.« Der Kommissar wartet geduldig, den hölzernen Griff der Tür in der Hand, bis Giuseppe langsam an ihm vorbei und nach draußen schleicht. Auch der Kater hebt jetzt den Kopf, um die Gewitterwolken zu inspizieren. Da er der Wetterlage anscheinend nicht sehr vertraut, sucht er sich einen Platz auf der Vorbeibank, unterhalb des Küchenfensters, direkt vor dem Hühnergehege. Sicher hätte er jetzt Lust auf Huhn. Ja, das wäre genau die richtige Mahlzeit.

Jetzt allerdings scheint ein kleines Schläfchen angebracht.

Hilmer ist mit dem Navigationsgerät ihres Chefs mittlerweile vertraut und so finden die beiden schnell den Hof des Bürgermeisters. Wie nicht schwer zu erraten ist, hat auch dieser sein Telefon nicht abgehoben. Dafür hat Hilmer den nur teilzeitbeschäftigten Gemeindesekretär im Amt erreicht. Er ist hauptberuflich Landmaschinenmechaniker und hat vom Bürgermeister seit vorgestern Abend nichts mehr gehört. Auch von Karner und Kommissar Dallapozza wisse er nichts.

Der Hof des Bürgermeisters ist viel größer als die beiden, die die Polizisten zuvor besuchten. Sobald Hilmer die Beifahrertür öffnet, wissen beide, dass hier etwas nicht stimmt.

Lautes Gemuhe. Erbärmliches Rindergejammere, entsetzliches Brüllen. Geradezu markerschütternde Schmerzensschreie.

Beide rennen zur Stalltür, Simon öffnet sie. In den Boxen stehen, – oder wie soll man es anders sagen – krümmen sich gut zwei dutzend schwarz-weiß gefleckte Kühe vor Schmerzen, ihre Euter sind geschwollen. Geradezu beängstigend große Ballone, das glauben Sie nicht!

Simon stellt sich im Geiste schon darauf ein, dass demnächst ein erstes Euter explodiert. Der Städter weiß nicht, dass das nicht passieren wird. Das wird Ihnen jeder Veterinär bestätigen, obwohl dieser auch einräumen muss, dass gerissene Euter von Fall zu Fall vorkommen können. Sie müssen zugeben, dass die Situation ein wenig bedrohlich erscheint, ist es doch nicht jedermanns Sache, dass ihm Euterfetzen und Milch um die Ohren jagen könnten.

Bedrohlich ist die Lage allemal: für die Rinder nämlich, denn die gehen äußerst schmerzvoll und elendiglich daran zugrunde. Milchkühe werden dafür gezüchtet, ordentlich Milch zu geben. Fällt das regelmäßige Abzapfen aus, droht der qualvolle Tod. Nur vier sichtlich trächtige Kühe stehen halbwegs normal im vorderen Teil der Halle – in ihren

Gesichtern ist aber keine Spur weniger Panik als in jenen ihrer betroffenen Genossinnen zu bemerken. Die Stimmung hier im Stall ist alles andere als entspannt, der Schrecken ansteckend.

Auch den fünf Schweinen, die sich den Stall mit den Milchkühen teilen, ist in ihrer Haut nicht allzu wohl zumute. Man weiß, dass sich allzu viel Stress bei ihnen aufs Herz legt. Das könnte sich unter Umständen trotz ihrer an und für sich relativ knapp bemessenen Lebenserwartung negativ auf ihr Alter auswirken. Schweine werden keine Methusalems – vor allem, seit unsere Gesellschaft eher einen zarten, mit wenig Fett durchsetzten Jungschweinebraten mehr bevorzugt als das Pendant einer alten Sau. Die Facken quieken erbärmlich in ihrer Box, dort im hintersten Teil des Stalls. In diesem Bereich der Halle herrscht unmittelbar keine große Gefahr. Die Schweine haben kein Milchproblem und an Hunger werden sie so schnell auch nicht krepieren. Die Borstenviecher haben genug Speck auf den Rippen, um eine erzwungene Fastenzeit ohne Probleme überstehen zu können – vorausgesetzt natürlich, sie haben vom Radau der Rindviecher keinen Gehörschaden davongetragen. Auf ihre Herzen sollten sie aber in der Zukunft Acht geben.

Nur keine Überanstrengung mehr und mit Stresssituationen haushalten. In Zukunft nur keine Aufregung! Easy going ist angesagt. Dann können sie noch ein bisschen Fleisch ansetzen und beruhigt ihrem Speckdasein entgegengrunzen.

Die beiden Verbrecherjäger, in Sachen Landwirtschaft erbärmliche Amateure, nehmen es überall mit dem Bösen auf. Kein Messerstecher, Terrorist, bewaffneter Bankräuber oder Serienmörder scheint die zwei nur ein kleines bisschen einschüchtern zu können (Die Sache mit dem

Rasenmäher vergessen Sie bitte!). In der jetzigen Situation sind sie allerdings grenzenlos überfordert. Hier, im Zentrum einer auf einen Stall begrenzten Apokalypse der Hausrinder, inmitten dieses Höllenlärms, des pausenlosen erbärmlichen Flehens aus ohrenbetäubenden Muhlauten, steht für die Polizisten nur ein Ausweg offen. Die Flucht ins Freie. Kaum in der halbwegs frischen Luft, der Kakofonie entkommen und nur ein klein wenig vom Zentrum des Brüllens entfernt, drückt Hilmer auf die Wiederwahltaste ihres Mobiltelefons und hat neuerlich den Gemeindesekretär an der Strippe. Ohne viel erklären zu müssen, dürfte dieser aufgrund der Hintergrundgeräuschkulisse die Situation sofort erkannt haben. »Ist der Bürgermeister auch nicht daheim?«, fragt er doch noch schnell und kündigt sein baldiges Eintreffen auf dem Hof an. Er werde fahren wie die Feuerwehr, lautet seine knappe Antwort. Quasi die Kuhfeuerwehr. Ein dringender Einsatz.

Simon starrt auf die immer bedrohlicher werdende Wolkenfront und wendet sich seiner Inspektorin zu: »Wie lange dauert es, bis die armen Viecher so reagieren?«

»Keine Ahnung. Aber die hier müssen schon länger auf ihren Bauer warten.« Hilmer ist der Schock noch ins Gesicht geschrieben.

»Sie wissen, was das bedeutet?«

»Ja, offensichtlich ein Vermisster mehr. Ein Bauer lässt sein Vieh nicht alleine im Stall. Und das tagelang.« Hilmer schüttelt ihren Kopf. »Das sieht hier schön langsam nach einer Vermisstenepidemie aus. Sie haben recht, Herr Kommissar, hier ist etwas sehr faul.«

»Das kann man laut sagen: In diesem kleinen Tal sind drei Menschen verschwunden. Das ist ja schlimmer als im Bermudadreieck.«

Es dauert nur ein paar Minuten, bis zuerst ein grüner Jeep mit dem mächtigen Logo des springenden Hirsches von John Deere auf Fahrer- und Beifahrertür auf den Hof abbiegt. Unmittelbar dahinter rauscht ein zweiter Geländewagen viel zu schnell um die Kurve. Ein etwa 25 bis 30 Jahre alter, spindeldürrer Mann mit schwarzem Haar stellt sich kurz als Severin Brugger vor. Der Gemeindesekretär legt sein beiges Sportsakko ab und wirft es unachtsam auf die dreckige Kühlerhaube. »Das ist unsere neue Tierärztin, Jacqueline Marquet«, stellt er die schlanke, brünette Frau vor, die dem silberfarbenen, über und über mit Dreck bespritzten Porsche Cayenne entsteigt.

Die beiden eilen in den Stall, starten mit dem Melken. Die Veterinärin behandelt die Entzündungen und versucht, wie Kuhfeuerwehrmann Brugger, den Tieren gut zuzureden.

Die Polizisten ersparen sich das Schauspiel. Von Kuhhorror haben sie für heute genug. Stattdessen streichen sie um das neben dem Stall separat errichtete Wohnhaus. Auch hier ist, wie erwartet, alles abgeschlossen. Hinter den Fenstern hängen Gardinen, sodass vom Inneren nicht viel zu erkennen ist. Simon telefoniert mit dem Gendarmerieposten und erklärt den Kollegen die Lage.

»Kommandant Coro sucht nach dem Wagen des Bürgermeisters. Er war ganz entsetzt. Hat noch nie gehört, dass ein Bauer freiwillig sein Vieh allein lässt. Nicht einmal der Besoffenste würde das tun, meint er. Landwirtschaft bedeutet Verantwortung! Coro wurde allerdings einmal zu einem ähnlichen Fall gerufen, bei dem ein alleinstehender Bauer während des Melkens einen Herzinfarkt erlitt und tagelang tot zwischen seinen Kühen lag. Um sicherzugehen, dass dem Bürgermeister nichts Ähnliches passiert ist, kommt er mit einem Dietrich und schließt uns das Haus auf. Dann bleibt noch die Frage nach der Bäuerin. Der Mann ist verheiratet.«

Sie haben jetzt aber nicht erwartet, dass Gendarmen und Polizisten jemanden im Haus vorfinden? Coro hat inzwischen mit Auers Ehefrau telefoniert, die völlig hysterisch versprach, unmittelbar ihre Heimreise aus dem Süden anzutreten. »Das wird kaum Licht in die Angelegenheit bringen, aber wenigstens sind dann die Kühe versorgt«, meint der Kommandant, als sie wieder vor die Haustür treten. Drüben beim Stall sehen sie Brugger, wie er Heu in einer Schiebtruhe in den Stall rollt. Die Tierärztin kommt aus dem Stall und holt Medikamente aus dem Kofferraum ihres Geländeporsches. Der gute veterinärmedizinische Geist hat heute noch eine Menge zu tun.

»Lang hält der Himmel nicht mehr durch, dann kracht's«, sagt Coro. »Ich glaube, wir können hier nicht mehr viel tun, es sei denn, Sie wollen den Stall ausmisten, Herr Kommissar.« Coro lächelt. »Ziemlich beschissen, die Lage!«

Der Kommandant hat den ersten Schock überwunden und seinen Alpincharme wieder gefunden. »Wir halten die Augen offen, sprechen mit Einwohnern der Umgebung und orten sein Handy«, sagt der Gendarm. »Vielleicht ergibt das was.«

»Nur um Kompetenzstreitigkeiten von vornherein ausschließen zu können, Herr Kommandant. Wir ermitteln weiter im Zusammenhang mit dem Verschwinden unseres Kollegen. Sie müssen zugeben, dass hier im Umkreis ein paar Menschen zu viel verschwinden. Da sich die vermissten Personen wie auf einer Perlenkette nacheinander auffädeln, kann es nicht anders sein, als dass alles zusammenhängt.«

Coro öffnet inzwischen die Beifahrertür des Renault. »Kein Problem, wir Bullen gehören ja letztlich alle zusammen. Ich schlage vor, wir telefonieren am Abend noch einmal miteinander. Sollte einer von uns beiden vorher etwas Wichtiges entdecken, meldet er sich. Sind wir d'accord?«

»Perfekt. Ich wünsche Ihnen viel Glück.«

»Detto, Herr Kollege!«

»Wo wohnt eigentlich diese Sekretärin des Immobilienmaklers?«

Simon und Hilmer sitzen wieder in ihrem Auto, gerade noch den ersten Regentropfen entflohen. Donner künden vom nahen Unwetter. Im Stall wurden mittlerweile die Neonbalken eingeschaltet. Innerhalb weniger Minuten ist es richtig dunkel geworden.

»Unmittelbar an der Taleinfahrt, wir müssen daran vorbeigefahren sein.« Die beiden fahren in die Richtung zurück, aus der sie gekommen sind. Genau dem Gewitter entgegen.

»Hoffentlich gibt's keinen Hagel«, bemerkt der Kommissar. Sein Auto ist noch nicht das älteste. Schicksalsergeben, wie er mittlerweile geworden ist, würde es ihm aber wohl nicht allzu viel ausmachen.

»Ich glaube nicht, sind Hagelwolken nicht eher orange?« Die Inspektorin zweifelt an ihren meteorologischen Kenntnissen, glaubt sich aber an derartige Wolkenstimmungen erinnern zu können. Sicher ist sie sich nicht.

Es regnet ein bisschen mehr. Direkt vor ihnen leuchtet ein Blitz auf, unmittelbar danach ein zweiter. Mit dem nächsten lauten Donner steigt Simon auf das Bremspedal und drosselt die Geschwindigkeit. Das Auto fährt genau jetzt mitten hinein in die Regenwand, die sich wie ein trüber Vorhang über die Landschaft breitet, die Sicht ist gleich null.

Da, auf der linken Seite, glaubt der Fahrer einen Parkplatz zu erblicken. Simon lenkt den Wagen vorsichtig von der Straße, schaltet die Zündung aus, worauf auch die Scheibenwischer ihre Dienste einstellen. »Warten wir hier, bis das Schlimmste vorbei ist.

Der Regen trommelt auf das Autodach. Jetzt sind einige wenige Hagelkörner dabei – die von der ganz kleinen Sorte, die im Regen untergehen und nur geringen Schaden anrichten. Es reicht aber, um ein paar Blätter der Bäume über ihnen zu durchlöchern, Simons Auto trägt keinen Schaden davon.

Die zwei bekommen einen klitzekleinen Einblick in den Weltuntergang. Ein paar Minuten sitzen die beiden Beamten nebeneinander, ohne etwas zu sagen. Sie sehen dem Wasser zu, wie es um sie herum die Scheiben hinabstürzt. Quasi mittendrin in der Naturgewalt, einem wahren Himmelstsunami. Verdammt nah dran an der Sintflut.

»Sagen Sie einmal, Frau Hilmer, gibt es Schätzungen, wie viele Morde hierzulande nicht entdeckt werden? Schließlich ist es hier bedeutend einfacher, einen Toten verschwinden zu lassen als in der Großstadt. Reichlich Landschaft, wenige Zeugen.«

Sie wissen, dass diese Frage in der letzten Zeit nicht allein dem Kommissar gekommen ist. Hilmer aber schüttelt den Kopf. »Ich weiß nichts davon. Die meisten Vermissten tauchen wieder auf. Finden wir sie als Leichen, sind sie im Regelfall eines natürlichen Todes gestorben. Dann die Unfälle, immer wieder auch ein Selbstmord. Die Wenigsten werden Opfer eines Verbrechens. Es stimmt schon. Der ein oder andere könnte schon privat entsorgt werden, ohne dass wir es merken. Bei einem Absturz, zum Beispiel. Oder aber …« Hilmer macht eine Pause: »Keine Leiche, keine Spuren, kein Verbrechen. Sie glauben, dass alle drei …?«

»Es ist noch zu früh, der Bürgermeister scheint außer den Kühen momentan noch niemandem abzugehen. Aber ich glaube doch, dass alles darauf hindeutet. Sie haben aber recht: Die Leichen tauchen immer irgendwo auf. Es kann nur ein wenig dauern. Aber es kommt der Tag, an dem kommt alles ans Licht: Denken Sie an den Ötzi.« Simon schmunzelt. »Aber sagen wir einmal so, im Fall Ötzi dürfte eine Mordtat als verjährt gelten und dem zuständigen Staatsanwalt definitiv keine grauen Haare mehr bescheren.«

Der Regen hat nachgelassen, das Gewitter sich ein wenig verzogen. »Menschen, die im Winter sterben, kommen oft erst mit der Schneeschmelze wieder zum Vorschein, erklärt die einheimische Polizistin. »Die purzeln irgendwo runter und die nächsten Schneewolken sorgen dafür, dass darüber ein kaltes Leichentuch gebreitet wird. In der Regel sind es Unfallopfer, die der Schnee nach Wochen oder Monaten wieder freigibt. Saisonale Ötzis, wenn Sie so wollen.«

Simon startet seinen Golf, sofort setzen sich die Scheibenwischer wieder in Bewegung. Jetzt aber viel zu schnell, derartige Wassermengen wie vorhin sind nicht mehr zu bewältigen. Simon starrt durch die freie Windschutzschreibe. Er drückt die Gangschaltung nach unten und legt den Rückwärtsgang ein, um ein paar Meter nach hinten zu setzen. Jetzt leistet auch der Heckscheibenwischer gute Arbeit. Simon sieht in den Rückspiegel. Er hat vorher schon bemerkt, dass hinter ihnen ein schwarzer Wagen geparkt ist. Die schlechte Sicht durch den Sturzbach machte es aber nicht möglich, Genaueres zu erkennen.

Er bremst abrupt, ohne den Gang rauszunehmen. Der Wagen stirbt ab, Simon reißt seine Tür auf. Regen dringt ins Autoinnere. Der Kommissar schießt geradezu auf den Parkplatz. Wasserscheu ist er nicht.

»Das gibt's doch nicht. Wie lautet noch das Kennzeichen des Mercedes?«

Hilmer glaubt wohl ebenfalls an ein Hirngespinst und blättert in ihrem Spiralblock auf die letzte Seite, auf die sie sich die Information des Gendarmen notiert hat. »Das ist er«, sagt die Inspektorin, als sie neben Simon tritt, der zur Türklinke des Mercedes-Geländewagens greift. »Das ist der Wagen des Bürgermeisters.«

Es ist nicht zu viel verraten, dass die beiden überrascht waren, als sie den Wagen unversperrt vorfinden. Sie können ja nicht ahnen, dass Auer seine automatische Türverriegelung ausschalten hat lassen, nachdem er sich sechmal selber aus seinem Auto ausgesperrt hat. Aber im Inneren ist nicht viel zu entdecken. Ein wenig Stallgeruch lässt auf einen Agrarier als Fahrer schließen. Oder haben die beiden den Duft der Ställe noch nicht endgültig aus ihren Riechzellen verbannen können – vielleicht spielt ihnen auch beiden das Großhirn einen Streich. Das Kennzeichen stimmt, Auer ist Bauer. Was willst du mehr?

Die Inspektorin holt den Einkauf aus dem Wagen. Das Konfekt hat auch schon bessere Zeiten gesehen, musste es doch in der Hitze, die noch immer im Wageninneren herrscht, ihre Idealform mehr als nur einbüßen. Die Würstchen sind vakuumverpackt, aber können mittlerweile auch nicht mehr als frische Ware deklariert werden. Gammelfleisch lässt grüßen. Über die Temperatur des Biers reden wir gleich gar nicht. Das ist selbst für englische Verhältnisse – ein kühles Lager mal ausgenommen – um Welten zu warm

Dass nicht erst vor kurzer Zeit eingekauft wurde, ist Hilmer sofort klar. Mehr Informationen erschließen sich ihr aber durch den Kassazettel, der neben den Einkäufen auf der Rückbank liegt. »Das Zeug wurde gestern Mittag eingekauft. Das heißt wahrscheinlich, dass der Wagen seit über einem Tag hier steht.«

»Alarmieren Sie die Gendarmen, wir müssen hier alles absuchen.« Simon blickt hinter die Bäume auf das Feld. Dann untersucht er den Parkplatz. Der starke Regen hat alles abgewaschen. Überall haben sich Miniaturbäche gebildet und Sand und Schotter mitgeschwemmt. Fehlanzeige für die Spurensicherung. Der Mercedes macht ihn aber stutzig. Freilich, auch er hat eine Dusche abbekommen, die sich gewaschen hat. Ganz geht der Dreck aber nie ab, da wären die Waschstraßen und Schwämme ja umsonst.

»Sehen Sie sich das an!« Simon zeigt auf den Türgriff. »Hier wurde gewischt, diese Stelle ist eindeutig sauberer als der Rest der Tür«, bemerkt Hilmer.

»Das könnte freilich alles heißen. Vielleicht hat ein Vogel drauf geschissen. Wenn ich aber Fingerabdrücke verschwinden lassen will, dann würde ich vermutlich an dieser Stelle putzen. Unsere sind jetzt ja auch drauf. Holen Sie doch die SpuSi. Wenn sie schon nichts anderes feststellen kann, dann vielleicht, ob im oder am Auto jemand seine Tatzer zu verwischen versuchte. Vielleicht finden sie ja auch noch etwas auf dem Platz.« Ohne viel Hoffnung steht Simon mitten auf dem Parkplatz. Nein, hier hatte das Wasser alle Spuren gelöscht. Tabula rasa.

Der Kommissar blickt dem kleinen, schnellen Bächlein nach, das an seinen mittlerweile verschmutzten, klatschnassen Turnschuhen vorbei in einen Gully am Straßenrand fließt. Der Regen ist immer noch stark.

»Was haben wir denn da?« Der Kommissar wittert eine Spur. Ein kleines, weißes Plastikblättchen mit einem goldenem Quadrat schwimmt an ihm vorbei, direkt dem Kanaldeckel zu. Treibt ein wenig nach links, dann nach rechts – ganz wie ein klitzekleines Floß. Simon macht einen Schritt nach vorne und steigt wie ein kleiner Bub, der nichts lieber tut, als in eine Wasserpfütze zu stampfen, mitten in das abfließende Wasser. Dieser feste Tritt, dieses Geplantsche hindert das Blättchen, durch den Gully für immer zu entfleuchen. Jetzt ist der Ermittler vorsichtiger, fingert ein nasses Taschentuch aus seiner Hosentasche und hebt mit Daumen und Zeigefinger eine SIM-Karte auf, bevor sie im Wasserstrom um seinen Schuh herum erneut beginnt, das Weite zu suchen.

»Ich trau mich zu wetten, dieser Chip gehört Bürgermeister Auer.« Hilmer dreht sich überrascht um. Die beiden mittlerweile bis auf die Haut durchnässten Kriminalpolizisten sehen sich gegenseitig an wie begossene Pudel – aber sie lächeln.

»Kommen Sie, wir müssen schauen, dass wir uns ein bisschen trocken legen, die Sache kommt langsam in Gang.«

Überrascht den Bauer ein Gewitter,
endet's für die Kleidung bitter.

XI. DAS FEHLEN JEGLICHEN ANSTANDS

Bestürzend: Worüber Landwirte bei einem kühlen Blonden gerne plaudern und warum die Polizei im ländlichen Raum Slalom läuft

Was für ein wunderbarer Morgen. Die Wolken des gestrigen Gewitters sind bereits zur Gänze verschwunden. Die Sonne lacht vom Himmel, die Kühe haben sich über das nasse Gras zu ihren Lieblingsstellen begeben und kauen gemächlich dem Tag ihres Schlachttermins entgegen.

Giovanni hat sich inzwischen wieder beruhigt. Nach seiner vorgestrigen Wahnsinnstat und den massiven Entsorgungsarbeiten hat er gestern eine wohl verdiente Ruhepause eingeschaltet, auf der Vorbeibank Schlaf nachgeholt und wieder bitter nötige Energie getankt. Erst mit dem einsetzenden Gewitter wurde es stressig, galt es doch, eiligst die Kühe einzusammeln und in den Stall zu treiben. Sicher ist sicher. Immer wieder werden auf der Alm Rinder vom Blitz erschlagen. Quasi ein von der Natur initiiertes Blitzbarbecue.

Heute Morgen ist wieder alles eitel Wonne, der Bauer wohlgemut auf dem Weg hinunter ins Tal. Erst in der Früh ist ihm eingefallen, dass in seiner Küche noch die Utensilien seiner Bonbonbastel-Aktion stehen, auch das Strychnin muss noch offen auf dem Küchenkasten postiert sein.

Wo hat er nur sein Hirn gelassen. Das Zeug muss schnell verschwinden. Schleunigst, bevor es noch unter die Augen neugieriger Schnüffler kommt. Mittlerweile ist ihm auch ein Licht aufgegangen, dass die Bonbonidee ein absoluter Schwachsinn war. Nie und nimmer hätte das funktioniert.

»Immer feste druff«, ein Leitspruch Eckehards, ist halt doch das einzig Wahre. Funktioniert garantiert. Quod erat demonstrandum.

Gott verdamm, wenn er zurückdenkt, wie er mit der Spritze versucht hat, das Gift in die Kugeln zu pressen. Hirnrissig! So hat er jetzt zwei Probleme gelöst. Auer ist tot, sein Körper verschwunden. Die Bullen können Vermisstenfälle nicht ewig verfolgen, wenn es einfach keine Beweise auf ein Verbrechen gibt. Nur höllisch aufpassen, lautet die Devise. Das ist derzeit das Allerwichtigste.

Giovanni grinst, als er die Schranken zu seinem Güterweg aufsperrt und anschließend öffnet. Fürs Erste würde er heute ins Geschäft der landwirtschaftlichen Genossenschaft vorbeischauen und dringende Einkäufe erledigen, dann stehen Arbeiten auf dem Hof an. Der Mörder hat seine Gelassenheit wiedererlangt, die Melodie, die er beim Einsteigen in den Wagen zu pfeifen versucht, klingt ganz nach einem Walzer. Vielleicht ist es Lanner, wahrscheinlich eher einer von den Straussen. Dreivierteltakt auf jeden Fall. Viel genauer könnten Sie es auch nicht bestimmen. So gut pfeift er nicht.

Giovanni fährt ein paar Meter vor, bremst, steigt aber nicht wieder aus. »Ach was!«, hört man ihn in einer Pfeifpause durch das geöffnete Fenster sprechen. Statt die Schranke zu schließen, legt er wieder den ersten Gang ein und rollt weiter bergab. Wer fährt schon außerhalb der Saison unter der Woche auf die Berge. Die paar Stunden kann der Weg ohne Probleme offen bleiben. Die Kühe sind in der Zwischenzeit übrigens allein auf der Alm, haben quasi sturmfreie Bude. Sorgen? Nein, der Bauer hat großes Vertrauen in seine Damen. Sie sind ja schließlich schon groß.

»Verflixt und zugenäht, in dieser Gegend ist niemand am Telefon erreichbar.« Das bekannte Problem des Polizistenpärchens auf ihrer Ermittlungsodyssee ist anscheinend auch heute Morgen nicht zu lösen. »Die Sekretärin des Maklers hat sich immer noch nicht gemeldet und hebt nicht ab. Und dieser Bauer«, Simon blickt auf seinen abgegriffenen Zettel, »Forda – bei dem erwischt du prinzipiell die Mailbox.« Hilmer und Simon versuchen während ihres Frühstücks in der Pension Edelweißhof, die Zeugin noch einmal zu erreichen. Eine Heimfahrt in die Stadt haben sie sich am Vortag gespart. Zimmer waren genügend frei. In der Zwischensaison gibt es in dieser Gegend freie Betten en masse.

»Ich habe, wie gewünscht, mit den Kollegen gesprochen. Angelosanto und Meier treffen heute Vormittag hier ein und unterstützen uns. Wir beide könnten jetzt gleich zum Bauern fahren. Was halten Sie davon?«

»Gute Idee, vielleicht ist heute auch der Nachbarlandwirt greifbar.«

Dieser ist aber neuerlich nicht auf seinem Hof anzutreffen. Dafür die total verzweifelte Ehefrau, mit verweinten Augen, dieses Mal ungeschminkt: »Vitus ist gestern nicht mehr nach Hause gekommen.«

»Das heißt, Sie haben ihn nicht mehr gesehen, nachdem wir hier waren«, will Simon wissen.

»Ja, das heißt nein. Er wollte zum Nachbarn, zum Giovanni. Dort bin ich gestern auch noch ein paar Mal hinüber …« Sie schluchzt. »Aber weder Vitus noch Giovanni waren dort. Es muss ihm was passiert sein.«

»Ist er mit dem Auto weg?«

Die Bäuerin weist auf den Subaru und der Polizist erinnert sich, den Wagen bereits gestern an dieser Stelle gesehen zu haben: »Nein, der wohnt ja nur dort drüben. Da geht er immer zu Fuß über die Wiese.«

»Wir sehen uns noch einmal beim Nachbarn um und melden uns nachher bei Ihnen.«

Die beiden Polizisten schauen sich ungläubig an. Noch ein Abgängiger. Als sie vor Giovannis Bauernhof ankommen, präsentiert sich ihnen alles wie am Vortag. Nur der Regen hat die Einfahrt etwas ausgewaschen. Simon geht wieder in den Stall, Hilmer läutet neuerlich an der Tür. Abermals riskiert sie einen Blick in die Küche. Irgendetwas ist anders. Simon stellt sich jetzt hinter sie und macht sich ebenfalls ein Bild vom Inneren des Bauernhauses.

»Gestern war etwas anders? Aber was?« Hilmer dreht ihren Kopf und blickt über ihre linke Schulter auf ihren Chef.

»Sie sind sich sicher?«

»Ja. Sehen Sie, die Küche ist perfekt aufgeräumt. Sieht durch die dreckigen Fenster blitzblank aus – beinah so, als ob sie gerade erst eingebaut worden wäre. Dann die alte Kredenz, Eckbank, der Tisch. Verdammt der Tisch.«

»Was ist damit? Dort liegt ein Packen Post drauf. Ein paar Briefe sind zu sehen, Reklamezettel.«

»Ja, eben, gestern war das nicht da. Genau, gestern habe ich dort eine offene Bonboniere gesehen – und ein schmutziges Geschirrtuch, eine Tasse und ein Notebook. Auf jeden Fall war nicht aufgeräumt.«

Simon versucht, die Tür zu öffnen. Versperrt.

»Und schau dir das an. Entschuldigen Sie, schauen Sie sich das an.« Hilmer zeigt auf das eingezäunte Hühnervolk.

»Sie brauchen sich nicht entschuldigen. Nachdem wir schon von Beginn an derartig zusammengeschweißt worden sind: Ich heiße Urban.«

»Wally. Da sehen Sie. Verdammt: Schau! Jede Menge Futter. Der Bauer war hier. Vor vermutlich gar nicht allzu langer Zeit.«

Als sie der Nachbarin von den pickenden Hühner erzählen, hat diese auch sofort eine Antwort parat: »Natürlich, der wird auf der Alm sein. Sie müssen wissen: Er managet das alles allein und kommt nur hin und wieder auf den Hof. Wenn der aber gestern nicht herunten war, wo ist dann mein Vitus?«

»Ist er schon einmal über Nacht weggeblieben, ohne Ihnen etwas zu sagen?«

»Nein, wo denken Sie hin? Mein Vitus doch nicht. Außerdem, wo soll er hin hier auf dem Land? Ohne Auto.«

Simon fischt sein Telefon aus der Innentasche seiner Jacke. »Guten Morgen, geschätzter Kommandant. Mein lieber Coro, ich hätte hier Arbeit für Sie. Glauben werden Sie mir die Geschichte jedoch nicht. Ich habe speziell für Sie noch einen weiteren Vermissten zu melden.«

Am anderen Ende der Leitung ist es still. In Anbetracht der Entwicklungen der letzten Tage werden Sie das auch nicht verwunderlich finden. Der Gendarm schluckt, steht aber vor lauter Schreck von seinem Schreibtisch auf, an dem er wie jeden Vormittag in aller Ruhe eine feine Tasse Kaffee zu genießen hoffte. Das alles findet logischerweise außerhalb des Wahrnehmungsbereichs des Kriminalpolizisten statt.

»Sie kennen Vitus …« Die Bäuerin, die völlig aufgelöst neben Simon steht, nennt ihm ihren Familiennamen. »… Sordi? Ja, der Bauer gleich hinter dem Dorf. Weg! Seit gestern. Zu Fuß. Er wollte gestern zu Bauer Forda gehen, der dürfte aber nicht zu Hause und angeblich auf seiner Alm gewesen sein. Wir haben ihn auch nicht angetroffen.«

»Verdammt, sagen Sie seiner Frau, ich komme persönlich vorbei und nehme die Meldung auf. Sie wissen ja, es ist zwar nicht üblich, innerhalb so kurzer Zeit alle Hebel in Bewegung zu setzen. Aber … in letzter Zeit …«

Simon nickt. »Und wir schauen mal nach diesem Forda auf der Alm.«

Frau Sordi erklärt den beiden Polizisten, wie sie zu Giovanni kommen. »Hinter der Schranke im Wald werden Sie aber zu Fuß gehen müssen.« Hilmer ist froh, am Vortag angenehmes Schuhwerk gewählt zu haben. Auch Simon dürfte über seine mittlerweile wieder trockenen Turnschuhe happy sein, die er beim gestrigen überstürzten Aufbruch angezogen hatte. Eine viel größere Auswahl an Fußbekleidung hätte der Kommissar im Augenblick auch gar nicht zur Verfügung. Seine übrigen Schuhe sind noch alle zwischen Zeitungspapier verpackt in einem der unzähligen Umzugskartons, die auszupacken Simon noch keine Zeit gefunden hat.

Die Sorge über den Fußmarsch auf die Hochalm mit semioptimalem Schuhwerk entpuppt sich aber als vollkommen unnötig, finden sie die Schranke doch geöffnet vor. Simons privater Golf Variant verfügt zwar nicht über einen Vierradantrieb, doch angesichts des gut ausgebauten Güterwegs ist dieser nicht wirklich nötig. Ohne Probleme kraxelt der Kombi langsam die Serpentinen bergan. Um sich anzukündigen, versucht Hilmer neuerlich, den Senner telefonisch zu erreichen …

Giovanni steht mit einer Einkaufsliste inmitten des Baumarktes der landwirtschaftlichen Genossenschaft. Als sein Telefon läutet, begutachtet er nur die Nummer. »Kenn ich nicht«, murmelt er, und lässt es klingeln, bis der Anrufer schließlich aufgibt oder zur Mailbox verwiesen wird. Der Bauer interessiert sich viel mehr für die an der Wand vor ihm feilgebotenen hölzernen Axtstiele. Da die rote Farbe des Blutes am Stiel seiner Axt nicht mehr zu entfernen ist, musste er nach seiner letzten Verwendung notgedrungen auch das hölzerne Teil verschwinden lassen. Er hätte zwar gleich die ganze Hacke vergraben können, aber Giovanni ist keiner, der leichtfertig etwas wegwirft. Das Metallteil ist noch eins a. Sauber, wie es sein soll – und mit einem neuen Stiel ohne Probleme wieder zu gebrauchen. Für Brennholz genauso wie für eine weitere Leiche, wenn dies nötig sein sollte. Er wählt einen geeigneten, dunkelblau lackierten Holzpflock und legt ihn zu den fünf verpackten Blaumännern und dem schwarzen Paar Gummistiefel – die alten waren auch auf den Innenseiten voller Blut – in den übergroßen Einkaufswagen. Ein Paar Arbeitssocken darf er nicht vergessen, die letzte Zerstückelung ist etwas übertrieben vonstattengegangen. ›Bauer im Blutrausch‹, würde die Yellow Press in diesem Fall wohl titeln. Sockenwaschen war jedenfalls sinnlos!

Sein nächster Shoppingweg führt Giovanni zu den Salzlecksteinen, die er heuer noch nicht auf die Alm geliefert hat. Der Vorrat des vergangenen Jahres geht allmählich dem Ende zu. Auf den Palletten wird unterschiedliche Ware angepriesen. Kurz überlegt der Bauer, ob er seinen

Liebsten die Lecksteine aus Himalayasalz aus dem exotischen Kaschmir gönnen soll. Der Preis ist ihm aber dann doch ein wenig zu heiß und so greift Giovanni stattdessen zu kostengünstigem Natursalzstein aus dem Karpaten. Hauptsache Natriumchlorid. Salz ist doch Salz, denkt er sich und spart sich lieber die paar Euro. Sie, die vielleicht schon einmal Fleur de Sel gekostet haben, sind unter Umständen versucht, an dieser Stelle zu protestieren. Natürlich ist Salz nicht gleich Salz. Also, Fleur de Sel? Seien Sie aber versichert, davon hat Giovanni als Bewohner der Berge noch nichts gehört – und außerdem: Sie wissen ja: Was der Bauer nicht kennt, … Kühen würde man das kostbare, köstliche Salz sowieso nicht vorsetzen, vielmehr ist es doch eher Usus, ihr Fleisch damit zu krönen. Oder?

Der Bauer hievt zwei schwere Schachteln mit Karpatenware in seinen Wagen und überlegt sich kurz, ob daran auch ein Graf Dracula zu lecken pflegte, um einem Natriumchloridmangel vorzubeugen. Abschließend gönnt sich der Bauer noch eine Box mit 100 Einweghandschuhen aus Latex. Von ebendiesen Dingern könnte man in Zeiten wie diesen nicht genug haben, redet er sich selber ein.

Tja, da gibt es nichts zu erwidern, da hat der Gute wohl recht.

Giovanni schiebt seinen Einkauf Richtung Ausgang, flirtet ein bisschen mit Nicole, der feschen jungen Kassiererin, und gesellt sich zum Stehtisch unweit der Glasschiebetür, an dem sich die Bauern der Gegend tagtäglich zu treffen pflegen.

Seinerzeit kam die Runde in weniger gepflegtem Ambiente zusammen. ›Sackelbar‹ hieß der agrarökonomische Treffpunkt Nummer eins, der bäuerliche Wochentags-Stammtisch, früher, als man sich noch im staubigen, schlecht gelüfteten Futtermittellager versammelte und auf Paletten mit aufgeschichteten Säcken Platz nahm. Die Bierflasche oder das Weinglas auf dem Knie abgestützt, unter gleißendem Neonlicht. Im erst vor vier Jahren neu errichteten Geschäft wurde aber alles moderner. Der Stehtisch mit Aussicht auf den Parkplatz wurde zum neuen und zeitgemäßen Treffpunkt der Landwirte.

Damit man hinter der Glasfassade aber nicht ins Schwitzen kommt, läuft permanent die Klimaanlage. Früher war es weitaus gemütlicher, sagen viele der Stammgäste. Mit Sitzen ist jetzt nichts mehr – dort, am Stehtisch. Außerdem klagt so mancher Bauer über ein steifes Genick. Sie wissen ja, so eine Klimaanlage ist ein richtiges Luder! Regelrecht erbarmungslos.

Heute wie einst bekommt man auch hier von Montag bis Freitag, zwischen 8 und 17 Uhr ein Getränk und Rat in allen landwirtschaftlichen und zwischenmenschlichen Fragen. Der einzige Unterschied zu früher: Da die Gendarmerie öfter Alkoholproben durchführt, wird heutzutage vielleicht ein bisschen weniger Höherprozentiges konsumiert. Tschechern während der Arbeit kann man sich in Zeiten wie diesen nicht mehr leisten.

O tempora, o mores! Mittlerweile geht die Sache gesittet ab. Im Gegensatz zur promillereichen Vergangenheit greifen viele heute zu einem schnöden Becher Automatenkaffee. Was den Geschmack und das Aroma betrifft, könnte man zwar glauben, hier würden Kohlensäcke ausgepresst, um das Heißgetränk zu brauen. Aber in der Not trinkt der Bauer auch diese Brühe – Hauptsache, es ist Koffein mit im Spiel.

Zwei Landwirte haben sich heute für Kaffee entschieden. Wenn Sie die Runde genau betrachten, können Sie erkennen, dass ein Stammtischler sogar an einer Dose tadellos gekühltem alkoholfreiem Bier nippt. Vorbildlich!

Dazu gibt's heiße Debatten, wie jeden Tag: Die aktuelle Diskussion dreht sich aber weniger um bakterielle und virale Infektionskrankheiten bei Hausschweinen oder um die nach dem überraschenden Dahinscheiden des besten Zuchtbullen weit und breit akut gewordene Suche nach dem geeignetsten Samenlieferanten für den kostbaren muhenden Nachwuchs. Auch die bevorstehende Hochzeit auf dem Hartsteinhof ist heute kein Gesprächsthema. Die Neuigkeit des Tages ist vielmehr das Verschwinden von Bürgermeister Auer oder besser gesagt das gestrige Chaos in seinem Stall.

Giovanni nimmt dankend die Bierflasche, die ihm Nicole reicht. Um laufend ihren Wissensstand, was den neuesten Tratsch in der Umgebung betrifft, aufzufrischen, gesellt sich die Brünette gerne zur Bauernrunde – falls es ihre Zeit und die Kundschaft zulässt, versteht sich. Da derzeit abseits des Stehtischs keine Agrarshopper im Geschäft sichtbar sind, schiebt sie sich zwischen zwei Bauern an den Tisch und lehnt sich lässig mit ihrem Ellbogen an die weiß beschichtete Resopalplatte.

Die Erzählungen über die Zustände im Stall Auers werden, sagen wir mal so, ein wenig dramatisiert und ausgeschmückt dargeboten. So ist das hier nun einmal der Brauch. Fischer sind für ihre Übertreibungen legendär, Bauern müssen bei ihnen in die Lehre gegangen sein. Von »fast schon hinüber« ist ebenso die Rede wie von »Notschlachtung, sag ich euch!«

Sie wissen ja, wie das im Allgemeinen bei einem derartigen Beisammensein gerne gehandhabt wird: Antonio, vulgo Zettenbauer, öffnet gekonnt und lautstark eine Flasche Bier mit seinem Feuerzeug: »Ein Wahnsinn muss das gewesen sein, sogar die Gendarmen waren geschockt. Und die haben sicher schon Schlimmeres erlebt«, weiß dieser.

»Und was mir erst die Tierärztin erzählt hat …«, meldet sich Sepp, vulgo Hochreither, der Allgemeinheit zuprostend, um den Freunden eine neuerliche Schauergeschichte aufzutischen.

»Die armen Kühe«, ist es auch Giovanni zu entlocken, bevor er seine viel zu kalte und klatschnasse Bierflasche ansetzt. An die Rinder Auers hat er freilich nicht gedacht. Schändlich, aber Gott sei Dank ist da noch alles gut gegangen. Der Natz hat ihm ja gesagt, dass seine Frau nicht daheim ist. Logisch, dass die Viecher damit diretissima in die Bredouille gerieten.

Lang dauert die Agrardiskussion dann aber doch nicht, und die Schonfrist für Ignaz Auer ist vorüber: Bis die Runde die nächsten Biere (wieder ist ein alkoholfreies dabei) beziehungsweise die Achtel Wein bestellt, kommt die Sprache bald auf das Schicksal des Bürgermeisters: »Was glaubst du, ist dem Natz passiert?«, will der Zettenbauer von Giovanni wissen.

»Gott verdamm, was weiß ich. Vielleicht liegt er irgendwo auf seiner Alm. Abgestürzt, während der Vorbereitungen? Er ist ja heuer sauspät dran mit der Auffahrt.«

Nicole nickt demonstrativ, ist es doch das Naheliegendste. Ein falscher Tritt, und weg ist er, der Bürgermeister. Ist hierzulande nichts Besonderes. Oder stellen Sie sich einmal vor: Steht zur falschen Zeit am falschen Platz und wird von Felsbrocken erschlagen.

Da wäre er nicht der Erste.

Der aus der Türkei zugewanderte Tiefkühlkostverkäufer Özgür, der wochentags gerne mit den Bauern am Bauerntisch verweilt, glaubt nicht dran: »Ein Gendarm, der fleißig Pizzen bei mir einkauft, hat mir heute in der Früh erzählt, dass sie Natz' Auto an der Straße zum Dorf gefunden haben. Jetzt denkt einmal, ihr kennt ihn ja. Der geht doch nicht freiwillig zu Fuß. Und dann auch noch bergauf!«

Nicole nickt wieder.

Antonio, der Zettenbauer, hat eine neue Idee. »Der hat sich unter Umständen heimgedreht. Hat sich irgendwo im Wald die Flinte in den Mund gesteckt und aus war's. Jetzt müssen ihn die Bullen nur noch finden und zusammenklauben. Die Gerüchte mit seinen zweifelhaften Geschäften sind ja nie verstummt. Da wird schon was dran sein an der Sache, glaubt ihr nicht?«

Nicole ist das Nicken vergangen. Stattdessen starrt sie mit offenem Mund in die Männerrunde.

»Von Unterschlagung war immer wieder zu hören. Vom Schmieren reden wir ja gar nicht, das ist ja hierzulande ganz normal. Da könntest du freilich recht haben«, schaltet sich Sepp, der Hochreither-Bauer, in die Diskussion ein.

Giovanni, böse wie er halt so ist, will eine andere Fährte legen: »Ach was, der schleicht doch Tag ein, Tag aus durch jedes fremde, freie Bett. Natz ist sicher mit einer reichen Freundin ausgebüxt!«

Nicole protestiert kurz, hält sich aber aus der weiteren Diskussion heraus. Die versammelte Runde weiß, dass sich der Bürgermeister bereits wiederholt in ihr Schlafzimmer verirrt hat.

Matteo, der erst später zur Runde hinzugestoßene Bovis-Bauer, verfügt über eine andere, und wenn man ihn näher kennt, ernst gemeinte Theorie: »Ich glaube beinah, seine Frau hat ihn endlich abgemurkst. Ja, weggeputzt! Wurde auch Zeit – was sich die Arme in den vielen Jahren nicht alles gefallen lassen musste.« Der Bauer nimmt einen Schluck von seinem Rotwein. »Warum ist seine Alte nicht daheim? Sagt mir das.« Noch ein Schluck. »Ich jedenfalls sag euch, die hat ihn endlich über den Jordan befördert und ist getürmt. Was konnte sich der allzeit geile Bock doch nie zurückhalten. Bei dem war ja permanent Brunftzeit. Irgendeinmal ist jede Schonzeit zu Ende. Schlussendlich wird man gnadenlos abgeknallt.« Der Bovis-Bauer, wie unschwer zu erkennen ist, auch ein eifriger Jäger, hebt neuerlich sein Glas – und es kommt, was kommen muss: »Weidmanns heil!«

Wer den Schaden hat, braucht für den Spott nicht zu sorgen, denken Sie sich jetzt sicher. Zweifellos, Ignaz Auer hat durch seinen Lebenswandel dafür gesorgt, dass er sich geradewegs inmitten des Dorfklatsches katapultieren musste. Da trägt er schon auch selber Schuld. Bürgermeister sind Personen öffentlichen Interesses – aber dieser Umstand ist auf dem Land sowieso einerlei. Da interessiert sich schnell jeder für jeden. Hierzulande kennt ja schließlich jeder jeden.

Gibt es über jemanden etwas Außerordentliches zu berichten, zerreißt sich bald die halbe Umgebung das Maul darüber. Trotzdem ist es geradezu schändlich, wie Auers ehemalige Freunde das Andenken des Bürgermeisters mit Dreck bewerfen und aus dem Bauernopfer einen schmierigen, geld- und sexgeilen, unsympathischen alten Sack formen und zu einem üblen und verabscheuungswürdigen Zeitgenossen stempeln. Vielleicht werden Sie jetzt einwenden, dass die unbeschwerte, süffige kleine Runde zu dieser Zeit noch keine Kenntnis über das Verbleiben des Bürgermeisters erlangen konnte und der Unsinn, der hier an diesem Vormittag gerade verzapft wird, deshalb nicht übermäßig pietätslos erscheint. Leuteausrichten ist an Stammtischen wie diesem schließlich eine Dauerbeschäftigung.

Trotzdem, das gehört sich einfach nicht! Ein bisschen Anstand hat noch niemandem geschadet.

Giovanni, der über einen konkurrenzlosen Informationsvorschuss verfügt, fühlt sich langsam doch etwas unwohl im Dunstkreis dieser illustren Tischgesellschaft, trinkt sein Bier aus und setzt zum Gehen an. »Ich grüß euch, hohe Runde«, hören seine Freunde und Kollegen, bevor er sich seinen Einkaufswagen krallt und ihn mitsamt den schweren Salzsteinen aus dem Geschäft schiebt. Bevor sich die Schiebetür hinter ihm beinah lautlos schließt, bekommt er aber noch mit, dass sich ein abrupter Themenwechsel vollzieht und die Bauern den Klassiker unter dem Debattierpunkten anstimmen. »Die hirnverbrannten Nudelaugen in Brüssel …«, hört Giovanni noch und die Floskel »seit sie unser Land aufgelöst haben.« Auch diese Diskussion hat Giovanni inzwischen satt. Jeder Landwirt an diesem Tisch erhält Jahr für Jahr viel Geld aus dem kontinentalen Agrarfördertopf – und nach dem großen Crash hat sich die wirtschaftliche Lage für alle wieder stark verbessert. Das Land erblüht geradezu wieder.

Was Giovanni über seine Trinkgenossen zum jetzigen Moment freilich nicht weiß: Sobald sie die Neuordnung Europas wieder einmal schlecht geredet haben, die gute alte Zeit heraufbeschwören und sich danach gestärkt und besser fühlen, wird die Genossenschaftsrunde neuen Gesprächsstoff suchen und diesmal über Giovanni herziehen. Die allerletzten Nachrichten aus dem Leben des Tannhof-Bauern würden sie aber nicht einmal in ihren kühnsten Träumen erraten. Glauben Sie nicht auch?

Kommissar Simon ist ganz begeistert von dem Panorama, das sich ihm auf Giovannis Alm bietet. Weniger begeistert ist er jedoch davon, neuerlich niemanden anzutreffen. Seit Tagen hirscht er jetzt ohne sonderlichen Erfolg potenziellen Zeugen hinterher, läuft von Bauernhof zu Bauernhof zwischen Kuhfladen geradezu Slalom. Die Menschen bleiben alle verschwunden, als ob sie sich hier in seiner neuen Heimat gegen ihn verschworen hätten. Nur Kühe trifft er überall, glückliche und weniger glückliche, gepflegte oder auf und auf angeschissene.

»Ich hoffe, dass wir hier nicht den nächsten Vermissten zu beklagen haben«, meldet sich Hilmer zu Wort. Simon blickt zu einer Gruppe Kühe hinüber – was er nicht wissen kann, es handelt sich um Fiona, Schneeflöckchen, Alcina und Carmen – und gibt fürs Erste einmal Entwarnung: »Unser Gradmesser im Falle von vermissten Bauern ist Zustand und Größe der Euter seiner Kühe. Diese Viecher hier sehen recht zufrieden, gemolken und kreuzfidel aus.«

Die Almhütte ist versperrt, der Stall wie sein Pendant im Tal sauber und gepflegt. »Fehlanzeige Wally – und hoffnungslos. Ruf Angelosanto an, sie soll nachsehen, ob Karners Sekretärin, diese militante Telefonverweigerin, vielleicht doch zu Hause anzutreffen ist und mit deren Nachbarn ein wenig reden. Ich habe jetzt wirklich keine Lust, dort hinzufahren und neuerlich vor einer versperrten Tür zu stehen. Nicht auszuhalten. Eine weitere geschlossene Tür! Das würde mich noch ein bisschen weiter nach unten ziehen. Wir beide jedenfalls holen jetzt das gestrige Essen in diesem Gastgarten nach. Das haben wir uns verdient, auch wenn wir bisher nichts ausgerichtet haben.«

»Wir haben gestern 30 Kühen das Leben gerettet, vergiss das nicht.«

»Auch wieder wahr, eine Heldentat.« Der Kommissar lächelt. »Grund genug, sich jetzt ein Stück Rind auf der Zunge zergehen zu lassen. Komm, hirschen wir zum Hirschen.«

Die Inspektorin geht ein paar Schritte hinter die Gebäude. »Wollen wir uns weiter oben noch ein bisschen umsehen? Vielleicht ist der Senner ja mit dem Auto weiter hinaufgefahren.«

»Wenn wir schon einmal da sind …«

Unter dem Felsabbruch bleiben sie stehen. Simon blickt nach oben, geht ein paar Schritte um einen mächtigen Felsbrocken herum. »Sieht gefährlich aus. Dass dem Bauer hier nur keine Kuh drunterkommt, dort ist ja eine Tränke.« Das gestrige heftige Gewitter hat ganze Arbeit geleistet, große Teile ausgespült, neuerlich am Abhang geknabbert und Steine und Erde abrutschen lassen. Auch ein paar Wasen mit immer noch saftigem Gras liegen zwischen dem Geröll.

Die beiden folgen einem breiten Pfad, auf dem ein Geländewagen leicht Platz findet. Eigentlich sind es nur zwei parallel führende Reifenspuren, die noch ein wenig weiter in die Bergwelt führen. Sehr weit steigen sie aber nicht auf.

»Komm, wir gehen. Hier gibt's nur Steine und Gras – aber keinen Bauer.« Simon weiß nicht, wie falsch er liegt, nicht allzu weit von dieser Stelle liegen ein Immobilienmakler, ein Polizist und ein Bauer – unter der Erde versteht sich.

Ein wenig suchen muss man schon. Nur ein bisschen Mühe, Herr Kommissar! Die Alpen sind zwar wunderschön und sagenhaft – das Schlaraffenland, in dem einem die gebratenen Tauben in den Mund fliegen oder Lösungen von Verbrechen auf dem Silbertablett kredenzt werden, sind sie aber nicht. Das Leben schenkt einem nichts.

Giovanni fühlt sich nach den Erlebnissen am Bauern-Stammstehtisch alles andere als wohl. Zuerst hat er versucht die Sache ein wenig anzustacheln, dann hat sich doch sein Gewissen wieder gemeldet. Und die Angst, erwischt zu werden. Man bringt ja nicht jeden Tag jemanden um. Es geht ihm auch nicht besser, als er entdeckt, dass Auers Wagen vom Parkplatz an der Straße verschwunden ist. Das ist ihm bei der Hinfahrt gar nicht aufgefallen. Da ihn nicht einmal eine Mozartsinfonie im Autoradio auf bessere Gedanken bringen kann, beschließt er, den Arbeitstag auf dem Tannhof zu verschieben und gleich wieder auf die Alm zu fahren. Er muss einfach nur weg aus dem Tal. Oben würde er sich schon wieder beruhigen.

Giovanni fährt an der offenen Schranke vorbei, steigt aus und versperrt sie dieses Mal. Langsam zieht der Subaru den Weg hinauf. Gut, dass er die wichtigsten Sachen auf dem Hof bereits in aller Herrgottsfrüh erledigt hat. Vor allem war es Zeit, das Gift endgültig verschwinden zu lassen.

Die Kühe würden eine Freude haben, ihn so schnell wiederzusehen. Da ist er felsenfest davon überzeugt. Seine Lieben. Seine Grazien, die ihm die ganze Suppe erst eingebrockt haben. Böse sein kann ihnen der Bauer aber nicht.

Gemächlich fährt er auf die Weggabelung zu, an der die Milch abgeholt wird. Der Bauer lenkt ein und hat nur mehr zwei Kehren zur Hütte. Der Anblick, der sich ihm hinter der letzten erschließt, versetzt ihm aber dann doch einen Schock. Er steigt auf die Bremse, lässt den Wagen vorsichtig zurückrollen. Nur ein paar Meter. Sobald er seine Hütte nicht mehr sehen kann, bleibt er stehen.

Der Bauer pirscht sich langsam an sein Hab und Gut heran. Die Autonummer des Variant-Golfs stammt aus Wien, von außerhalb der Alpenregion. Hat es doch einer dieser verteufelten, lästigen, fußmaroden Urlauber gewagt, die Fahrverbotsschilder zu ignorieren? Dass es die Polizei sein könnte, daran denkt er nicht. Die kommt nicht von außerhalb.

An eine echte Gefahr glaubt Giovanni mittlerweile auch nicht mehr. Sicherlich Urlauber. Trotzdem will er jetzt niemanden sehen. Er geht wieder zurück und postiert sich hinter einem großen Felsen und wartet. Bald sieht er einen Mann und eine Frau von oben herab auf die Hütte zugehen. »Gott verdamm, die sehen nicht wie Wanderer aus.« Die Kleidung der Besucher macht den Bauer stutzig.

Jetzt schauen die Deppen auch noch durchs Küchenfenster. Was soll denn das? Vertreter sind das keine, Zeugen Jehovas aller Wahrscheinlichkeit auch nicht. Vielleicht sind das doch Bullen, vermutet der Bauer. Warum aber sollte die Ost-Polizei bei ihm aufkreuzen?

Giovanni schleicht zurück zum Auto, startet es – aufgrund des Windes, der aus der Richtung der Almhütte kommt und der schützenden topografischen Lage seines Platzes ist das sicher nicht oben beim Haus zu hören. Vorsichtig fährt der Bauer wieder in Richtung Tal. Würden die beiden Kriminalpolizisten jetzt in seine Richtung blicken, könnten sie die kleine Staubwolke erkennen, die Giovannis Auto aufwirbelt.

»Gott verdamm, was ist jetzt los? Ich verzupf mich hier und muss den Schranken wieder öffnen. Will den beiden nicht begegnen.«

Der Meister des Verdrängens hat wieder gesprochen. Glaubt er doch tatsächlich, das Problem auszuschalten, indem er sich jetzt von seinem Hab und Gut fortstiehlt – einfach stiften geht und den beiden geheimnisvollen Besuchern in Stadtkleidung nicht unter die Augen kommt. Er gibt den Weg frei und versteckt sich im Wald wie ein Verbrecher – ja genau, dieses Wort taucht ernsthaft in seinem Hirn auf. Erst als er das Auto wieder ins Tal fahren sieht, versperrt er, endgültig zum letzten Mal für heute, die Schranke und kehrt zurück zu seinem Sommerdomizil. Dort schleicht sich dem Heimkehrenden ein ungutes Gefühl ein, fühlt er sich doch ganz so, als ob er Opfer von Einbrechern geworden wäre, die seinen Besitz ausgekundschaftet, oder schlimmer, durchstöbert hätten. Seine Wertsachen begutachtet, die Schublade mit seiner Unterwäsche durchwühlt. Oder bedeutend schlimmer noch: seine Putzkübel untersucht. Dabei war die Hütte ja versperrt, die beiden waren nur im Stall, das aber konnte er fühlen. Fragen Sie bitte nicht wie und warum! Auf jeden Fall ist der Bauer fertig mit den Nerven. Fix und fertig.

Wieder einmal.

Zweiter Versuch. Simon und Hilmer haben es sich neuerlich im Gastgarten gemütlich gemacht. Die Seemannsbraut von Kellnerin versucht neuerlich, die fettige Patina von den Speisekarten abzuwischen. Seltsam, wie viele unterschiedliche Sisyphusarbeiten es auf dieser Welt bloß gibt.

Die Ärmel des heutigen, bedeutend edleren und ihrem Körper hinreißend schmeichelnden Dirndls sind um einige Zentimeter länger. Von der Tätowierung keine Spur, dafür hat sich an der Farbe der Haare und ihre eigenartige Sprechweise nichts geändert. »Buongiorno, darf ich Ihnen heute was zu beißen bringen? Gestern war wohl nich mehr?«

Simon greift nach einer Speisekarte, er verspürt leichte

Angst, die Finger nicht mehr vom Umschlag lösen zu können, so klebrig ist die fettige Mappe. Bei der Menge an Fingerabdrücken, die seine Kollegenschaft von der Spurensicherung dort oben finden könnte, stehen die Chancen hervorragend, dass dieses Ding in das Guinness-Buch der Rekorde Aufnahme findet. Mehr konservierte Tatzer auf einer DIN-A4-Fläche sicherzustellen ist wohl nahezu unmöglich.

Hilmer bestellt eine Mehlspeise. Der Kommissar hat noch nicht genug vom Rinderwahn der letzten Tage: »Bringen Sie mir den Rindsbraten, den Sie gestern so gepriesen haben. Und ein stilles Mineralwasser, bitt schön.« Er verflucht sich insgeheim, die Speisekarte angefasst zu haben. Hilmer errät seine Gedanken und reicht ihm ein feuchtes Desinfektionstuch. Davon hat sie immer einen Vorrat in ihrer Tasche.

Trotz des Frittiergeruchs, der aus einem offenen Küchenfenster dringt, wirkt es im Gastgarten des legendären Hirschenwirts ausgesprochen idyllisch. Der Wind streicht leicht durch die sattgrünen Blätter der Linde. Die Sonnenstrahlen dringen, je nach Spiel des Windes, mal länger, mal kürzer ungebremst durch das Laub hindurch auf die Gäste. Angenehm. Ideal, um ein wenig auszuspannen und wieder zu Kräften zu kommen. Aber auch dieses Mal wird nichts aus dem Festmahl unter dem Lindenbaum. Den Gesetzen der modernen Kommunikationsgesellschaft gemäß klingeln Telefone immer und überall – vor allem aber in Situationen, in denen man davon nichts wissen will.

Dieses Mal ist der Kommissar sprachlos. Er verabschiedet sich aber dann doch freundlich von seinem Gesprächspartner, blickt kurz seiner Kollegin in die Augen, steht auf und läuft der Kellnerin nach.

»Wally, das Essen fällt auch heute wieder aus«, sind seine ersten Worte, als er wieder zurückkommt.

»Was ist passiert?«

»Die erste Leiche. Der junge Bauer, Sordi, wurde gefunden. Er hat sich auf der Tenne an einem Balken erhängt.«

Trinkt ein Landmann mal zu viel,
schießt mit dem Traktor er schnell übers Ziel.

XII. REQUIEM DER ZUFÄLLE

Deprimierend: Warum sich Hochwürden in der heutigen Zeit derart rar macht und Giovanni, der reuige Sünder, in ein depressives Loch stürzt

Im Umkreis der Leichenhalle scheint kein Quadratzentimeter freier Platz mehr zur Verfügung zu stehen. Dicht gedrängt postieren sich Verwandte neben Nachbarn, Trauernde neben Neugierigen. Nachzügler müssen außerhalb der Friedhofsmauer auf ihren Einlass warten. Simon lässt sich dazu hinreißen, eine Schätzung abzugeben, und vermutet, dass so gut wie jeder Einwohner des Dorfes zum Begräbnis erschienen sein muss. Mindestens!

Die Sonne brennt neuerlich vom Himmel. Viele Frauen haben sich in ihrer aufwendig geschneiderten, edlen, traditionellen und in Anbetracht der Nachmittagshitze furchtbar warmen Tracht vor dem Tor des Nebengebäudes der Kirche versammelt, in dem der Sarg des Toten aufgebahrt ist. Auch manche Männer sind in Tracht gekommen. Der Großteil der Trauergemeinde hat dem Anlass entsprechend dunkle und den heißen Temperaturen entsprechend leichte Alltagskleidung gewählt.

Die Abordnung der freiwilligen Feuerwehr bezieht gerade in Uniform Aufstellung, als sich Simon, Hilmer und Angelosanto zur Trauergemeinde gesellen. Die Musikkapelle ist eingetroffen, ein Vorbeter peitscht die versammelte Menge geradezu auf das Bevorstehende mit dem Beten des Rosenkranzes ein – laut, leiernd, automatenhaft. Zwei, ungefähr neun, vielleicht auch zehn Jahre alte Ministrantinnen warten am Eingang der Sakristei auf das Erscheinen ihres Pfarrers, der die Angewohnheit besitzt, stets im letzten Moment aufzukreuzen.

Hochwürden ist im Stress. Das braucht ihn nicht zu stören, ohne ihn kann die Zeremonie sowieso nicht beginnen.

Mit dem neuen Pfarrer hat die Dorfbevölkerung einen wahren Glücksgriff getan. Was heißt Glücksgriff? Der neue Pfarrer ist ein schlichtes Wunder. Die anderen umliegenden Gemeinden dürfen gar keinen Gottesmann ihr Eigen nennen. Der Priestermangel führt landauf, landab zu einem Wegsterben der Pfarrer. Segnet ein Priester das Zeitliche oder wird er in das Altenheim der Diözese abberufen, weil er sich nicht mehr aufrecht hinter dem Altar halten kann, kommt vielfach nichts mehr nach. Die Pfarrhöfe bleiben verwaist. Heute muss ein Pfarrer gleich mehrere Pfarreien mitbetreuen.

Dieses Dorf hat aber einen Haupttreffer eingeheimst. Sieben Jahre stand der Pfarrhof leer, die Schäflein quasi nur mehr Gläubige zweiter Klasse, das Gotteshaus lediglich Filiale eines zwar bemühten, aber führerscheinlosen Kapuzinermönchs, der regelmäßig mit dem Fahrrad aus einem Kloster in der Stadt anradelte – winters wie sommers.

Dann kam Ximeno Rodrigues – aus dem fernen Brasilien ins Tal, quasi Bote einer neuen, aus der gegensätzlichen Richtung eingeleiteten Missionierung. Die katholische Gemeinde war happy und pries die neuen Segnungen der Globalisierung.

Pfarrer Rodrigues hat sich an den alpinen Stress gewöhnt. Natürlich muss auch er mehrere Orte betreuen, fährt in einem weißen VW-Käfer durchs Land, hält Messen, spendet Taufen, nimmt Trauungen vor, spricht Totenmessen, nimmt Beichten ab und hält fleißig Religionsstunden. Die Tatsache, dass ein zusätzlicher Geistlicher im römisch-katholischen Dienstgrad mitarbeitet und dieser auch noch selber Auto fahren kann, hat die Situation hier in der Gegend enorm entschärft.

Der neue Pfarrer ist außerdem so aufgeschlossen, dass er, ohne mit der Wimper zu zucken, Selbstmördern eine Totenmesse liest und sie anschließend auf dem Friedhof bestattet. Sie runzeln die Stirn? Sein Vorgänger, der bis vor einem knappen Jahrzehnt hier im Pfarrhof noch residierte, hatte mit diesem Umstand lange seine Probleme und wollte ihm anvertraute Schäfchen, die den Freitod gewählt hatten, die letzte Ruhe in geweihter Erde partout nicht gönnen. Durchsetzen konnte er sich mit seiner vorsintflutlichen Einstellung zwar nie, versucht hat er es aber in jedem Fall. Sie können sich den Wirbel und die schlechte Stimmung hier im Dorf, die damals nach einem Freitod immer wieder herrschte, gar nicht ausmalen.

Aber so ist das nun einmal auf dem Land. Veränderungen von heute auf morgen? Alles braucht seine Zeit. Auch die Inquisition hat nicht an einem Tag ihr Geschäft dicht gemacht und die Rollläden heruntergelassen.

Der Trauerzug setzt sich in Bewegung. Die Prozession bewegt sich einmal entlang der Friedhofsmauer, rund um das Gotteshaus. Dann betreten die Trauernden das gotische Kirchlein. Der alt gediente Organist sorgt routiniert für die musikalische Umrahmung des Requiems für Vitus Sordi.

In den Kirchenbänken herrscht wie in den Jahrhunderten zuvor immer noch strenge Geschlechterteilung. Rechts haben die Männer, links die Frauen Platz genommen. Auch Simon trennt sich von seinen beiden Begleiterinnen und setzt sich in die letzte Bank – auf der rechten Seite, versteht sich.

Während der Pfarrer den Gottesdienst beginnt und die Messbesucher das erste Lied anstimmen, wandern Simons Gedanken sieben Tage zurück. Wie Wally und er aus den Gastgarten gelaufen sind, wie er das Auto in größenwahnsinniger Fahrweise zum Bauernhof der Sordis lenkte, beinah gegen einen Traktor krachte, der überraschend aus einem Feld auf die Straße gefahren war. Dann der Bauernhof. Die Gendarmerie war bereits da – natürlich Coros Team – ebenso die Feuerwehr. Ein Sanitäter und ein Notarzt kümmerten sich um die Witwe, die neben der Haustüre saß, sich zitternd an einem Glas Wasser festhielt. Wally und er selbst wurden von einem sichtlich geschockten Gendarmen empfangen und zur Tenne geführt.

Dort umfing sie der duft von frischem Heu. Die Zugluft ließ einzelne getrocknete Grashalme durch die Luft tanzen, die während ihrer Pirouetten durch das Sonnenlicht angestrahlt wurden, das sich durch kleine Fenster und schmale Ritzen zwischen den Brettern ins Innere der düsteren Tenne drängte. Mitglieder der Freiwilligen Feuerwehr nahmen gerade den Leichnam vom Strick, der an einem Balken befestigt worden war. Ein blau-weißes Kletterseil, das konnte Simon erkennen. Drei massive hölzerne Obstkisten lagen verstreut am Boden. Nur kurz betrachtete er den Toten, sein erster Weg galt dem Kommandanten. »Hat er sich selbst …?«

»Ja, es deutet nichts auf Fremdverschulden hin. Dort drüben hat er an einer Zinke der Heugabel einen Abschiedsbrief aufgespießt.«

Der Gendarm reichte Simon einen handgeschriebenen, durchlöcherten Brief, der mittlerweile in einer Schutzfolie aus Plastik steckte. Simon schüttelte den Kopf und gab die Zeilen an Hilmer weiter. Ein enormer Schuldenstand hatte den Bauer zu diesem Schritt getrieben. Die Wirtschaftskrise der vergangenen Jahre führte europaweit zu einem verstärkten Bauernsterben – wenn Sie glauben, dass es sich in diesem Zusammenhang nur um ein Wortspiel handelt, liegen Sie falsch. Viele Kleinbauern auf dem ganzen Kontinent mussten ihre Betriebe aufgeben, die sich immer mehr wachsende Großbauern unter den Nagel rissen. Vitus Sordi war nicht der Einzige, der seinen Ausweg im Selbstmord suchte. Das Golfprojekt sollte seine letzte Rettung sein. Mit einem Verkauf seines Erbes hätte er alle Schulden tilgen und irgendwo mit seiner Frau noch einmal neu anfangen können. Finca wäre sich wohl keine ausgegangen. Eine kleine Wohnung an der Costa del Sol oder auf einer Mittelmeerinsel aber allemal. Dort sollte dann ein neues sorgenfreies Leben beginnen. »Jetzt hat er es beendet – dafür sitzt seine Frau in der Tinte. Was für ein Egoist«, war alles, was der Inspektorin dazu einfiel.

»Tja, das Leben ist kein Ponyhof«, war die letzte Wortspende, die Coro unbedingt noch loswerden musste.

Trotz des Briefes ordnete Simon eine Obduktion an, die schließlich nur die erste These bestätigen sollte. In diesem Fall hat niemand nachgeholfen.

Der Kommissar konzentriert sich wieder auf das Begräbnis. Er blickt nach vorne in Richtung der Witwe, die einsam und verlassen in der ersten Kirchbank sitzt. Bis vor wenigen Tagen war sie die Zugereiste, die Fremde. Die freundschaftlichen Beziehungen zur einheimischen Nachbarschaft waren äußerst mager. Da mag die Internationalität in einer Tourismusgemeinde noch so groß sein. Martina Sordi, die *aufgetakelte Städterin*, die *Flachland-*

farmerin – oder wie auch immer die bösen Nachbarn sie in den vergangenen Jahren bezeichnet hatten – wurde überwiegend gemieden, nur alle heiligen Zeiten gehässig und kurz gegrüßt. Heute sitzt sie hier in der Poleposition, ganz nah beim Sarg ihres Gatten. Sie trägt die stolze, schwarze Tracht dieses Tales und lässt ruhig und mit Fassung das Unausweichliche an sich vorüberziehen. Beinah scheint es, als ob es den Tod ihres Gatten bedurft hätte, um in die Gemeinschaft des Dorfes aufgenommen zu werden: In den Bänken hinter ihr haben gut zwei Dutzend Frauen in ihrer Festtagstracht Platz genommen. Sie haben sich in den vergangenen Tagen um sie gekümmert und eine Beziehung zur neuen Witwe aufgebaut. Martina wird langsam eins mit ihnen. Spät. Viel zu spät.

Direkt vor dem Altar steht der hellbraune Holzsarg, darauf wurde vor einem Bouquet ein Bild des Verstorbenen platziert. Jetzt stimmt der Pfarrer wieder ein Gebet an. Mit äußerster Vorsicht, beinah flüsternd und portugiesischem Akzent.

Simon kommen die seltsamen Ereignisse in den vergangenen Wochen hier im Dorf aber eher spanisch vor. In seinem Berufsleben wurde er oft ins Zentrum von Zufällen gesetzt. Der Zufall servierte ihm mehr als einen Verdächtigen auf einem Silbertablett, der Zufall wollte es, dass festgefahrene Ermittlungen durch eine kleine Spur wieder ins Rollen kamen. Der Zufall war auch mit im Spiel, als eines Abends nach einem Besuch in der Oper, die Kugel, die für ihn bestimmt war, seiner Frau das Leben stahl. Hätte sie ihn nicht übermütig und von den eben erst verklungenen Melodien beflügelt auf der Straße umtänzelt – verspielt und heiter, wie sie war –, neckisch umgarnt, wäre sie einfach neben ihm gegangen, wie es Paare auf der Straße anstandshalber so zu tun pflegen … Ja, dann wäre er an der für ihn vorgesehenen Position gestanden und hätte selbst die letzte Reise angetreten. Der Zufall aber wollte es nicht. Und er blieb dafür am Leben. All die Vermissten und der tote Bauer gehören zusammen, hat er zu Valerie Hilmer gesagt. Die Ermittlungen der vergangenen Tage haben nichts ergeben. Trotzdem: Zufälle waren das keine.

Der Zufall wollte es aber, dass genau eine Reihe vor dem Kommissar Giovanni Platz genommen hat. Der Tod seines Nachbarn hat ihn hart getroffen, das müssen Sie glauben. Niedergeschlagen sitzt er in der Kirchenbank. Vitus war zwar ein paar Jahre jünger als er. Sie hatten aber nahezu den gleichen Schulweg, waren trotz aller Gegensätze Freunde. Dass seine Schulden derart hoch waren, hat er ihm nie erzählt – ganz im Gegensatz zu den Plänen, ans Mittelmeer zu übersiedeln. Vitus' Eltern hatten ihm nicht nur den Hof vererbt sondern enorme Bankverpflichtungen. In der Folge hat sich Vitus nicht gescheut, zu den elterlichen Verbindlichkeiten noch eine saftige Summe hinzuzufügen.

Gott verdamm, das Unglück mit Karner hat alles in Gang gesetzt. Schneeballeffekt lautet wohl das Stichwort. Giovanni macht sich Vorwürfe. Sein Sturschädel und diese Steinlawine haben es geschafft, vier Menschen unter die Erde zu bringen. Na ja, das ist so wieder nicht ganz richtig. Der vierte Tote wird erst in einer halben Stunde auf dem Friedhof versenkt. Diesmal aber auf dem richtigen.

Ganz anders, als er vor einer guten Woche in aller Öffentlichkeit am Straßenrand den Bürgermeister killte, ist der Bauer jetzt ängstlich und niedergeschlagen. Wie ein Schulbub, der eben etwas ausgefressen hat, sitzt er in der Kirchenbank. Gewissensbisse knabbern an ihm. Er malträtiert sich selber mit unzähligen, schlimmen Vorwürfen und fühlt sich schuldig am Selbstmord seines Nachbarn.

Aha, auch Sie haben mittlerweile zwei Seelen in Giovannis Brust ausgemacht? Nennt nicht jeder Mörder zwei Seelen sein Eigen?

Manche Menschen suchen gerade in solch einer Situation nach ihrem Heil im Glauben.

Was musste sich der Depp auch aufknüpfen? Hätte er sich die Fleischklamm, drüben im Naturschutzgebiet, hinunter gestürzt, hätte man zur Not noch von einem Unfall ausgehen können. Er hätte jetzt nicht derartige Gewissensbisse – und seine Frau hätte die Lebensversicherung ausbezahlt bekommen. Mit dem Auto gegen ein Tunnelportal. Jede Versicherung hätte anstandslos bezahlt. Aber so? Als ob er es Giovanni zu Fleiß getan hätte: Mit einem Kletterseil! Sein Selbstmord steht wie eine Anklage mitten im Raum.

Irgendwie ist der Inhalt des Abschiedsbriefes nach außen getragen worden. Ein Gendarm hat vielleicht geplaudert, unter Umständen hat sich auch die Witwe jemandem anvertraut, der im Weiteren seine Brotlade nicht halten konnte. *Lass deinen Brotladen zu!*, pflegt Giovanni stets zu sagen, wenn er jemanden unmissverständlich signalisieren will, dass er schweigen soll.

Egal, jemand hat den Mund, die Fresse, die Goschen, den Brotladen aufgemacht. Die Konsequenz war jedenfalls so, als hätte jemand den von der Heugabel durchlöcherten Zettel an der Anschlagtafel des Gemeindeamtes getackert. Das Verschwinden von Karner hätte ihm alle Hoffnung genommen, soll es da geheißen haben. Die Aussicht auf das rettende Geld war dahin. Die halsabschneiderischen Banken und der gnadenlose Kuckuckkleber vom Gerichtsvollzieher hätten ihm keinen anderen Ausweg mehr gelassen, soll er in seiner Verzweiflung geschrieben haben. Giovanni fügte in Gedanken dieser Aufzählung der Schuldigen noch seinen eigenen Namen hinzu.

Als zwei Bäuerinnen die Fürbitten lesen, beschließt er spontan, die Beichte abzulegen, sich dem Pfarrer anzuvertrauen und sich von seiner Schuld reinzuwaschen.

»Wir bitten dich, erhöre uns!«, spricht er laut mit den versammelten Gläubigen der ersten Fürbittenleserin nach.

Nie werde er zur Gendarmerie gehen und sich den Arschgesichtern in Uniform freiwillig stellen. Aber dieser sympathische Geistliche dort vorn. Dieser Mann, mit dem er bisher kein ein einziges Wort gewechselt hat, dem will er alles erzählen. Auf ihn will er sein Sündenregister abladen.

»Wir bitten dich, erhöre uns!«

Das Beichtgeheimnis ist heilig. Der Pfarrer muss dichthalten! Giovanni weiß das und das beruhigt ihn.

»Wir bitten dich, erhöre uns!«

Ja, er glaubt an Gott – auf seine eigene Art und Weise. Warum er aber seine Taten dem Pfaffen anvertrauen muss, das weiß er selbst nicht so richtig. Gott ist ja schließlich über seine Morde und die Leichenschändungen auf dem Laufenden – das sollte er zumindest, da er von den Kirchenvertretern als allwissend dargestellt wird. Gott ist bisher sein einziger Mitwisser. Warum er mit Pfarrer Rodrigues noch einen zweiten einweihen muss, einen Menschen, der vielleicht trotz seiner Verbote und Gebote seine Klappe, seinen Brotladen, nicht halten kann, das ist ihm aber selbst schleierhaft.

»Wir bitten dich, erhöre uns!«

Er würde zur Sprechstunde seines Vertreters in dieser Gemeinde wiederkommen. Die nächste Beichtgelegenheit ist übermorgen, das kann er von seinem Platz aus auf dem vergilbten Aushang neben dem Beichtstuhl erkennen. *Beichtgelegenheit*, steht da. *In Italienisch, Deutsch, Französisch, Englisch, Portugiesisch und Spanisch*. Ja, so ein Pfarrer von weit her hat seine Vorteile. Das macht sich in einem Tourismusort gut. Ja, übermorgen, ja er werde wiederkommen. Pünktlich um 15 Uhr.

»Wir bitten dich, erhöre uns!«

Der Pfarrer ist wieder an das Mikrofon getreten, Simon starrt auf den Hinterkopf des reuigen Bauers. Auf die fettigen schwarzen Locken, den blitzweißen Hemdkragen, die in ein dunkelgraues Sakko gesteckten breiten Schultern. Seine Gedanken drehen sich weiter um das katastrophale Ermittlungsergebnis seines Teams. Eine Woche haben sie jetzt hier im Tal herumgefragt, neue Zeugen gesucht – das Ergebnis ist null. Dallapozza war im Wirtshaus, das wurde bestätigt. Auer wurde von mehreren Dorfbewohnern mit dem Traktor auf seinem Feld gesehen. Dass er vor seinem Verschwinden noch in einem Supermarkt eingekauft hatte, ist ebenso geklärt. Aber sonst? Nada! Mit Sicherheit sind alle beiden tot, ebenso der Immobilienhändler. Da gibt es für ihn keinen Zweifel, auch wenn immer noch keine Leichen aufgetaucht sind.

Und der Mörder?

Der lebt irgendwo hier in dieser Gegend. Nein, es würde dem Kommissar nicht wundern, wenn er jetzt hier irgendwo vor ihm in dieser Kirche sitzen und für diesen armen Bauer ein Vaterunser beten würde. Dieser verzweifelte Bauer, der aufgrund dieses verdammten Golfplatzprojektes sein Leben gab … Es hängt alles mit allem zusammen. Wo aber ist die logische Verbindung?

Alles, was er in den Händen hat, ist diese unbrauchbare SIM-Karte, die er im letzten Moment dem Abflusskanal entrissen hat. Dieser kleine Prozessor mit Speicher ist für ihn der Beweis, dass an dieser Stelle etwas passiert sein muss. Dieser Bauer vor ihm in der Kirchenbank, auf den auch eine Aussage der inzwischen endlich befragten Immobilen-Sekretärin hinwies, ist ebenfalls in die Sache mit dem Golfplatz involviert. Eigentlich unverdächtig, vielleicht ein wenig abweisend, als er ihn vor ein paar Tagen endlich auf seiner Almhütte antraf.

Ein wenig schräg, dieser Bauer. Bei seinem Besuch auf der Alm hörte er schon von Weitem die Fanfaren aus Wagners Tannhäuser. Es schien ihm, als ob er in die Märchenwelt des bayerischen Königs Ludwig treten würde. Erwartete beinah schon, dass kitschige Schwäne am Wegrand stehen, Walküren vom Himmel herabstürzen und die Rheintöchter oder der tote Märchenkönig *himself* aus dem kleinen Tümpel in der Nähe der Almhütte auftauchen würde. Alpine Pseudoidylle mit unwirklichem, ohrenbetäubendem Soundteppich.

Ja, Tannhäuser hat er den Senner dann genannt. Tannhäuser auf seinem Venusberg, trägt sein Hof doch den Namen Tannhof. Ein wahrhaft skurriler Zeitgenosse.

Lebenskünstler oder Spinner?

Die Antwort konnte er sich noch nicht geben. Schloss seine Kühe an die Melkmaschine an und beschallte die ganze Gegend mit klassischer Musik. Die Trompeten und der Chor aus dem Beginn des zweiten Aktes peitschten Wally und ihm entgegen, als sie sich der Hütte näherten. »Freudig begrüßen wir die edle Halle«, hieß es da. Ein netter Willkommensgruß, waren sie doch schon zum zweiten Mal dort oben. Dieses Mal hatten sie einen längeren Fußmarsch erdulden müssen, die Schranke im Wald war geschlossen.

Der Mann gab vor, von nichts eine Ahnung zu haben und vorwiegend oben auf dem Berg zu leben – nur umgeben von seinen Kühen melkt er sich Tag für Tag durch Opern. Ein komischer Vogel, mein lieber Schwan!

Simon kommt einfach nicht weiter und muss die Ermittlungen wohl zurückfahren. Morgen schickt er die Kollegen zurück. Solange keine Leichen auftauchen, wird er nicht mehr viel machen können. Das einsetzende Glockengeläut holt ihn aus seinen Gedanken.

Der Pfarrer tritt nach vorne zum Sarg. Langsam zieht der Trauerzug aus der Kirche. Giovanni steht auf, erblickt plötzlich hinter sich den Kommissar. Er erschrickt, weil er sich mit seinen Gedanken ertappt fühlt, nickt ihm aber zum Gruß kurz zu und blickt sofort wieder auf den Boden, um darauf zu warten, bis er aus der Bank treten und sich dem Zug auf den Gottesacker anschließen kann.

Langsam geht es aus dem angenehm kühlen Kircheninneren wieder in die Nachmittagshitze des Friedhofs. Giovanni nickt jetzt mehreren Bekannten zu, an der Friedhofsmauer sieht er Eckehard stehen. Das Knirschen des Kieses, die genuschelten Worte der Gebete der Begräbnisgäste haben sich an die Stelle des Glockengebimmels gelegt. Schritte und Worte des Klagens, sonst vernimmt man nichts.

Giovanni steht schon wieder vor einem Grab. Dieses Mal ist er aber nicht allein. Er ergreift die kleine rote Plastikschaufel, die ihm ein junges Mädchen überreicht, das vor ihm in der Schlange steht. Das Ding erinnert ihn an ein Schäufelchen, mit dem Kinder im Sandkasten zu spielen pflegen. Giovanni ist an der Reihe, damit etwas Erde zu schöpfen. Dann wirft er sie seinem ehemaligen Nachbarn zwei Meter in die Grube nach. Ein Abschiedsgeschenk auf seiner letzten Reise.

Sein Entschluss ist gefasst. Er würde wiederkommen, um zu beichten. Das verspricht er hier Vitus vor seinem Grab. Er verabschiedet sich von seinem ehemaligen Nachbarn, dessen Lage er so falsch eingeschätzt hat, dann tritt er aus der Reihe der Trauernden heraus.

Giovanni ist wie ausgewechselt. Wahrscheinlich ist er in der letzten Zeit doch vor zu vielen offenen Gräbern gestanden.

Einmal ist's genug. Das sagen Sie doch auch?

Plagt den Bauern das Gewissen,
will er Vergebung und Schnaps nicht missen!

XIII. EGO TE ABSOLVO

Unbegreiflich: Wie ein schwerer Sünder seinen Trost in der Kirche sucht und schließlich Hand an ein kleines, braunes Schoßhündchen legt

Wieder in der Kirche. Heute ist er allein. Statt der Stille erklingt leise polyfone Kirchenmusik aus einem Lautsprecher in der Apsis. Die lateinische Worte der gen Himmel klagenden Stimmen schaffen allerdings eine besondere Art der Ruhe. Giovanni sitzt am Rand einer Bank an der rechten Seite des Kirchenschiffes – direkt neben dem Eingang zum Beichtstuhl. Seit zehn Minuten wartet er auf den Pfarrer. Zehn Minuten, in denen er trotz seines bereits gefällten Beschlusses, im Schutze des Beichtstuhls seine Taten zu bekennen, mit Zweifeln kämpft. Beichtgeheimnis hin oder her, in wenigen Augenblicken würde er einen Mitwisser haben. Es ist falsch, sagt er sich dann doch immer wieder. Ein Fehler! Und trotzdem würde er es in wenigen Augenblicken tun.

Jetzt wäre freilich noch Zeit. Aufzustehen und die Kirche zu verlassen. Da vorn vor dem kleinen Seitenaltar unter der Mutter Gottes eine Kerze anzuzünden – für alle seine Opfer – und dann wieder zu verschwinden. Den Mund zu halten und weiter zu wursteln wie bisher. Weg, hinauf auf die Alm.

Giovanni blickt nach vorn zu zwei mächtigen, gotischen Holzstatuen. Die eine stellt den Heiligen Sebastian dar, der von einem dutzend Pfeilen durchbohrt wurde. Aus jeder Wunde fließen ein paar Tropfen Blut heraus. Daneben stehen Maria und der kleine Jesus – die Gottesmutter, wie sie gerade ihr Kind stillt. Die alte, graue Frauenfigur trägt einen Umhang, der noch einen matten Blauton aufweist. Darunter ein rotes Kleid, das ihre rechte Brust entblößt. Auf dem linken Arm hält sie ihr Kind, den Sohn Gottes. *Maria lactans* nennt man diese Darstellung. Das weiß Giovanni ganz genau. Das hatte ihnen ein Vorgänger des heutigen Pfarrers einst im Religionsunterricht eingebläut – und dieses Verb ist bei dieser besonders vermaledeiten Lehrperson dieses Mal wörtlich zu nehmen. Der Religionsunterricht von einst brachte so richtig Farbe ins Klassenzimmer. Seinerzeit wies die Haut der Schüler alle nur möglichen Schattierungen auf, die die Farbpalette nur hergab. Blau war oft dabei.

Nervös dreht er sich kurz um, greift nach seiner Brieftasche und tritt aus der Bank. Auf dem Weg zum Kerzenhalter, der vor der Statue aufgestellt ist, zählt er das Geld ab. Er bezahlt vier Kerzen und zündet sie langsam der Reihe nach an – eine für jede Leiche auf seinem Gottesacker, droben auf dem Berg – die vierte widmet er dem toten Vitus.

Dann hört er, wie die Kirchtüre geöffnet wird. Nicht der Pfarrer tritt ein, sondern ein alter Mann, schwarz gekleidet. In der rechten Hand einen einfachen, in einem stilsicheren Schwarz lackierten Spazierstock, in der linken hält er einen alten Sonnenhut mit kurzer Krempe, den er Sommer um Sommer bei Sonne und Regenwetter zu tragen pflegt. Er stellt den Stock an die Wand neben der Tür, bekreuzigt sich und versucht trotz seines Alters einen Kniefall in Richtung des Altars. Dann fasst er wieder nach seinem Stock und geht auf Giovanni zu.

»Hast auch was zum Beichten?«

Der Bauer kennt den alten Mann. Flurin Staller, früher Gemeindebediensteter und Totengräber hier im Dorf. Außerdem war er jahrzehntelang der Hauptmann der Freiwilligen Feuerwehr. Sicher seit 20, 25 Jahren in Pension, sicher 85 Jahre alt.

»Grüß dich, Flurin, habe nur schnell ein Kerzlein angezündet.« Giovanni blickt zurück auf den breiten, schmiedeeisernen Kerzenständer, auf dem drei bis vier dutzend Lichter Platz finden. Jetzt brennen aber nur vier Stück: Giovanni hofft, dass der alte Stichler nicht bemerkt, dass alle erst seit kurzer Zeit brennen.

Dieser Umstand entgeht dem Herrn Staller, die Augen sind seit Jahren nicht mehr die besten. Dafür hat er Giovanni erkannt. »Du bist der Tannhofer, der Giovanni, nicht wahr? Weiß noch, wie du früher immer in die Schule gekommen bist. Da warst du noch so groß.« Schulwart war Flurin als jahrelang einziger Gemeindearbeiter natürlich auch. Der alte, kleine Mann weist mit seiner Hand auf eine Körpergröße hin, mit der eher ein Säugling als ein ABC-Schütze beschrieben wird, der mit einer Schultüte oder einer Erstkommunionskerze bewaffnet selbstständig Richtung Schulhaus geht.

»Haben deine Eltern heute Sterbtag?«

Giovanni hat keine Ahnung, worauf er hinweisen will. »Nein, warum?«

»Wegen der Kerzen. Oder hast du was ausgefressen?«

Er hat also doch bemerkt, dass ich mehrere angezündet hab. »Nein, mir war nur danach.«

»Ich kenn euch Burschen. Bist doch sicher hier, um zu beichten. Burschen wie ihr habt ja immer einen Sack voller Sünden zu tragen.

Der Bauer fühlt sich wieder einmal ertappt. Will ihm ausweichend antworten, wird aber von einem lauten Pfeifen davon abgehalten.

»Fix noch mal. Das Ding bestraft mich für irgendwas.« Der Alte klopft sich ein paar Mal hinter seine Ohren. Giovanni erkennt, dass Staller Hörgeräte trägt. »Fix!«

Dem rüstigen Beichtgänger scheint es nicht zu stören, dass er in der Kirche flucht. Er setzt sich nieder, greift in die Innentasche seiner Jacke und entnimmt ihr einen Satz kleiner Batterien, der sich in einer runden Plastikschatulle befindet. Giovanni beobachtet ihn, wie seine Hände mit erstaunlicher Sicherheit, ohne das geringste Zittern, die kleinen Akkus aus der Schachtel herausfingern und nacheinander in die Hörhilfen einsetzen. Giovanni weiß von seiner Großmutter, dass die Pfeifgeräusche kein Indiz für eine leere Batterie sind, sondern gewöhnlich andere Ursachen haben, doch er sagt kein Wort. Der Stromwechsel löst trotzdem das Problem.

»So, jetzt hör ich dich wieder. Laut und deutlich. Ist der Pfarrer immer noch nicht da?« Er hat gar nicht vor, Giovanni antworten zu lassen. »Ich komm immer später her, denn pünktlich ist der Beichtvater nie. Weißt du, ich bin jede Woche einmal da.« Giovanni denkt kurz nach, was der alte Mann Woche für Woche wohl zu beichten haben mag. »Der arme Herr Hochwürden hat ja so viel zu tun. Da kann man ihm nicht bös sein. Aber heute hab ich ja jemanden, mit dem ich mich unterhalten kann. Weißt du, sonst treffe ich niemanden in der Kirche, da sitz ich immer allein da. Warst du vorgestern auch beim Begräbnis?«

Giovanni weiß, dass es in jedem Dorf ein paar Menschen gibt, die keine Beerdigung auslassen. Mit ziemlicher

Sicherheit gehört Flurin wohl zu dieser Gruppe. Seinerzeit, als er noch in der mortalen Tiefbaubranche tätig war, durfte er berufsbedingt keine Versenkung auslassen. Ohne ihn lief da schließlich nichts. Dem Totengräber kommen sie schließlich alle unter die Schaufel.

Auch dieses Mal kommt Giovanni nicht dazu zu antworten, da er ein Ja von ihm als selbstverständlich annimmt. »Traurig, die ganze Sache. Ich hab den Vitus gut gekannt. Ein netter Bub. Komm setz dich ein bisschen neben mich.« Der Rentner rückt ein Stückchen weiter in seine Bank und schafft Giovanni Platz. Froh, hier einen Gesprächspartner gefunden zu haben, erzählt er minutenlang über die Beisetzung am Dienstag, offensichtlich das absolute Highlight dieser Woche. Er genießt sein Pläuschchen regelrecht. Beten könne er immer noch nach der Beichte, das müsse er dann sowieso, sagt er. Jetzt sei Zeit zum Quatschen. Der alte Mann breitet vor dem Bauern alle Details der Leichenfeier offen aus. Manche Begebenheiten sind Giovanni an diesem Tag gar nicht aufgefallen. Bevor Flurin jedoch über den Leichenschmaus im Wirtshaus berichten kann – einer Zeremonie, der er in Berufsjahren nur in den seltensten Fällen beiwohnen konnte – hören beide, wie die Tür hinter ihnen geöffnet wird.

Der Pfarrer ist endlich da. Der Geistliche macht einen Kniefall und bekreuzigt sich, dann schält er sich aus seiner nassen Regenjacke, während er zu den beiden Besuchern nach vorne schreitet. Beide erheben sich von der Bank – beinah gleichzeitig, voller Respekt.

»Grüß Gott, seid ihr beide zur Beichte da?«

»Grüß Gott! Ja, Herr Pfarrer.« Die zwei Männer bekunden ehrfurchtsvoll und unisono, gekommen zu sein, um das Sakrament zu empfangen.

»Empfanget den Heiligen Geist! Wem ihr die Sünden nachlasset, dem sind sie nachgelassen; wem ihr sie behaltet, dem sind sie behalten«, zitiert Pfarrer Rodrigues mit portugiesischem Akzent aus dem Evangelium nach Johannes. »Grüß euch Gott, noch einmal, meine Lieben. Ich entschuldige mich für meine Verspätung, aber ich komme gerade von einer letzten Ölung im Nachbardorf. Bitte wartet kurz auf mich, ich bin in wenigen Augenblicken wieder für euch da.« Der Pfarrer verschwindet in der Sakristei, in der er offenbar seine nasse Regenkleidung verstaut.

Giovanni tritt aus der Bank, der resolute Rentner folgt ihm. Jetzt hätte er noch die Gelegenheit abzuhauen. Raus aus der Kirche, rauf zu den Kühen. Dann ist der Pfarrer wieder da.

»Da haben wir aber heute einen regelrechten Andrang!« Der Geistliche schmunzelt. »Wer war zuerst hier?«

Der alte Flurin deutet auf Giovanni, den beinah der Blitz trifft. »Nein, ich hab Zeit, geh du nur vor mir rein.«

»Du warst der Erste. Nein, ich besteh darauf.« Er schubst den Bauern mit seinem Spazierstock kurz an, Giovanni fühlt sich geradezu in den Beichtstuhl getrieben. Beim Viehtrieb nimmt er seine Kühe mit einem Haselnussstecken nicht härter ran.

»Komm, nur herein. Wir beide kennen uns noch nicht. Mein Name ist Ximeno Rodrigues.«

Giovanni fühlt sich, als ob er als kleiner Bub seiner ersten Beichte zusteuert. Nervös, auch ängstlich. Er reicht dem Geistlichen seine Hand, murmelt seinen Namen und blickt auf Rodrigues' Hand, die den schweren bordeauxfarbenen Vorhang zum Beichtstuhl wegschiebt. »Nur keine Hemmungen. Dort drinnen können wir über alles reden.«

Der Sünder kniet sich im Inneren der muffigen Kabine auf das harte Holzbrett, auf dem im Lauf der Zeiten Tausende und Abertausende Sünder das Gewicht und die Last ihrer Sünden zu legen hatten.

Das *Scheitknien* in der Stube fällt ihm wieder ein. Die Bestrafung seines Vaters, wenn er etwas ausgefressen hat. Nach einer Ohrfeige – mehr als eine teilte sein alter Vater nie aus – legte Papa ein hartes Holzscheit in die Ecke neben dem Kachelofen. Eine richtige Zeremonie, jedes verflixte Mal. Papa, der Zeremonienmeister, klagte seinen Sohn noch einmal mit seiner lauten Bassstimme eines Verbrechens vom Kaliber »Lügen«, »kaputte Fensterscheibe«, »Prügeln mit Schulkameraden« an, dann drängte er ihn mit seinen Knien auf das Folterinstrument. Auf dem harten Scheit musste er dann unter Schmerzen jedes Mal eine Ewigkeit verbringen.

Jetzt erinnert er sich auch noch daran, dass er als gerade 18-Jähriger während seiner ausgedehnten Factfinding Missions in diverse Peepshows, die er während seiner Zeit beim Militär mit den Kameraden zu unternehmen pflegte, sich immer an die Atmosphäre eines Beichtstuhls erinnert fühlte. Nachdem sie dort einen Blick riskiert hatten, haben die Soldaten immer ihre Witze darüber gemacht. »Spannender als im Beichtstuhl«, hat es da immer geheißen. »Und weit mehr Action: Die hat weniger an als der Pfarrer …«

Giovanni verdrängt die für die heilige Zeremonie unpassenden, unkeuschen Gedanken. Ja, damals hat er noch mit seinen Kameraden darüber gelacht. In der momentanen Situation ist ihm das Lachen aber gehörig vergangen. Automatisch faltet er die Hände, kreuzt seine Finger. Dann drückt er beide Hände fest zusammen. Ganz so, als ob er zwanghaft eine einzige, große Faust bilden wolle.

Der Priester betritt seinen Teil des Beichtstuhls. Kurz dreht er seinen Kopf und betrachtet Giovanni durch die netzartige Öffnung in der Trennwand. Dann wendet er sein Gesicht wieder ab und starrt auf ein vermutlich bereits Hunderte Jahre altes Astloch, das unzählige seiner Vorgänger hier in diesem dunkelbraunen Holzkasten vor Augen hatten und durch das seit scheinbar ewigen Zeiten ein zusätzlicher kleiner Patzen Licht direkt auf den Kopf des Priesters trifft. Ganz wie ein kleiner, natürlicher Scheinwerfer.

Der Bauer schweigt, weiß nicht mehr, wie er sich verhalten soll – seit seiner Schulzeit und damit seiner letzten Beichte ist massig Zeit verstrichen. Pfarrer Rodrigues will ihm schon auf die Sprünge helfen, dann erinnert er sich, dass ein Kreuzzeichen eigentlich gar nicht so falsch sein kann, ja vielmehr sogar angebracht ist. »Im Namen des Vaters, des Sohnes und des Heiligen Geistes!«

»Gott, der unser Herz erleuchtet, schenke dir wahre Erkenntnis deiner Sünden und seiner Barmherzigkeit«, kommt es dann von der anderen Seite des Beichtstuhls.

»Amen.« Giovanni ist jetzt im Spiel, sein Beichtvater will wissen, welche Sünden er begangen habe. Der Bauer ist in diesem Augenblick aber neuerlich weit davon entfernt, seine großen Verfehlungen zu bekennen.

Sie kennen ja das Gefühl vom Zahnarzt. Hundertprozentig. Liegen auf dem einem Folterinstrument nicht unähnlichen Marterstuhl, haben vor sich eine dicke Serviette, einem Lätzchen nicht unähnlich, die Ihnen mit einem Kettchen um den Hals gehängt wurde. Das grelle Licht direkt über Ihrem Kopf wird eingeschaltet, der Stuhl fährt

Sie in beängstigende Lagen, der Mediziner macht sich an ihren Zähnen und Ihrem Zahnfleisch zu schaffen – und Sie sind plötzlich schmerzfrei. Weg, das Problem ist wie weggeblasen. Alles fein, warum sitzt man denn überhaupt hier? So fühlt sich Giovanni genau in diesem Augenblick. Er kniet auf dem Holzbrett, der seelische Schmerz ist weggebrochen. Gewissensbisse adieu. War ja alles nicht so schlimm.

Sie wissen es ja bereits, er ist ein Verdränger allererster Güteklasse.

Aus diesem Grund tischt der Bauer seinem Beichtvater lässliche Sünden auf. Kleine Dinger, die ihn zwar eine Zeit lang in die Vorhölle stecken, aber nicht wirklich was anhaben können. Wegen ein paar Lügen, absichtliche und unabsichtliche, Betrügereien und Schweineigeleien erhält kein Sünder eine Pritsche im innersten Kreis der Hölle zugewiesen. Der Pfarrer ist routiniert bei der Sache, macht immer wieder kleine Zwischenfragen und weiß erfahrungsgemäß, dass da noch mehr folgen wird. Er bohrt ein bisschen. Wegen solcher Bagatellen zieht es heutzutage keinen Katholik mehr hinter dem Ofen hervor. Frisch eingeheizt, mit großen Buchenscheiten, herrscht im Dunstkreis eines Kachelofens ohnehin vermutlich beinah die gefühlte Temperatur des Fegefeuers. Wenn ein Schäfchen, das sich nie in die weihrauchgeschwängerte Atmosphäre einer Kirche verirrt, plötzlich im Beichtstuhl kniet, dann will es von weit mächtigeren Sünden reingewaschen werden. Das weiß der Pfarrer. Unkeusche Gedanken? Wer sagt denn so etwas heute noch? Außerdem hat die doch jeder.

Giovanni freilich gehen langsam seine Sündlein aus. »Ich habe Urlauber beim Verkauf von selbstgemachtem Schnaps betrogen …« Ein guter Witz, wer macht das hierzulande denn nicht? Das erwarten die Urlauber ja beinah schon von einem Eingeborenen. Und dann aber brechen die Todsünden doch aus ihm heraus.

»Ich habe« – nur kurz stockt er – »ich habe Menschen getötet.«

Der Pfarrer, anscheinend nicht mehr derart konzentriert bei der Sache wie zu Beginn der Prozedur – hat er heute doch noch mehrere Termine in seinem Kalender stehen – glaubt kurz, nicht richtig verstanden zu haben und fragt automatisch nach: »Was?« Mehr kommt nicht – dafür kommt dem Beichtenden nach dem ursprünglichen Flüsterton der vergangenen Minuten dieses eine Wort übermäßig laut vor.

»Ich habe mindestens zwei Menschen umgebracht, verdammt«, antwortet Giovanni nun ebenfalls laut. Warum kann sich dieser Heißsporn nicht der Situation entsprechend zusammenreißen.

Der Pfarrer dreht seinen Kopf und blickt dem Beichtkind jetzt schockiert direkt in die Augen. »Getötet«, flüstert er jetzt wieder.

Pfarrer Ximeno ist zum ersten Mal in einer derartigen Situation. Was ihm schon alles im Laufe seiner Karriere gebeichtet wurde: Sie würden es nicht glauben. Die unanständigsten Dinge waren darunter, viel Brutalität, die typische Verlogenheit der modernen Gesellschaft, Gotteslästerliches, Betrug in Hülle und Fülle, ja einmal das Verschulden eines Todes, der durch einen Verkehrsunfall herbeigeführt wurde – aber Mord? Er ringt kurz nach Worten, dann findet er, wieder ganz der Seelsorger, im Flüsterton das nächste Stichwort. »Erzähl, mein Sohn. Was ist passiert?«

Doch der Priester ist nicht der Einzige, den Giovannis

lautstarkes Bekenntnis schockiert hat, draußen vor dem zwar dicken, aber bei Weitem nicht schalldichten Vorhang sitzt noch immer Flurin und wartet, bis er endlich dran ist, seine Sünden der vergangenen Woche abzuladen. Der Bub ist ja schon ein paar Minuten in der Mangel des netten Pfarrers, denkt er sich. Trotz seiner guten acht Jahrzehnte auf dem Buckel ist seine Hörbehinderung inmitten dieser lauten Umwelt nicht die allergrößte. Außerdem sind die Batterien, wie Sie ja mitbekommen haben, absolut frisch. Trotz der meditativen, von Ximeno Rodrigues selbst ausgesuchten mehrstimmigen Chormusik von Manuel Cardoso – übrigens eine Aufnahme aus seiner Zeit in Coimbra, bei der der Geistliche selbst mitgesungen hatte –, konnte er schwer das Geständnis des Beichtenden überhören. Es war so laut und deutlich, wahrscheinlich hätte er es sogar noch mit der kaputten Hörhilfe mitbekommen. Pfeifen freilich hätte sie in diesem Augenblick nicht dürfen.

Der alte Mann spitzt jetzt seine Ohren. Da hinter dem Vorhang wieder beide Gesprächspartner flüstern, herrscht im Kirchenschiff wieder Funkstille. Der Gute wirkt nervös. Ein Mörder im Beichtstuhl ist mal was Neues. Normalerweise sitzt er hier Woche für Woche allein in der Kirche und wartet, bis er seinen Sündenballast abladen kann. Anschließend spricht er die vom Geistlichen auferlegten Gebete und tritt wieder vor das Gotteshaus, wo ihn jedes Mal, ziemlich genau in der Mitte des Friedhofs, sein kleiner Spitz Frère Jacques empfängt, den er an das Kreuz seines Familiengrabes anzubinden pflegt. Anschließend starten Hund und Herrl bei jedem Wetter ihre Gassi-Tour über das Feld des Notdurfter-Bauern, sofern der Hund während seiner Wartezeit die Ausscheidungsprodukte auch halten hat können. Ein wöchentliches Ritual, das im Normalfall weder für einen erhöhten Blutdruck noch für übermäßiges Herzflattern sorgt.

Heute leidet der arme Mann an beidem. Zuerst überlegt er, ob er schnell aus der Kirche verschwinden soll. Bevor er sich entscheidet, betet Flurin noch schnell drei Vaterunser und drei Ave-Maria. Prophylaktisch sozusagen. Dann steigt er aus der Bank und setzt sich ganz nach vorne in die erste Reihe, um Pfarrer und Giovanni verstehen zu geben, dass er nichts, nicht einmal das kleinste Sterbenswörtchen des Geständnisses, mitbekommen konnte. Auf seinem neuen Platz wiederholt er den Gebetsreigen noch einmal – schaden können die frommen Worte ja nicht.

Dort vorne sind die polyfonen Klänge, die der Pfarrer während seiner Zwischenstation auf der iberischen Halbinsel so zu schätzen gelernt hat, ein wenig lauter. Flurin befürchtet aber, dass er selbst hier, näher an den himmlischen Stimmen aus dem Lautsprecher, Giovannis vermaledeiten Kraftausdruck vernommen hätte. Der Spinner hat ja geradezu gebrüllt.

Wohl ist ihm bei der ganzen Angelegenheit immer noch nicht. Mein lieber Schwan! Abhauen wäre aber das falsche Signal. Das wäre verdächtig. Der Tannhofer-Bub weiß ja schließlich, dass er hier auf seinen routinemäßigen Ablass wartet. Hat ihn ja schließlich gesehen. Also bleibt er hier, um die Sache auszusitzen.

Flurin versucht sich auf die Musik zu konzentrieren. »Sitivit anima mea ad Deum fortem vivum«, singt der Chor. »Meine Seele dürstet nach Gott, nach dem lebendigen Gott.« Flurin kennt sich bei den Psalmen aus. Nummer 42. Ja, er ist geradezu ein echter Psalmprofi. »Quando veniam, et apparebo ante faciem Dei?« Er betet leise mit:

»Wann werde ich dahin kommen, dass ich Gottes Angesicht schaue?«

Insgeheim ahnt er, dass es nicht mehr lange dauern könnte, bis ihn die Engel genau dorthin geleiten, als Giovanni den Vorhang wegschiebt und den Beichtstuhl verlässt. Warum muss er auch genau in diesem Augenblick nach hinten schauen, muss angewidert den Mörder betrachten, wie er von den Sünden reingewaschen aus dem Holzkasten steigt? Dieser Blick in seinen Augen. Wie er ihn nur ansieht.

Der weiß Bescheid.

Giovanni, eben noch mit sich zufrieden, voll der Reue und vom Pfarrer mit einem Bündel an aufgetragenen Gebeten beladen aus dem Beichtstuhl tretend, endlich wieder leichter ums Herz, erkennt am ängstlichen Blick dieses neugierigen alten Totengräbers, dass er seinen ungezügelten Ausbruch mitbekommen hat. Er ist sich bewusst, dass es bald wieder vorbei sein wird mit dem angenehmen und beruhigenden Status des sündenfreien Sünders. Er weiß, dass die Gewissensbisse bald wieder an seiner Seele nagen werden. Denn er muss handeln, bald.

Tja, dumm gelaufen. Wie gewonnen, so zerronnen.

Der Pfaffe würde jedenfalls dichthalten, dieses Versprechen hat er ihm gerade erst abgerungen. Das Beichtgeheimnis ist heilig, hat der ihm versichert – auch in der heutigen Zeit. Es mag zwar sein, dass man sich im 21. Jahrhundert als Verbrecher nicht mehr in einer Kirche verschanzen kann wie im Mittelalter. Da können Sie noch so um Gnade flehen, um in den heiligen Räumen Asyl zu erlangen, sich wie eine Kirchenmaus in einer Nische verstecken oder sich hinter dem Taufbecken in der Kapelle verschanzen. In so einem Fall würde die erstbeste der vielen mobilen Europol-Sondereinsatztruppen ratzfatz mit Maschinenpistolen und Tränengasgranaten, ohne mit der Wimper zu zucken, das Gotteshaus stürmen und Sie mir nichts, dir nichts einkassieren. Die guten Zeiten des Kirchenasyls sind längst vorbei.

Nein, da kann heutzutage kein Pfarrer mehr etwas tun. Bei der Beichte aber gibt's nichts zu rütteln. Da gelten die alten Regeln weiter. Der Priester ist zur völligen und ewigen Geheimhaltung verpflichtet. Ganz Wurst, wie gottlos die Sünde sein mag, der Geistliche kann von seinem Beichtgeheimnis nur durch den Beichtenden entbunden werden. Da mag ihm der Euro-Staatsanwalt oder sonst wer noch so das Messer ansetzen. Vor dem Richter kann er das Zeugnisverweigerungsrecht geltend machen. So jedenfalls hat es ihm gerade der gute Ximeno, sein neuer Freund und einfühlsamer Seelsorger, erklärt. Würde dieser nämlich das Beichtgeheimnis verletzen, beginge er selbst eine schwere Sünde. Seine Ämter und seine Würde wären erst mal futsch. Im Jenseits wäre die Lage freilich fataler. Dann sitzt er nicht nur in der Patsche, sondern bald selber mittendrin im Purgatorium, ohne Chance es wieder aufwärts verlassen zu können. In so einem Fall würden die Teuflein den Gottesmann glatt nach unten durchreichen.

Obwohl? Eigentlich könnte es sich ein Geistlicher ganz leicht machen. Meldet den Bullen anonym die Verbrechen und beichtet anschließend seine Beichtsünde einem Beichtkollegen. Selbst wenn Geistliche spärlich gesät sind heutzutage, wäre das kein wirkliches Problem. Sicherheitshalber pilgert er während des nächsten Heiligen Jahres zusätzlich nach Santiago de Compostela, denn dafür gibt's dann noch einmal einen vollkommenen Ablass, und die Sache wäre ein für alle Mal geritzt: der Verbrecher verpfiffen, die eigene Seele gerettet und die Würde des Hochwürden wiederhergestellt. Wenn man es genau nimmt, ist diese ganze Beichtgeheimnis-Konstruktion eine erstklassige kirchliche Mogelpackung. Der Pfarrer müsste nur ein paar Unannehmlichkeiten auf sich nehmen.

Aber Giovanni traut dem Pfaffen. Ximeno schweigt wie ein Grab, da ist er sich sicher – ganz im Gegensatz zum Alten da vorne. Hat sich weggesetzt, damit er weniger verdächtig scheint. Nicht blöd, trotzdem dumm.

Giovanni deutet Flurin, um ihm zu signalisieren, dass er jetzt an der Reihe ist. »Komm.«

Langsam steht der alte Mann auf und schleicht zum Beichtstuhl. Giovanni geht nicht von der Stelle, hebt ihm den Vorhang auf. »Du bist dran«, flüstert er ihm noch einmal zu. Bevor der Pensionist aber im Beichtstuhl verschwindet, tritt auf der anderen Seite der Pfarrer heraus.

»Bitte, warte ein wenig, ich bin gleich wieder da«, sprach's und verschwand mit einen Höllentempo in der Sakristei.

Giovannis Geständnis hat den Priester derart schockiert, dass er zur Beruhigung seiner Nerven einen Schluck Brandy direkt aus der Flasche nimmt. Der Pfarrer hält kurz inne. Bevor er zurückkehrt, spendiert er sich auch noch einen zweiten. Der Schnaps heilt zwar keine Wunden, aber er lindert sie. Das hat schließlich schon sein Großvater zu ihm gesagt.

Als er das Kirchenschiff wieder betritt, sieht er Flurin immer noch vor dem Eingang zum Beichtstuhl stehen. Der Gute wirkt heute ein wenig angeschlagen. Giovanni hat das Gotteshaus Gott sei Dank bereits verlassen.

Wieder in Amt und Würden, lädt er den alten Mann ein, jetzt seine Beichte abzulegen und ihm sein Herz auszuschütten. Flurin riecht des Hochwürdens Fahne durch das Holzgitter. Mehr als eine geklaute Flasche Schnaps im Supermarkt und einer kleinen Lüge, die er am Montag seiner Haushaltshilfe auftischte, fällt ihm kein Vergehen ein. Der Pfarrer ist damit zufrieden, erteilt ihm die Absolution und entlässt ihn mit der kulanten Aufforderung, doch drei Ave-Maria zu beten.

Diese Order erfüllt er gerne, kniet sich in eine Kirchenbank und beginnt zu beten. Der Pfarrer verlässt im Eiltempo die Kirche – mit einer Zwischenetappe in der Sakristei, versteht sich. Dass Giovanni keine Gebete verrichtet, fällt ihm gar nicht auf.

Als der Bauer vor die Kirchtüre tritt, kläfft ihm der angeleinte Spitz entgegen, der eigentlich sein Herrl erwartet hat. »Gott verdamm. Lass den Radau, du Köter.«

Der Hund zieht an der Leine. Das Gusseisenkreuz auf dem Stallerschen Familiengrab, das in einen einzelnen Naturstein eingelassen wurde, steht wohl aufgrund des Woche für Woche erfolglosen, aber steten Drängens des Hundes ein wenig schief. Frère Jacques verspürt offensichtlich einen inneren Drang – besitzt aber noch einen letzten, nur wenigen Kötern verbliebenen Anstand, auf dem Gottesacker nicht zu äußerln. Vielmehr hat ihm sein Herrl Flurin eingebläut, erst während des Auslaufs auf dem bäuerlich bewirtschafteten Feld die Schleusen zu öffnen. Heute hat das Herrl Verspätung und langsam wird es echt dringend. Momentan sind die Schotten aber noch dicht.

Frère Jacques kläfft immer noch in Richtung des Bauern. Giovanni muss mit Flurin ein ernstes Wort reden. Er würde hier an der Kirchmauer auf den alten Staller warten und ihm zu verstehen geben, dass es besser sei, seinen Mund zu halten. Und wenn der Köter nicht bald eine Ruh gibt, würde er ihn persönlich um einen Kopf kürzer machen. Das wäre auch im Falle Flurin das Beste.

Der starke Regen, der noch herrschte, als Giovanni in die Kirche schritt, hat sich zu einem leichten Nieseln verwandelt. Die Wolkendecke öffnet sich langsam und würde wohl bald wieder ein paar Sonnenstrahlen auf den Friedhof blinzeln lassen. Der helle Kies zwischen den Gräbern hat sich dunkelgrau verfärbt, Giovanni kann nur wenige brennende Grablichter ausmachen. Er versucht sich zu erinnern, wann er an dem Grab seiner Familie zuletzt eine Kerze angezündet hat. Seit die Almsaison begonnen hat, sicher nicht mehr.

Er hätte daran denken müssen … Aber verdammt, sein Kopf ist in den vergangenen Wochen mit ganz anderen Dingen gefüllt gewesen.

An der Friedhofsmauer, unmittelbar neben der Totenkapelle und einer Reliefdarstellung des Fegefeuers, hängt ein Grablicht-Automat. Der Bauer durchsucht seine Geldbörse neuerlich nach Kleingeld und beschließt ein – fürchterlich überteuertes – Öllicht aus dem Automaten zu holen. Während Giovanni anschließend den Docht des in rotes Plastik gequetschten, leicht ranzig riechenden Öls entzündet, bellt der Spitz ein paar Gräberreihen weiter noch immer. Der Bauer stellt die Kerze in eine kleine Laterne am Rande eines ungepflegten, mit reichlich Unkraut gesegneten Grabes. Beinah hätte ihn eine Wespe geangelt. Haben diese Biester doch glatt in der selten frequentierten Friedhofslaterne einen kleinen Kobel gebaut und zügeln dort ihren Nachwuchs. »Eine Frechheit! Die Flamme dieser Kerze wird euch schon einheizen«, sagt er laut. »Ihr Biester!«

Dann steht er auf. Giovanni würde wohl bald wiederkommen müssen. Das Grab muss dringend auf Vordermann gebracht werden. Und die Wespen gehören weg.

Forda, schreit es ihm von einer schon seit Jahren mit einer Patina gekrönten Kupferplatte entgegen. Vier Vorfahren sind im Familiengrab bestattet. Für ihn selber reicht der Platz noch locker aus. Auf den Grabstätten links und rechts davon scheinen trotz des bisherigen heißen Bilderbuchsommers unzählige Blumen um die Wette zu blühen. Dem frech geschnittenen Buchsbaum zu seiner Rechten und einer Horde bunter Petunien kann Giovanni auf seiner Grabstätte aber schon absolut nichts entgegensetzen. Grünes Unkraut, gelber Löwenzahn. Gräberpflege gehörte bisher nicht zu seinem Kerngeschäft. Bisher – denn dieser Umstand hat sich mittlerweile gehörig geändert.

Er dreht sich um und sieht hinter einem Nachbargrab eine Blumenkelle stecken. Das metallene Utensil eines Friedhofsgärtners, das allzeit bereitsteht. Er greift danach. Eine grüne, eiserne und spitze Schaufel. Überraschend schwer für ihre Größe.

Jetzt sieht man den Pfarrer fluchtartig die Kirche verlassen. Er läuft in Richtung Pfarrhof, der hinter der Kirche steht. Ob er auf dem Weg zu einem weiteren geistlichen Einsatz ist oder in einen stillen Winkel, um dort in aller Ruhe seinen Schock zu verdauen, kann Giovanni nicht erkennen. Er steht immer noch neben dem Familiengrab.

Der Bauer blickt auf die Uhr und wettet mit sich selber, wie viele Minuten sich Flurin noch in der Kirche verschanzt. Eindeutig abhängig davon, wie viele Gebete ihm der Pfarrer aufgebürdet hat.

Viele können es dann aber nicht gewesen sein, der alte Staller drückt die schwere Kirchtüre auf und huscht überraschend schnell hindurch. Das hat freilich auch sein Spitz bemerkt, der jetzt eine freundlichere Version seines Bellvokabulars anstimmt. Der Rentner visiert das frische Grab des Vitus an, auf dem die Blüten der Kränze langsam aber sicher dahinwelken. Morgen, spätestens übermorgen, werden sie sich allesamt in einen traurigen Komposthaufen verwandeln. Der alte Mann bleibt davor stehen, lehnt seinen Spazierstock an das Kreuz und faltet die Hände. Giovanni versteht zuerst diese Geste nicht, bis ihm klar wird, dass er jetzt wohl glauben muss, dass Giovanni seinen Nachbarn auf dem Gewissen hat – dass er ihn über dem Heu aufgeknüpft hat. So ganz unrecht hat der alte Totengräber da gar nicht.

Der Mörderbauer kann sich auf keine Spielereien einlassen, er muss dem Alten zeigen, dass er es ernst meint. Egal, was der alles zu wissen glaubt. Der rennt ihm sonst schnurstracks zur Gendarmerie und die beginnt dann zu schnüffeln.

Giovanni geht in die Richtung des kläffenden Hundes, in der rechten Hand hält er fest den Stiel des kleinen Spatens. Mit dem Schaufelkopf, an dem noch feuchte, schwarze Erde klebt, klopft er rhythmisch auf seine linke flache Hand. Jeder Schritt verursacht auf dem Kies ein drohendes Knirschen, mit seinem rechten Treckingschuh kickt er eine ausgelöschte Plastik-Grabkerze, die der Wind mitten auf den Weg geblasen hat, keck vor die Pfoten von Frère Jacques.

Mit Sicherheit kein reinrassiger Spitz, das sieht der Hundehasser jetzt. Welches kläffende Ungetüm in diesem Fall noch mit im Spiel war, kann er aber unmöglich ausmachen. Auf jeden Fall sind dem Viech die Beine ein wenig zu kurz geraten. Der Schwanz macht einen Halbkreis, das nasse Fell ist braun, der Farbe einer Kapuzinerkutte nicht unähnlich. Sie glauben, dass dieser Umstand ausschlaggebend für seinen Namen war? Giovanni jedenfalls tut das.

Flurin Stallers Augen weiten sich immer mehr, als er den Bauer auf seinen Hund zukommen sieht. Er bemüht sich trotz seiner schlimmen Hüfte, schneller bei seinem Liebling anzukommen. Dass er gegen den jungen, agilen Bauer bei diesem Wettgehen kein Leiberl hat, braucht nicht erst geschildert zu werden. Giovanni kniet schon lange neben dem Hund, drückt ihn mit dem linken Knie gegen den mit frischem, nach dem Regen geradezu leuchtendem Moos bewachsenen Granitstein des Grabes neben der Stallerschen Familienruhestätte, presst ihm mit der linken Hand die Schnauze zu und hält ihm mit der anderen dic spitze Blumenkelle an die Kehle. In so eine Situation müssen Sie erst einmal kommen … Dem Hund jedenfalls scheint nicht wohl dabei zu sein.

Giovanni weiß nicht, ob er das Drecksviech mit dem Werkzeug ernstlich verletzen kann – wenn er nur ordentlich zudrückt, vorher vielleicht noch ein bisschen ausholt, würde schon Blut fließen. Auf jeden Fall hat er damit ein Druckmittel in der Hand. Der Köter und sein Herrl werden schon Milch geben, denkt er sich. Da ist er sich ganz sicher.

Eigentlich könnte er ja auch mit seinem Autoschlüssel zudrücken, notfalls würde er dem Kläffer einfach den Hals umdrehen. Hauptsache, der Alte ist schockiert genug und glaubt dran – und Hauptsache, die selbsternannte Wachtöle kommt ihm nicht aus, beißt zu oder kratzt ihn.

»Lass meinen Frère in Ruh, nimm deine Pfoten weg!«

Giovanni drückt aber fester zu, da der Hund mit seiner momentanen Lage alles andere als zufrieden ist und sich dem Griff entziehen will.

»Ich hab nichts gehört da drin, ich werd auch nichts sagen.« Giovanni dankt für die Information. Genau, wie er es sich dachte. Der Alte hat gelauscht, weiß nicht genau Bescheid, ist aber jederzeit in der Lage, den Bullen einen Hinweis zu geben.

Er schaut sich wieder auf dem Friedhof um. Niemand zu sehen, die hohe Mauer schützt die Totenstadt vor neugierigen Blicken aus dem Dorf.

»Was wirst du nicht sagen?«

»Gar nichts. Ich verrat nichts.« Der arme, alte Mann ist aufgebracht, das können Sie sich sicher vorstellen. Sie wären auch nicht begeistert, wenn ein durchgedrehter Amoktierquäler Ihren vierbeinigen Liebling in der Mangel hat.

Natürlich ist es genau so, wie es sich der Bauer ausgemalt hat. Flurin regt sich auf, schreit inzwischen. Giovanni lässt ihn wissen, dass er das gar nicht gerne hat. Er solle gefälligst seinen Mund halten, sonst könnte noch jemand aus dem Dorf mitbekommen, dass es auf dem Friedhof heute gar nicht so friedlich zugeht.

Jetzt ist Flurin still geworden, er fasst sich an die Brust, seine Knie lassen nach. Dann fällt er halb auf den Kiesweg, halb auf den mit grün-weißen Myrtenpflänzchen und roten Fuchsienstauden bepflanzten Gottesacker – direkt neben dem, ihm von seinem Vorfahren anvertrauten Grab.

Der Zustand seines Herzens lässt in dieser Extremsituation offensichtlich ein wenig zu wünschen übrig. Der Bauer kann sein Glück nicht fassen, löst der Alte sein Problem doch selbst! Wie heißt noch dieser Film? Diese Komödie, in der versucht wird, eine alte Frau umzubringen, aber immer ihre Hunde das Zeitliche segnen? Bis ihr Herz aussetzt …

Egal, Giovannis momentaner Problemhund wird jetzt immer wilder, knurrt, versucht sich von seinem Peiniger zu lösen. Der Bauer hat alle Hände – und Beine – voll zu tun, um den sich windenden, knurrenden Köter ruhigzustellen.

Flurin rührt sich nicht mehr. Giovanni ist über die Situation geradezu entzückt. Lacht gar einmal laut auf. Bitte seien Sie jetzt nicht schon wieder schockiert – dem Bauern fällt nämlich ein, dass die Bestatter in diesem Fall keine allzu große Arbeit haben werden. Liegt der Mann ja bereits neben seiner eigenen letzten Ruhestätte. Transportweg gleich null. Biologischer Fußabdruck – mit Ausnahme des Flurschadens auf dem Nachbargrab – quasi nicht vorhanden. Auf sein Gedankenspiel mit dem ehemaligen Beruf von Herrn Staller lassen wir uns jetzt gar nicht erst ein. Mein Gott, was ist dieser Mann doch böse!

Giovanni blickt sich wieder um. Nichts wie weg hier. Doch da merkt er, wie Flurin wieder zu sprechen beginnt. Zuerst kann er ihn nicht verstehen. Dann vernimmt er es genau: »I zeig dich an!«

Offensichtlich nur ein kurzer Aussetzer, eine kleine Ohnmacht, mehr nicht. Der Alte hat sich selbst wieder angeschutzt. Der Rentner hebt seinen Kopf. Seinen Hut hat er verloren, in seinen Haaren hängen kleine, nasse Myrtenblüten.

Noch einmal: »I zeig dich an!«

Was nun tun? Jetzt ist guter Rat teuer. Vor lauter Panik zwickt Giovanni den Spitz zwischen seinem Knie und dem Grabstein immer mehr ein. Der Hund schient trotz der geschlossenen Schnauze zu quieken.

»Lass den Frère in Ruh, I zeig dich an!«

»Gott verdamm, wie komm ich jetzt aus dem Schlamassel wieder raus.« Giovanni sucht einen Ausweg. Zuerst den Hund erstechen, dann das Herrl? Mit der Blumenkelle?

Doch der Ausweg ergibt sich beinah von selbst. Der Druck, den der Folterknecht von Bauer auf den Hund und damit auch auf den Grabstein auswirkt, reicht, um den alten, erbärmlich schlecht fixierten Granitblock umstürzen zu lassen.

Die Sache war gar nicht übermäßig laut. Der Körper, des noch immer zwischen den Pflänzchen liegenden Flurin und die Erde verhindern das eigentlich zu erwartende Krachen und damit übermäßige Aufmerksamkeit. Die weiche Unterlage ist auch der Grund, warum der wunderschön behauene Granitgrabstein, der schon beinah ein Jahrhundert auf dem Buckel hat, keinen Schaden nehmen hat müssen. Kein Sprung, kein Absplittern. Der Steinmetz kann jederzeit kommen und ihn wieder aufsetzen – richtig fixiert würde er weitere hundert Jahre an dieser Stelle stehen.

In diesem Moment ist Giovanni natürlich die Andruckfläche für das Hundsvieh abhanden gekommen. Frère Jacques hat wieder mehr Handlungsspielraum. Giovanni springt auf, nimmt gleichzeitig seine Hand vom winselnden Hund, lässt die Schaufel fallen und weicht ein paar Schritte zurück, bis er fast über ein Grab stolpert. So schnell kann er gar nicht schauen, beißt ihm der Hund in seine linke Hand. Rächt sich noch zuerst an seinem Peiniger, bevor er zu seinem unter dem schweren Stein halb herausragenden Herrl springt und unablässig bellt, jault und winselt.

Der Bauer flucht. »Gott verdamm, saudummer Köter.« Er tritt mit dem Treckingschuh noch einmal nach ihm. Das Winseln, das Quicken, das Bellen – anscheinend alles gleichzeitig – nehmen rasch an Intensität zu, was Giovanni zumindest eine kleine Befriedigung liefert. Noch ein Tritt, ein besonders fester. Dieses Mal trifft er wieder das Hinterteil des Radauburschen, der jetzt die Prioritäten ändert, die Klage um sein Herrchen vorerst hintanstehen lässt und sich neuerlich gegen den Tierquäler wendet. Bevor sich Giovanni nun vom Gottesacker macht, versucht er noch die Schaufel aufzuheben – ein Wunsch, gegen den der immer noch angeleinte Frère Jacques freilich etwas hat. Der Bauer kommt nicht mehr an die Blumenkelle heran und lässt sie neben dem jetzt aber wirklich sterbenden Mann und dem kläffenden Spitz liegen.

Nur weg, die spitze Schaufel neben dem Spitzmischling interessiert niemanden, redet er sich ein. Der verletzte Spitz könnte genauso auch vom Stein erwischt worden sein. Da schaut kein Tierarzt so genau. Hauptsache der Alte geht drauf. Am liebsten würde er noch Flurins Puls fühlen. So zur Sicherheit. Aber das ist ihm jetzt doch zu gefährlich. Giovanni entwischt durch das fürchterlich quietschende, schmiedeeiserne Gatter an der Rückseite des Friedhofs. Niemand steht auf der Gasse. Aus einem offenen Fenster eines nahen Hauses hört er jemanden schreien. »Ruhe! Kann denn hier endlich jemand den wahnsinnigen Köter abstellen?«

Seltsam, wie sich alles zusammenfügt, denkt sich Giovanni, als er in seinen Subaru steigt und den Zündschlüssel umdreht. Beinah so, wie beim Karner … Stein drauf – und: Arrivederci. Gewisse Ähnlichkeiten zu Auer, wie sein halber Körper unter der Motorhaube herausragte, gibt's hier auch noch. Sehr seltsam.

Tja, Friedhöfe sind gefährlich. Notgedrungen verlassen ihn viele nicht mehr lebend. Außerdem sind schon viele von Grabsteinen erschlagen worden. An Tagen mit viel Wind und so … Da kann man nichts machen, wenn jemand nicht aufpasst.

Giovanni ist jedenfalls zufrieden. Der Totengräberpensionist hat tot ausgeschaut, er ist sich sicher. Diesem Grabstein hält der härteste Schädel nicht stand. In diesem Fall lässt sich sogar streiten, ob er sich neuerlich einer Todsünde schuldig gemacht hat. So ganz ohne sein Zutun ist der Stein aber nicht gefallen und der Mann dann doch nicht gestorben.

Einen Vorteil hat die ganze Sache heute: Im Gegensatz zu seinen anderen Opfern kann er diese Leiche einfach liegen lassen. Dafür sollte sich der heißblütige, von Zeit zu Zeit gewissenlose Mörder überlegen, ob es nicht besser sei, das Haus nicht mehr zu verlassen. Mittlerweile könnte Giovanni Forda mit einem alten Filmtitel in Zusammenhang gebracht werden, für den Titelredakteur einer Boulevardzeitung wie aufgelegt:

»Leichen pflastern seinen Weg.«

Scheißt eine Töle auf die Wiese,
erschießt der Bauer gerne diese.

XIV. DIE BOUILLABAISSE MUSS WARTEN

Ernüchternd: Warum es auch zum Geschäft von Polizisten gehört, die Zeitung zu lesen, und letzte Ruhestätten nicht mehr das sind, was sie einmal waren

»Wally, ist der Bericht der Spurensicherung schon da?« Jetzt ist es Kommissar Simon, der hinter dem Schreibtisch mit der weißen Resopalplatte Quartier bezogen hat. Er legt den Telefonhörer auf. Vor ihm steht die Tasse, aus der Dallapozza an seinem letzten Arbeitstag in den Räumen der Mordkommission getrunken hat. Frisch gespült natürlich, aber ohne Inhalt. Getrunken hat Simon daraus bis zum heutigen Tag noch nicht. Geerbt – wie den Arbeitsplatz und den Job. Nach dem Begräbnis des jungen Bauern führte sein Team noch vor Ort Untersuchungen durch, die – wie Sie sich vorstellen können – keine großen Erkenntnisse brachten. Simon ordnete weiters an, sowohl Dallapozzas BMW als auch den Lexus von Karner zu untersuchen.

»Alain schreibt ihn gerade, viel wird aber nicht drinnen stehen«, sagt Wally Hilmer, die sich beim Chef der Spurensicherung, Alain Monts, bereits schlaugemacht hat. Die Inspektorin steht im Türrahmen – ganz so, wie sie es bei ihrem alten Chef zu tun pflegte. Monts und seine technischen Wunderkinder von der Spurensicherung haben beide Autos auseinandergenommen. »Er will dir selber gern Bescheid geben. Anscheinend ist er in ein paar Minuten fertig.«

»Ich bin gespannt, ob sie was gefunden haben. Ich glaube nämlich, dass der, der die beiden umgebracht hat, anschließend ihre Wagen wegbrachte, um die Spuren zu verwischen.«

»Wer soll das gewesen sein?«

»Jemand aus dem Dorf. Beide Vermissten von auswärts waren dort, das wissen wir mit Bestimmtheit. Wir fanden ihre Wagen aber in den entgegengesetzten Richtungen. So, als ob sie an den Tagen, an denen sie zum letzten Mal gesehen wurden, nie einen Fuß in dieses Bermuda-Dorf bewegt hätten. Nein, nein. Ich bin fest davon überzeugt, dass beide dort ihr Leben aushauchen mussten. Auch der Bürgermeister dieses Ortes ist schließlich verschwunden. Oder sollte ich lieber sagen umgekommen?«

»So wie du redest, hast du jemanden unter Verdacht.«

»Was nützt mir der Verdacht, wir brauchen Beweise. Wir brauchen das Motiv. Aber vor allem brauchen wir die Leichen.«

»Wer ist es?«

»Warte noch ein bisschen. Warte, bis Monts seine Ergebnisse bringt.«

»Ich höre da meinen Namen. Mon Dieu, spricht hier jemand schlecht über mich? Es kann sich nur um Schlimmes handeln. Oder geht's um mein Liebesleben?« Ein bulliger, etwa 60 Jahre alter Mann, dessen Haarpracht sich im Lauf der Jahrzehnte im Sold der Polizei aus dem Staub gemacht hat, schubst Hilmer liebevoll durch die Tür und tritt in das Büro des Kommissars. Er trägt einen weißen Labormantel, den er nicht zugeknöpft hat. Darunter trägt er ein rot-weiß-schwarzes Holzfällerhemd und eine sandfarbene Hose. »Was stehst du immer im Weg, schöne Frau?« Er fächelt Hilmer mit einer Akte Luft zu. »Bonjour, alle miteinander.«

Alain Monts hat es zweifellos aus dem Westen zur Alpenpolizei verschlagen. Wie Simon kommt er von außerhalb und konnte dem verlockenden Angebot einer Berufung ins Gebirge einfach nicht widerstehen. »Ich hab die Berge erklommen«, sagt er immer, wenn er auf seinen Wechsel angesprochen wird. Zwölf Jahre war Monts stellvertretender Chef der Spurensicherung bei der Polizei in Nizza. Da er sein ganzes Leben lang die Côte d'Azur vor den Augen hatte, wollte er gern einmal etwas anderes sehen, pflegt er zu parieren, wenn wieder jemand wissen will, warum er sich das in seinem Alter noch antut. Die Arbeit hier sei die gleiche, sagt er dann immer, die Aussicht aber schöner. Bei seinem Namen wäre außerdem der Umzug in diesen Teil Europas seit seiner Geburt vorgezeichnet gewesen.

»Mit den beiden Autos hast du nicht übermäßig zu unserer Unterhaltung beigetragen. Die langweiligsten Objekte seit Monaten, sag ich dir.«

»Was hast du gefunden?«, will Simon wissen.

»Wenn du mich so fragst, nichts. Rien. Das meine ich mit *langweilig*. In dem Lexus waren nur Fingerabdrücke von diesem Karner. Unzählige, unterschiedliche Textilspuren auf dem Fahrersitz. Auf dem Beifahrersitz und der Rückbank ist, glaube ich, noch nie jemand mitgefahren, so sauber war's dort. Der BMW vom Chef war ein wenig spannender. Dort haben wir zwei unterschiedliche Fingerabdrücke entdeckt. Der eine passt zu Dallapozza …« Monts macht eine kleine Pause. Er liebt es, die Kollegen auf die Folterbank zu spannen »… der andere passt zu seiner Frau.«

»Weisen die beiden Autos gar keine Gemeinsamkeiten auf?«

»Rien. Bis auf …« Jetzt blättert er in der Akte, obwohl er selbstverständlich alle Einzelheiten im Kopf hat. »In beiden Autos haben wir Fasern eines blauen Baumwollstoffs gefunden. Standardware, wie sie zum Beispiel für Arbeitskleidung verwendet wird. Null acht fuffzehn, so sagt man doch?«

Simon steht von seinem Sessel auf.

Dann hat Monts doch noch etwas Interessantes zu berichten: »Außerdem ist auffällig, dass die Fingerabdrücke auf beiden Lenkrädern und dem Gangknüppel im BMW verschmiert sind. So, als ob sie jemand abgewischt hätte. Ähnlich sieht der Schaltknüppel im Automatik-Lexus aus. Der ist aber weniger gut abgewischt. Den braucht man schließlich bei einem Automatikfahrzeug während der Fahrt nicht. Es sieht alles so aus …«

»… als hätte jemand bei der letzten Fahrt Handschuhe getragen«, beendet Simon den Satz.

»Oui. Während man fährt, wischt man automatisch die alten Tatzer weg. Auffallend ist das im Lexus. Der hat ein wunderschönes Lenkrad aus Holz.«

»Da haben wir es«, freut sich Simon.

»Der letzte Fahrer hatte etwas zu verbergen«, schloss Monts. »Sonst haben wir nichts Verdächtiges gefunden. Das Übliche, Schmutz im Fußbereich beider Autos. Im BMW des Chefs haben wir auch vermischte Kuhscheiße entdeckt.«

»Ihr habt was?«

»Mist, der bleibt im Profil jedes Schuhs stecken. Da kannst du gar nichts dagegen tun. Dreck bleibt eben hängen.«

Jetzt schaltet sich auch Hilmer ein: »Das heißt, er war auf einem Bauernhof.«

»Oder auf einer frisch gedüngten Wiese«, antwortet Monts.

»Außen war nichts Auffälliges an den Autos?«

»Nichts, was nicht auch auf deiner Karre zu finden wäre«, antwortet er Simon, mit dem er bereits in den ersten Tagen seiner alpinen Karriere Freundschaft geschlossen hat. »Vielleicht haben wir unter den Stoßfängern des BMW ein wenig mehr Dreck entdeckt. Außerdem Heu. Du weißt, im Hohlraum bleibt immer wieder etwas hängen. In der Einbuchtung der Scheibenwischer war ebenfalls Heu.«

»Da haben wir noch einmal einen Bauern.« Man könnte beinah glauben, Wally Hilmer zählt begeistert mit.

»Ja, meine Lieben. Und das war's auch schon. Ich lass euch die Akte hier. Da ist jeder Dreck aufgeschlüsselt. Bezahlt mit bestem Steuergeld. Darin findet ihr noch einmal die Liste mit den Gegenständen, die wir aus den Autos rausgeholt haben. Deine heiß geliebte Akte, die Dallapozza dabei haben soll, ist übrigens nie aufgetaucht.« Monts hebt seine linke Hand. »Au revoir, ich empfehle ich mich. Und Urban, die Einladung zu meiner berühmt berüchtigten, als sensationell und überaus hinreißend zu bezeichnenden Bouillabaisse steht. Du bist natürlich ebenfalls eingeladen, Wally. Im Gegenzug kredenzt du mir dann ein echtes Wiener Schnitzel. Bin schon ganz gespannt, wie es schmeckt, wenn es ein echter Wiener zubereitet.«

Wenn der wüsste, wie ich koche, denkt sich Simon. »Ja, gerne. Aber erst in ein paar Tagen. Vorher müssen Wally und ich noch einmal in dieses Vermisstendorf.«

»Passt auf euch auf, in diesem Bermudadreieck sind schon zu viele Menschen verschwunden.«

Hilmer und Simon sind wieder allein. Die Inspektorin versucht die Gedanken ihres Chefs zu erraten. »An welchen Bauer denkst du?«

»An diesen Tannhäuser. Du weißt, der Wagnerianer-Bauer vom Tannhof, dieser Golfplatzverweigerer Forda, der nie zu Hause anzutreffen war. Wen sonst? Seine einzige Ausrede ist immer seine Alm.«

»Na, dann machen wir noch einen Ausflug zu seiner Hütte.«

»Alles zu seiner Zeit, Wally. Zuerst fahren wir noch einmal zum Haus von Karner. Und drück uns die Daumen, dass dort noch niemand aufgeräumt hat.«

Jetzt legt Angelosanto einen dramatischen Auftritt hin. Die junge Inspektorin stürmt geradezu in das Büro ihres Chefs. Noch gehörig außer Atem. In ihrer rechten Hand hält sie eine Zeitung im Tabloidformat. Eindeutig Boulevard.

»Chef, das glauben Sie nicht. Ich bin nur zufällig darüber gestolpert, als ich in der Kantine essen war.« Sie wirft die Zeitung auf den Schreibtisch, direkt Simon vor die Nase.

»Das gibt's doch nicht. Schon wieder ein Toter in diesem kleinen Kaff.« Wally hat sich auch hinter den Schreibtisch gestellt, um ebenfalls einen Blick auf die Zeitungsmeldung zu erhaschen. »Grabstein erschlägt Totengräber«, steht dort geschrieben. »Auch Hund erlag seinen Verletzungen.«

»Ich werde mit diesem Coro ein ernstes Wörtchen reden müssen«, sagt Simon verärgert, als er nach seinem Telefonhörer greift. »Warum hat der uns nicht alarmiert? Bitte schön, so etwas fällt doch auf! Wenn das in diesem Dorf so weitergeht, ist es bis zum Ende des Jahres ausgestorben. Das Kaff ist auf dem besten Wege, eine Geistersiedlung zu werden. Nein, halt, einer überlebt! Wahrscheinlich ein Landwirt, der sich auf seiner Alm verschanzt«, fügt er noch hinzu. »Der spielt dann sicher seinen Kühen *Isoldes Liebestod* vor.«

Dann erhält Kommandant Coro eine Standpauke, die sich gewaschen hat. Das können Sie sich gar nicht vorstellen. Der an sich sympathische Kommissar macht den Gendarmeriebeamten verbal glatt um einen Kopf kürzer. Da könnte man beinah Mitleid bekommen mit dem Gendarmen in seiner schönen Uniform – die ihm nach diesem Gespräch nicht mehr so recht passen will. Ja, sie sieht beinah so aus, als sei sie um zwei Nummern zu groß.

Seien Sie versichert: Komme was wolle, Kommandant Coro wird in Zukunft lieber einmal zu oft die Nummer Simons wählen, als noch einmal derart zur Sau gemacht zu werden – um im bäuerlichen Vokabular zu bleiben.

»So schön dieses neue Europa ist, an der Organisation hapert es hinten und vorne. Und dann errichtet man wieder einen getrennten Aufbau der Exekutive – vor allem, nachdem einstige Staaten das Kommandantenkompetenzwirrwarr vorher schon einmal abgeschafft haben.« Langsam beruhigt sich Simon wieder. »Was soll's. Komm Wally, wir fahren.

Simon wendet sich noch einmal an seine jüngere Kollegin: »Frau Angelosanto, sorgen Sie dafür, dass man die neue Leiche aus dem Sarg holt und in unsere Pathologie bringt. Hoffentlich wurde der Mann noch nicht beerdigt. Stellen Sie sich das einmal vor. Dann müssten wir einen Totengräber exhumieren lassen. Schlimmer geht's wohl nimmer!«

Und genauso ist es gelaufen.

Noch bevor die beiden Kriminalpolizisten die Grenzen der Hauptstadt passieren, informiert sie Angelosanto, dass die Beerdigung am Vormittag bereits über die Bühne gegangen sei. Ein Antrag auf Exhumierung würde in wenigen Augenblicken an das Gericht gehen. Statt direkt zum Friedhof zu fahren, stellen die beiden Polizisten ihr Auto vor dem Hirschenwirt ab. Die Idee ist schon richtig, aber auch die Gesellschaft, die dem Leichenschmaus beigewohnt hat, hat sich bereits aufgelöst. In der Gaststube treffen sie nur auf die tätowierte Kellnerin. Heute übrigens im schwarzen Dirndl mit langen Ärmeln. Sie weiß also doch, was sich schickt.

»Knapp verpasst, ist auch verpasst. Der Totengräber muss heute eine Spätschicht einlegen.« Simon steht neben Hilmer am zugeschaufelten Grab. Bunte, frische Kränze sind aufgeschichtet. Ein einfaches Holzkreuz weist darauf hin, dass vor drei Tagen Flurin Staller verstorben sei. »Ebenda«, präzisiert Simon. Coro würde ihm höchstpersönlich die Ausgrabungsarbeiten überwachen. Er hat ihn bereits angewiesen, sich um alles zu kümmern.

»Jetzt stell dir vor, Wally, sie hätten ihn eingeäschert … Das geht heutzutage relativ rasch. Ab auf den Wagen, dann ins Krematorium und rein in den Ofen. Da hätten wir aber ordentlich durch die Finger geschaut.« Nach einer kurzen Nachdenkpause wendet er sich wieder an Hilmer: »Und was machen wir zwei Hübschen, bis der ganze Zauber losgeht?« Simon geht durch die Gräberreihen und scheint etwas zu suchen. Nicht weit weg von der letzten Ruhestätte des Totengräbers wird er fündig. »Hier ist das Grab der Fordas.« Nichts Besonderes, was hat er geglaubt, hier zu finden? Ein heruntergebranntes Grablicht, abgestorbene Pflanzen. Geht man im Falle eines Mordes, den man am Friedhof begeht, an das Familiengrab? Simon weiß es nicht. Vielleicht stand Forda gerade dort, um eine Kerze zu entzünden, als der Ex-Totengräber des Weges kam. Und dann hat sich die Gelegenheit ergeben und er hat sie aus irgendeinem Grund genützt. An einen Unfall auf dem Friedhof glaubt er im Gegensatz zu Coro nicht.

»Was ist dein Motiv und warum killst du dich durch dein Dorf?«, fragt er laut. »Ach was«, Simon wendet sich wieder an seine Kollegin. »Bis Coro mit dem Bagger anrückt, schauen wir uns den Garten Karners noch einmal an.«

Simon hat sich noch nie so sehr über einen Haufen voll Papier gefreut. Der Eingangsbereich der alpinen Villa könnte mittlerweile locker mit einer kommunalen Recycling-Sammelstelle konkurrieren. Das Zeitungsabo wurde immer noch nicht eingestellt, auch der Briefträger freut sich offensichtlich täglich, wenn er sein Reklamematerial kiloweise vor der Tür des Vermissten loswerden kann. Der Rasenmäher dürfte allerdings seine Arbeit eingestellt haben. Wenn es keine Probleme mit der Stromversorgung gab, dann hat ihn wohl endgültig ein fleißiger, in seiner Ruhe gestörter Maulwurf aus der Bahn geworfen.

»Du hast mir noch immer noch nicht gesagt, was wir hier suchen.«

»Wir suchen ein grünes Kärtchen aus Pappendeckel mit einem Anhänger, made in China.«

Hilmer sieht ihren Chef verständnislos an.

»Grün, ungefähr in der Größe einer Visitenkarte, aber zusammengefaltet. Mit einem Hinweis auf 100 Prozent Baumwolle. Und zieh dir bitte Handschuhe an. Nach den

Wochen hier im Freien hat das zwar wahrscheinlich keinen Sinn mehr, aber sicher ist sicher.«

Die beiden Beamten heben zuerst die Schicht aus Zeitungen ab, die nach ihrem letzten Besuch zugestellt wurden. Wirklich praktisch, diese Datierung. Neues Papier ist uninteressant. Das Papier darunter untersuchen sie genauer. »Hoffentlich hat der Wind das Ding nicht verblasen«, sorgt sich Simon.

»Warum China? Du meinst sicher Germany und nur 95 Prozent Baumwolle, oder?« Hilmer präsentiert ihren Fund. Ein grünes Kärtchen mit glänzender Oberfläche. Voller Stolz, als ob sie bei einer archäologischen Ausgrabung den Schädel Julius Cäsars gehoben hätte. »Man@Work, Overall, blau, Größe M. 95 Prozent Baumwolle. Made in Germany. Gott hab es selig!«

»Eintüten. Das deutsche Ding muss dringendst ins Labor.«

»Du glaubst, dass der Mörder das hier verloren hat?«

»Ja, als er nämlich genau hier mit dem Telefon des erst am nächsten Tag offiziell Vermissten telefoniert hat. Genau hier vor Karners Haus, das sagt uns das Mobilfunkprotokoll.«

Hilmer ist baff. »Ich verstehe, ein neuer Overall. Damit er möglichst keine Spuren hinterlässt.«

»Ja, und genau das könnte unsere erste Spur sein. Ein neuer Baumwolloverall ist kein Plastikoverall. Es wurden blaue Fasern auf den Fahrersitzen beider Autos gefunden. Drück uns die Daumen, denn das Ganze könnte auch etwas anderes bedeuten. Genauso gut könnte der Immobilienhändler mit Arbeitskluft im Garten gewerkelt haben. Außerdem ist noch lange nicht gesagt, dass da verwertbare Fingerabdrücke drauf sind. Solange wir keine Leichen finden, müssen wir uns aber an jeden Strohhalm klammern. Und unser Strohhalm ist genau dieses Kärtchen. So, auf geht's zum Friedhof. Ich will die Grabungsarbeiten und das Gesicht Coros, wie er sie überwacht, nicht verpassen.« Endlich lächelt der Kommissar. Das kommt in der letzten Zeit selten vor. »Und dann«, sagt er noch, bevor sie ins Auto steigen, »haben wir ein Rendezvous mit dem Pfarrer. Für Ereignisse auf dem Friedhof immer ein hervorragender Ansprechpartner.«

Abonniert ein Bauer keine Zeitung,
steht er bald mal auf der Leitung.

XV. DER STEIN ZU VIEL

Mystisch: Warum Schafe Unglück heraufbeschwören können und worin der Unterschied zwischen rettenden Engeln und echten Schutzengeln besteht

»Darf ich Sie mitnehmen, Herr Pfarrer?«

Ein rostiger, alter, blauer Ford hat angehalten. Die genaue Type kann der Priester aufgrund großer Rostflecken und noch größerer Dreckspritzer nicht mehr erkennen. Aus dem Fahrerfester lehnt sich ein älterer Mann mit grauem Dreitagebart. Pfarrer Rodrigues schätzt ihn auf 60, vielleicht auch ein paar Jahre älter. Das braun gebrannte Gesicht kommt ihm bekannt vor, einen Namen kann er allerdings keinen damit verbinden. Es muss sich um eines seiner Schäfchen in den Außenstellen handeln, das sporadisch seine Messen besucht.

»Grüß Gott, ich bin der Faber Korbinian.« Die Leute in dieser Gegend drehen oft ihre Namen um und stellen den Familiennamen an die erste Stelle. »Kann ich Ihnen einen Teil des Weges abnehmen? Wo wollen Sie hin?«

»Ich möchte Bauer Forda auf seiner Alm besuchen.«

»Kein Problem, genau da will ich auch hin. Steigen Sie nur ein.«

Der Pfarrer wählt den Weg vorne um die Kühlerhaube, um zur Beifahrertür zu kommen. Der linke vordere Blinker ist eingeschlagen, der rechte Rückspiegel fehlt.

Als Mann Gottes ist Ximeno Rodrigues heute nicht zu erkennen. Der Pfarrer ist in Zivil. Er trägt eine beige Wanderhose, dazu eine schwarze Softshell-Jacke. Als er die Tür öffnet, empfängt ihn ein intensiver Duft von Bienenwachs. Der Fahrer versucht in aller Eile den Sitz von allerlei Krimskrams zu säubern, lässt ein Glas Honig sowie zahlreiche alte Zeitungen zwischen den Sitzen verschwinden und streift mit seiner rechten Hand alte Brotbrösel auf den Boden. Die Rückbank ist umgelegt. In dem erweiterten Kofferraum sitzt ein junger Schäferhund, der dem alpinen Autostopper entgegenhechelt, eingekeilt zwischen mehreren Bienenwaben und offensichtlich leeren Bananenschachteln. Der Priester stellt seinen kleinen Rucksack auf seinen Knien ab und holt automatisch mit seiner linken Hand aus, um sich anzugurten. Fehlanzeige. Der Sicherheitsgurt hat dieses Automobil aus einem fernen Jahrzehnt offensichtlich schon lange verlassen.

»So etwas hat es damals noch gar nicht gegeben«, sagt der Chauffeur und meint den Gurt. »Anfang der Siebziger hat man sich noch nicht darum geschert. Aber der Wagen fährt und fährt … und ist nicht umzubringen. Wissen Sie, Hochwürden, ich nehm die alte Rostlaube nur mehr, wenn ich auf den Berg fahr. Da ist mir mein Talauto zu schade. Sie müssen wissen, ich habe meine Schafe auf Giovannis Alm auf Sommerfrische, auf Pflege sozusagen. Ich bin pensionierter Eisenbahner und kleiner Nebenerwerbsbauer und besitz nur mehr ein paar Schafe. Sonst hab ich meinen Betrieb mittlerweile dichtgemacht. Das zahlt sich ja heutzutage nicht mehr aus. Ist ja gar nichts mehr damit zu verdienen. Und das Alter macht einem auch zu schaffen.«

Inzwischen hat der Mann den ersten Gang wieder eingelegt und kraxelt konzentriert und langsam mit seiner Rostlaube den Güterweg bergauf. Offensichtlich ist er froh, jemanden getroffen zu haben, denn er hat viel zu erzählen: »Meine Schafe und meine Bienen hab ich nicht weggegeben. Ich hänge sehr an ihnen. Zu meinem Hof gehört keine Alm dazu, müssen Sie wissen. Deshalb lass ich die Schnuckis jedes Jahr auf die große Alm vom Tannhofbauern. Die kommen da oben wunderbar allein zurecht. Ich muss sie aber heute wieder einmal aufsuchen und schauen, wie es ihnen geht. Lecksteine hab ich auch dabei.« Der Mann lenkt seinen alten Wagen mit großer Konzentration. Was nicht heißen muss, dass er zu erzählen aufhört. »Zuerst muss ich sie aber noch ausfindig machen. Die wandern ja weit hinauf, müssen Sie wissen. Sehen Sie da oben irgendwo eins meiner Schnuckis?«

Korbinian zeigt mit einer Hand in die Richtung eines steilen Bergrückens. Der Pfarrer erkennt mehrere weiße Punkte, kann aber nicht schwören, dass es sich dabei um Schafe handelt. Genauso gut könnten es auch Felsen sein.

»Ich war jetzt schon beinah einen Monat nicht mehr hier. Wissen Sie, meine Frau und ich fahren jedes Jahr mit dem Campingbus rauf nach Irland. Ei, war das heuer wieder wunderbar. Ein paar Wochen kreuz und quer durch die Insel. Ich sag's Ihnen. Himmlisch.«

Interessante Entwicklungen, denkt sich der Pfarrer. Die Bauern von heute geben ihre Tiere in Pflege und machen selbst ausgedehnte Campingurlaube.

»Meine Maria und ich haben uns nicht stressen lassen. Sind langsam rauf nach Cherbourg, dann haben wir übergesetzt und sind bis nach Mayo gefahren. Wirklich faszinierend, atemberaubend – alle Jahre wieder. Nur die Mücken waren heuer eine besondere Plage. Mit den Biestern gemeinsam auf dem Campingplatz … Also die gehen mir hier heroben auf dem Berg nicht ab. Ich bin immer noch auf und auf zerstochen. Blutspenden geh ich bis Weihnachten jedenfalls nicht mehr.«

Anscheinend hat er seinen Kurzbericht von seiner Irlandreise damit abgeschlossen, dann legt er aber doch noch einen Nachschlag hinzu: »Und das Licht sag ich Ihnen, superschön. Die Küste, himmlisch. Und die Leut'. Was sag ich, die Leut', freundlich und nett. Genauso wie die Schafe dort. Und Berg' haben sie auch, imposant so direkt am Meer. Nächstes Jahr fahren wir wieder rauf, die Maria und ich.«

Jetzt ist er fertig. Da die Straße an dieser Stelle weniger steil ist, verführt Korbinian neuerlich die Versuchung, den zweiten Gang einzulegen. Dagegen wehrt sich der betagte Kombi, das ist nicht in seinem Sinne. Als er wieder zurückschaltet, hat er ein neues Gesprächsthema gefunden: »Der Giovanni ist ein ganz ein Netter, müssen Sie wissen. Verlangen tut der mir nichts, wenn ich meine Schafe bei ihm unterstelle. Die Alm ist groß genug, ich treib meine Schnuckis ja eh ganz rauf ins steile Gelände. Ihnen gefällt's dort.«

Der Fahrer kurbelt wie ein Wilder, als er das Auto in besserem Schritttempo durch die nächste Kehre lenkt. Rodrigues geht davon aus, dass das Auto, ähnlich wie im Falle des Gurts, nie so etwas wie eine Servolenkung gesehen hat.

»Aber die kommen ganz schön rum, meine Schnuckis. Die machen den Gämsen ordentlich Konkurrenz, sag ich Ihnen. Sehen Sie etwas?«, fragt er den Pfarrer schon wieder.

»Ich weiß nicht. Das ist alles so weit weg. Die weißen Punkte da links oben vielleicht.«

Korbinian schaut kurz in die anvisierte Richtung, bevor er seine Augen wieder Richtung Güterweg wendet. »Nein, nein. Meine Schafe sind braun. Das sind bloß Steine.«

Braun, denkt sich der Pfarrer. Das sollte man halt wissen. Er würde bald auf ein schwarzes Schaf treffen. Giovannis Almhütte, oder das, was er dafür hält, ist bereits sichtbar.

»Was führt Sie rauf zum Giovanni?«

»Ach, ich muss ihn etwas fragen. Kennen Sie ihn schon lange?«

»Ich? Schon immer. Ich war ein Freund seines Vaters – und natürlich seiner Mutter. Bevor ich meine Frau kennengelernt habe, die Maria, bin ich sogar eine Zeit lang mit seiner Mutter, der Maria, gegangen.« Korbinian lacht. »Maria. Sie müssen wissen, sie hieß auch Maria. Das war sozusagen ein fliegender Wechsel damals. Die erste Maria hat sich den reicheren Bauer geangelt.«

Dem Pfarrer schwant Böses.

»Aber, das hab ich den beiden nicht übel genommen. Sonst hätt ich wahrscheinlich meine zweite Maria nie kennengelernt. Ja, so ist das Leben…« Dann setzt er nach: »Der Giovanni ist aber nicht von mir, wenn Sie das glauben. Das geht sich schon rein zeitlich nicht aus.«

»Das hätte ich mir ja auch nie zu denken gewagt.« Da schau her, auch Hochwürden sagen nicht immer die ungeschminkte Wahrheit.

»Sie wissen ja, wie das ist. Gerede hat es damals schon gegeben. Aber so ist das nun mal hier bei uns. Ja, und dann hab ich endlich meine Maria getroffen.«

»Was ist denn mit Giovannis Eltern passiert?«

»Das wissen Sie nicht? Eine traurige Geschichte. Wirklich traurig. Machen zum ersten Mal in ihrem Leben eine Kreuzfahrt, und das Schiff geht unter. Kippt einfach um. Dort unten im Mittelmeer. Wirklich traurig. Erst nach zwei oder drei Wochen wurden sie herausgefischt.«

»Wie alt war Giovanni da?«

»So Ende 20«, Korbinian hat wieder Schwierigkeiten, das Lenkrad zu drehen und die Kurve zu schaffen. »Ja, so muss es gewesen sein. Ganze 30 war er damals noch nicht.«

Giovanni ist gerade wieder von seinem privaten Gräberfeld zu seiner Hütte zurückgekehrt. Es hat ihm einfach keine Ruhe gelassen: die vielen Gewitter der letzten Zeit, der viele Regen. Er war schon auf Schwierigkeiten gefasst. Was er aber dort vorgefunden hat, sorgte für einen mittleren Schock. Die Unmengen an Wasser bewirkten, dass die Gräber um einiges abgesunken sind. Das Wasser hat sich in Jahrtausenden den Weg durch diese Schlucklöcher gesucht und hat die Löcher ja schließlich freundlicherweise für den Mörder bereits ausgefräst. Das bisschen Erde, das Giovanni auf die Toten kippte, die Steine dazwischen hielten freilich die Natur nicht auf. Er hat schon gewusst, warum er die Körper weiter hinunter, in tiefere Höhlen versteckte. So kippte er heute neben mehr Erde vor allem Steine in die Vertiefungen. Reichlich – bald würde sich wieder ein Muskelkater ankündigen. Danach hat er neue pyramidenförmige Steinhaufen aufgeschichtet. Wunderbare, geheime, hochalpine Grabmonumente. Viel schöner als die ersten.

Jetzt war sein Gottesacker wirklich so weit, um mit Gizeh zu konkurrieren. Hauptsache, niemand bekommt mit, was der Bauer darunter verborgen hat. Dann kann endlich Gras über die Sache wachsen. Die Regenfälle hatten aber auch ihr Gutes. Sie sorgten dafür, dass alle nur erdenklichen Spuren beseitigt wurden. Alles wurde wunderbar abgewaschen, vom Hinaufschleifen der Körper ist nichts mehr zu sehen, weil an mehreren Stellen Erde weggeschwemmt wurde und das viele Wasser stellenweise in kleinen, zeitlich begrenzten Bächen das Weite gesucht hat. Die Natur ist seine Verbündete.

Jetzt erblickt Giovanni eine Staubwolke, die zu seiner Alm heraufkriecht. Der Auslöser, dieser altersschwache Kombi, sorgt aber bald wieder für Beruhigung. Korbinian sieht wieder einmal nach seinen Schnuckis. Gott sei Dank hat er dort oben gestern und heute für Ordnung gesorgt. Die Schafe weiden derzeit immer wieder auf diesem Bereich seines Besitzes. Diese Hochgebirgsrasenmäher wandern und grasen hin, wo es ihnen passt. Noch pflegeleichter als seine Mädels, denkt er sich. Mit diesen Pulloverträgerinnen wollte er aber nie etwas zu tun haben. Nicht, dass Sie glauben, sie würden ihm zu viel stinken. Sie sind ihm einfach nicht übermäßig sympathisch. Kann mit ihnen nichts anfangen. Man kann außerdem nicht gerade behaupten, dass er ein großer Anhänger ihres Fleisches ist. Stören tun sie ihn aber auch wieder nicht. Ein bisschen tragen sie zur Idylle hier oben ja auch bei.

»Ciao, Korbinian! Deine Schnuckis haben dich schon vermisst.«

Sie müssen jetzt aber wissen, dass er schon überrascht ist, als neben seinem väterlichen Freund auch Hochwürden Rodrigues aus dem rustikalen Ford aussteigt. Sehr überrascht!

»Guten Tag, Herr Pfarrer.«

»Gott segne dich, Giovanni.«

Korbinian ist äußerst erfreut, als ihm Giovanni jene Stelle nennt, an der er seine Schafe finden kann. Er zieht einen Rucksack aus dem Kofferraum, füllt ihn mit leckeren Lecksteinen und macht sich zu Fuß weiter auf den Weg.

»Ihr müsst mich entschuldigen, ich schau gleich rauf.« Korbinian ruft seinen Hund – der Name tut nichts zur

Sache, Ihr Vorrat an Hunden in dieser Geschichte ist sicherlich schon gedeckt – und steigt den Pfad hinauf. Einmal dreht er sich noch um und spricht zum Pfarrer. »Wenn Sie auf mich warten, Hochwürden, nehm ich Sie später wieder mit ins Tal.«

Endlich allein. Jetzt kann auch der Pfarrer reden. Der Senner gibt sich immer noch sehr wortkarg.

»Giovanni, ich bin hier, weil ich mit dir über deine Taten sprechen will. Es hat mir keine Ruhe gelassen. Du weißt, ich bin zum Schweigen verpflichtet, von mir wird niemand etwas erfahren. Ich bitte dich aber, dass du dich zu deinen Taten bekennst und dich den Polizisten stellst.«

»Den Gendarmen.«

Der Pfarrer versteht zuerst nicht. Er hat sich an die Einteilung der Exekutive in seiner neuen Heimat noch nicht gewöhnt. »Ja, denen auch.«

»Nein, das werde ich nicht tun. Ich habe es Ihnen und Gott gestanden. Das muss genügen.«

»Dir geht es nachher besser.«

»Mir ist es schon nach der Beichte besser gegangen. Und dafür bin ich Ihnen über alle Maßen dankbar, Herr Pfarrer. Das reicht.«

»Und was ist mit den armen Seelen und ihren Angehörigen? Die Toten müssen in geweihte Erde überführt werden. Du musst nur sagen, wo du sie vergraben hast.«

»Ich bin doch nicht verrückt. Keine Leiche, kein Indiz, kein Beweis, keine Anschuldigung.« Der Bauer hört sich bereits an wie ein Strafverteidiger. »Die drei bleiben versenkt. Sie können gerne die Berge hier ringsherum segnen, Herr Pfarrer, dann finden die drei auch ihre ewige Ruhe.«

Der Pfarrer blickt über die Weite der Berglandschaft. »Das ist alles nicht so einfach«, meint Hochwürden. »Ich habe dich gestern nicht im Tal gesehen. Hast du überhaupt mitbekommen, dass wir gestern Flurin Staller zur ewigen Ruhe gebettet haben?«

Ewige Ruhe, denkt sich Giovanni. Das klingt verheißungsvoll. Geradezu der Wunsch seiner schlaflosen Nächte. »Ja, ich habe seinen Partezettel gesehen. Er war ja nicht mehr der Jüngste. Da war die Hebamme sicherlich nicht mehr schuld!«

»Das hat damit nichts zu tun. Weißt du gar nicht, wie er umgekommen ist?«

Giovanni gibt sich vorsichtig und schüttelt seinen Kopf.

»Er wurde von einem Grabstein erschlagen.«

»Neiiiiin, aber so was!«

Na ja, vielleicht doch ein wenig zu dick aufgetragen. Giovanni, reiß dich zusammen!

»Ja, kurz nachdem wir beide ihn am Donnerstag in der Kirche gesehen haben.«

»So ein Pech aber. Der Totengräber stirbt auf dem Friedhof. In seinem Fall kann man aber nicht mehr von Überarbeitung oder einem Arbeitsunfall sprechen, oder?« Der Bauer kann es einfach nicht lassen und wird übermütig. »Vielleicht hat's ihn beim Fachsimpeln mit dem neuen Leichenbestatter erwischt.«

»Giovanni, mäßige dich!«

Haben Sie es bemerkt? Auch dem gutmütigen Pfarrer Rodrigues reicht es einmal: Er ein wirklich aufgeschlossener und kulanter Katholik und für fast alles zu haben. Er wirkt eifrig in einer fortschrittlich-katholischen, gesamteuropäischen Pfarrerinitiative mit, macht sich für Laienpriester stark und fordert geradezu revolutionäre Kirchenreformen. Selbstverständlich hat er stets seine Finger von Ministranten gelassen. Er ist kein strenger Verfechter des

Zölibats und hätte nichts an verheirateten Kollegen auszusetzen. Aber einmal ist es genug. Wirklich genug!

»Sie haben recht, Herr Pfarrer, ich entschuldige mich. Wo ist mein Anstand geblieben?«

Alles nur Taktik, müssen Sie wissen. Der Bauer geht jetzt in die Offensive und entwaffnet gleichzeitig den Priester, der seine eigentliche Frage, die bereits seit Tagen an ihm nagt, und die eigentlich ausschlaggebend für den Ausflug auf den Berg war, jetzt für sich behält. »Seinen Tod dürfen Sie mir aber jetzt nicht auch noch in die Schuhe schieben. Ich bin nicht für alle Leichen hier im Umkreis verantwortlich. Da müssen Sie schon ein Wörtchen mit dem da oben sprechen.« Giovanni deutet mit der Hand gen Himmel. »Ich bin gleich nach der Beichte wieder weg. Da war er noch am Leben.«

Hochwürden schweigt, es verstärkt sich allerdings die Vermutung, dass der Bauer vielleicht doch nicht schuldlos am jüngsten Tod in der Gemeinde ist. Mein Gott, die beiden waren gemeinsam in der Kirche. Aber er kann Giovanni ja schließlich nicht einfach so beschuldigen.

Eine zweite Sache traut sich Rodrigues auch nicht mehr anzusprechen. Gestern besuchten ihn zwei Kriminalbeamte aus der Hauptstadt. Ein Priester wisse doch über sein Dorf Bescheid, hat dieser Kommissar gemeint. Sei Ansprechpartner für alles Mögliche, kenne alle seine Schäfchen genau. Das sei nicht mehr so wie in der Vergangenheit, hat er dann geantwortet. Viele lassen sich nie in der Kirche blicken, zudem sei er ja für mehrere Pfarrgemeinden gleichzeitig zuständig. Ob er auf dem Friedhof etwas Außergewöhnliches gesehen oder über den Toten und die Vermisstenfälle nicht etwas gehört hätte? Man rede ja viel in einem kleinen Dorf. Vielleicht hätte ihm jemand ja etwas zugetragen, etwas beobachtet.

Er war teuflisch auf der Hut, durfte ihm ja nichts über die Beichte erzählen, die ihn so sehr belastet. Die sein beschauliches Leben durcheinandergebracht hat. Die ihn Nacht für Nacht nicht mehr schlafen lässt. Die an seinem Gewissen nagt. Das Geständnis des Beichtkindes ist tabu. Er konnte auch nichts von seinen Vermutungen betreffend Flurins Ableben erzählen.

Auch Giovanni erzählt er nicht alles. Der Pfarrer will dem Bauern nicht berichten, dass die Gendarmerie mittlerweile den Leichnam des Totengräbers obduzieren lässt. Er will ihm nicht vermelden, dass sie ihn nicht mehr rechtzeitig aus der Leichenhalle, zwischen den brennenden Kerzen und frischen Grabkränzen heraus in die Pathologie bringen konnten, sondern ein paar Stunden nach der Beerdigung wieder aus den Grab holen mussten. Das soll Giovanni nur von anderen erfahren. Der Pfarrer will durch die Überbringung schlimmer Nachrichten die Sache nicht zusätzlich verkomplizieren.

Der Pfarrer weiß jetzt, dass die Polizei Blut geleckt hat und wahrscheinlich auf der Suche nach einem Dorfbewohner ist. In der Art und Weise, wie dieser Kommissar Simon über die Verschwundenen gesprochen hat, glaubt er, dass die Polizei davon ausgeht, dass hier Verbrechen begangen wurden. Von einem seiner Schäfchen, die er ja so genau kennen soll.

Jeder würde in diesen Fällen von Morden ausgehen. Der Pfarrer hat von den Gerüchten im Dorf gehört. Sogar die Ministranten tuscheln vor der Messe in der Sakristei darüber. Persönlich angesprochen hat ihn aber noch niemand. Den Zugereisten, den Fremden. In Brasilien aufgewachsen, in Portugal studiert, irgendwo in der Mitte Europas hängen geblieben. Es ist beinah zum Lachen: Einer hat dann doch geredet. Ausgerechnet der Mörder selbst hat ihn angesprochen. Im Beichtstuhl, weil er ein schlechtes Gewissen hatte.

Tja, das schlechte Gewissen hat er abgeladen – nicht auf Gott, sondern auf Rodrigues. Der muss jetzt damit leben. Nein, er habe nichts gehört, war seine Antwort an die beiden Beamten. Im Pfarrhof liegt die Telefonnummer, die ihm der Kommissar zurückgelassen hat. Jederzeit dürfe er anrufen, Tag und Nacht …

Der Priester weiß nicht, ob die Polizei Giovanni bereits auf den Fersen ist. Seine größte Sorge ist, dass der Bauer noch mehr Menschen umbringen könnte. Dass er vielleicht selbst mitten in der Gruppe potenzieller Opfer steht, kommt ihm gar nicht in den Sinn.

Giovanni bietet dem Pfarrer etwas zu trinken an. Als dieser ein Glas kühles Quellwasser genießt, versucht er es noch einmal: »Denk noch einmal nach. Wenn du willst, begleite ich dich zur Gendarmerie.«

»Danke, Herr Pfarrer. Wie würde das denn aussehen? Ich sagte Ihnen ja, Sie können gerne hier auf den Almweiden ein Gebet für die drei sprechen. Sie wissen, dass sie irgendwo in der Umgebung liegen. Im Tal oder auf dem Berg. Sie können runter an den Bach gehen, Sie können auch da zum Gipfelkreuz kraxeln und ein paar Vaterunser beten. Aber dann ist die Arbeit für Sie hier getan. Sie werden es nie schaffen, dass ich mich den Bullen stelle.«

Der Pfarrer entscheidet sich fürs Beten. Er holt ein Gebetsbuch aus seinem Rucksack und beginnt mitten auf der Almwiese seine Rolle als Fürsprecher für Heinz Karner, Peter Dallapozza und Ignatius Auer. Giovanni entfernt sich, um seine Milchkammer zu reinigen.

Nach dem Kreuzzeichen schaut der Geistliche fasziniert den scheinbaren Verfolgungsjagden der Dohlen nach, die sie sich zwischen der Hütte und dem dahinter aufragenden Gipfel liefern. Wie die Mitglieder einer Kunstflugstaffel demonstrieren sie scheinbar mühelos atemberaubende Luftmanöver. Nach einer Weile wechseln sie blitzschnell die Richtung und verschwinden hinter der Bergflanke. Der Pfarrer tritt wieder auf die Hütte zu und beschließt, sich noch ein paar Minuten auszuruhen, bevor er sich an den Abstieg macht. Er hört den Bauern in der Hütte mit Milchkannen hantieren, vernimmt das Rauschen von Wasser. Dann läuft es ihm kalt den Rücken hinab. Plötzlich schreit ein Mann. Ein Hilferuf, eindeutig – aber erst hörbar, nachdem Giovanni das Wasser in der Milchkammer abgestellt hat.

»Helft mir«, glaubt der Priester zu verstehen. Vielleicht bildet er sich das aber auch nur ein. Zwischen den Rufen bellt ein Hund.

»Kommen Sie bitte einmal raus und lauschen Sie.« Der Pfarrer holt den Senner aus der Hütte. Das Rufen gereicht Giovanni sichtlich nicht zur Freude. Das ist eindeutig Korbinian. Und sowohl Gebrüll als auch Gebell kommen aus der Richtung seines Privatfriedhofs.

Der Bauer rennt los, läuft dem Hilferuf des Rentners und dem Gekläffe des Schäferhundes entgegen. Wie ein Teilnehmer eines Bergauflaufwettbewerbs hechtet er den Pfad nach oben. Der Pfarrer hat keine Chance, ihm auch nur kurz in dieser Geschwindigkeit zu folgen und keucht mit großem Abstand hinter ihm her. Als er dann die beiden Männer und den Hund auf einem kleinen Plateau antrifft, erkennt er schnell die Situation. Seine Mitfahrgelegenheit liegt, sichtlich von Schmerzen geplagt auf dem Gras, Giovanni kniet daneben und umfasst mit beiden Händen das rechte Bein des Opfers.

»Das passiert ausgerechnet mir.«

»Du bist ja schlimmer als die ganzen Flachlandtouristen. Du weißt ganz genau, dass du hier höllisch aufpassen musst.«

Pfarrer Rodrigues atmet noch ein paar Mal durch, denn kann er wieder sprechen: »Was ist passiert?«

»In ein Loch ist er getreten, der Depp. Der Fuß ist zwischen das Gestein geraten. Das ist keine einfache Verstauchung, sag ich Ihnen. *Krax, hat's gemacht*, hat er gesagt. Ein glatter Bruch. Krax, und aus war's.« Giovanni schüttelt vorwurfsvoll den Kopf, dann sieht er sich wieder auf dem Gräberfeld um. Er kann nichts Auffälliges entdecken. Die Schafe schauen belämmert in der Gegend herum. Ihr verletzter Besitzer kümmert sie nicht die Bohne.

»Ein echter Klassiker«, fällt Giovanni noch zur Situation ein. Innerlich verflucht er Korbinian, der jetzt ausgerechnet alle hier herauflockt. Denn bald würde hier eine rege Besuchstätigkeit einsetzen.

»Und was machen wir jetzt?«, will der Pfarrer wissen.

»Sie bleiben am besten hier bei Korbinian. Ich suche mir ein Handynetz und rufe den Rettungshubschrauber.«

Der Pfarrer hebt seinen linken Fuß und stellt ihn ausgerechnet auf den Putzhaufen am Grab von Bürgermeister Auer – Gott hab ihn selig –, um sich in einer angenehmeren Stellung die offenen Schnürsenkel zu binden. »Einverstanden, ich bleibe bei ihm.«

Den Weg bergab nimmt Giovanni deutlich langsamer in Angriff. Im ersten Augenblick hat Giovanni befürchtet, Korbinian hätte hier heroben etwas gefunden. Verfolgungswahn, Sie wissen ja Bescheid.

»Eins, eins, zwei, dann kommt die Hilf' herbei«, reimt der Bauer, der sich wieder beruhigt hat. Dann wählt er den Euronotruf.

Sie seien bald da, beruhigt der Herr, der sich in der Notrufzentrale meldet. Er solle jetzt wieder zurückgehen. Nur ein paar Minuten.

Das wundert ihn nicht, dass die helfenden Engelchen bald eintreffen werden. Es gibt ja schließlich viel zu viele Notarzthelis heutzutage und hierzulande. In beinah jedem Tal wartet ein Hubschrauber, dass sich ein potenzieller Patient und Kunde nach einem Moment der Selbstzerstümmelung ein Flugstündchen genehmigen will. Vor allem im Winter ist diese Fliegerei ja ein Heidengeschäft geworden. Da reißen die Flugretter die verletzen Skifahrer mit ihren kaputten Gebeinen und offenen Wunden den Bergrettern geradezu von den Akjas. Da klingelt die Kassa, das können Sie sich gar nicht vorstellen.

Bei den Versicherungen schrillen im Gegenzug die Alarmglocken. Sie glauben ja gar nicht, wer da alles zum Handkuss kommt: Nach dem Genuss von einer oder zwei Portionen Glühwein oder Jagatee schneidet eine wild gewordene Pistensau mit den frisch geschliffenen Kanten ihrer Ski einem ahnungslosen und noch dazu nüchternen, unschuldigen Opfer eine Scheibe aus dem Oberschenkel ab. Einfach so, weil es zur falschen Zeit am falschen Ort weilt. Eigentlich hätte das Unfallopfer viel lieber in die Sonne des Südens fliegen wollen, aber der Ehepartner musste ja unbedingt auf einen Skiurlaub in den Alpen bestehen. Das hat man nun davon.

Notorische Sturzhelmverweigerer – viele davon haben nicht einmal eine Wollmütze auf – fahren gegen die Stangen von Hinweisschildern, gegen Bäume oder Steine. Nicht dass

Sie glauben, in solchen Fällen könnte Sie eine Wollhaube retten. In solchen Fällen gibt's aber zu OP, Gips und reichlich Mullverband noch eine Mittelohrentzündung hinzu.

Aber nicht nur der Winter hat es in sich: Natürlich geht's auch im Sommer an der Helikopterfront rund. Kleine Wehwehchen? Und ab in den Heli. Zu lange in der heißen Sonne und die Pumpe macht nicht mehr mit? Fliegen wir doch eine Runde. Eine Schnittwunde? Und ab in die Luft.

Aber es stimmt schon, Zeit kann Leben retten – und warum soll man hier in den Alpen lange um die Berge herumfahren, wenn man einfach über sie hinwegzwitschern und auf dem Dach des Spitals landen kann?

Und überhaupt: Im Fall von Korbinian will Giovanni ja gar nicht meckern. In diesem Zustand wieder zur Hütte zurück, das würde nicht gerade als schmerzfreie Angelegenheit klassifiziert werden können. Giovanni weiß zwar, wie weit er mit dem Auto an die Unfallstelle herankommen würde. Fürs Erste hat er auf diesem Teil des Berges genügend Körper herumgeschleppt.

Hätte der Grabstein den Flurin nicht erschlagen und er nur – denken Sie sich an dieser Stelle bitte zwei Anführungszeichen – den Herzanfall erlitten, wäre der Helikopter natürlich ebenfalls ratzfatz aufgestiegen. Er hätte hinter der nördlichen Friedhofsmauer einen 1-a-Landeplatz vorgefunden. Den braucht man bei derartigen Einsätzen natürlich auch noch. Es nützt einem der beste Eurokopter nichts, wenn er nicht runter kann. Was den armen Flurin betrifft, hat der Grabstein den Flugrettern aber die Arbeit abgenommen. Freilich, all diese Spekulationen sind theoretischer Natur. Glauben Sie etwa, Giovanni hätte für den halbtoten Totengräber die Rettung organisiert?

Eben!

Schnell sind sie ja, die Helis. Das muss man ihnen lassen. Zeitgleich mit dem Hilfe holenden Bauer kommt ein blitzblauer Notarzthubschrauber der Europaregion am Unfallort an und landet direkt nehmen dem Grab von Kommissar Dallapozza. Die Mannschaft erinnert an die Besatzung eines NASA-Raumfluges, solange es diese, mittlerweile aus Einspargründen liquidierte amerikanische Institution noch gab. Sanitäter und Notarzt springen mit ihren Helmen aus dem Helikopter und machen sich über Korbinian her. Der Verletzte wird erstversorgt, blitzschnell in das Fluggerät geladen und tritt wenige Augenblicke später den ersten Helikopterflug seines Lebens an. Jedes Jahr schnappt er sich seine Maria, steckt sie in den Campingbus, fährt mit ihr quer durch den Kontinent und hängt seine Füße in das eiskalte Wasser weit entfernter Küsten. Über seine engere Heimat hat er aber noch nie eine Runde gedreht. Noch nie die Berge, Almen, Wälder, Siedlungen aus der Luft gesehen. Ein Rundflug zum Muttertag hätte sich zum Beispiel angeboten. Lerne deine Heimat kennen, Maria wäre begeistert gewesen! Denkste. Noch nie hat er sein eigentliches Stück von der Welt aus der Perspektive eines Vogels gesehen, noch nie hat er den göttlichen Blick auf dieses wunderbare Stück Land genießen können. Da sehen Sie es wieder: Wozu in die Ferne schweifen, wenn das Gute liegt so nah.

Die ganze Sache hat aber einen Haken. Der arme Korbinian wird von diesem Spektakel leider nicht viel mitbekommen. Die Aussicht von der Trage aus ist grottenschlecht – und Gott sei Dank beginnt das starke Schmerzmittel bereits zu wirken.

»Haben Sie Ihr Gebet eigentlich schon gesprochen?«, fragt plötzlich Giovanni den Pfarrer. Er überblickt seine Grabstätten und findet, es sei nicht nur der ideale Ort, sondern auch der ideale Zeitpunkt. »Dann sollten Sie vielleicht jetzt die Gelegenheit beim Schopf packen.«

Rodrigues hat zwar schon, protestiert aber nicht und legt eine zweite Runde ein. Schaden kann es ja schließlich nicht. Der Bauer setzt sich abseits ins Gras. Beten kann er nicht. Ihm fällt aber wieder das Gedicht von Goethe ein. Die Zeilen des alten Geheimrats sind untrennbar mit diesem Flecken Land verbunden. Nein, aus diesem Schlamassel würde er nicht mehr herauskommen. Hat er die vergangenen Jahre ruhig und sorgenfrei verbracht, so hat sich sein Leben in diesem Sommer radikal gewandelt. Fünf Tote. Fünf Opfer stehen im Zusammenhang mit seinem Tun und Handeln. Zwei hat er selber abgemurkst, insgesamt drei hat er verscharrt. Bei Opfer Nummer eins kann man ihm vielleicht vorwerfen, er hätte seinen Grund und Boden besser absichern sollen. Was den Toten Nummer vier angeht, ist er auch nicht gerade frei von Schuld. Und Nummer fünf? Giovanni ist schließlich ein Kraftlackel. Da kann schon mal ein Steinchen umkippen.

»Über allen Gipfeln ist Ruh«, murmelt er wieder. Der Pfarrer spricht hingegen ein Vaterunser. Das ist in diesem Fall wohl angebrachter.

Dann überlegt der Bauer, ob er sich nicht in dem Pfaffen getäuscht hat. Da ist sie wieder, die Vertrauenskrise! Hat er vielleicht kalte Füße bekommen, weil er heute zu ihm heraufgekommen ist? Er könnte ihn hier und jetzt erschlagen. Steine liegen ja genug herum. Dann ab unter die Erde. Keine langen Wege, wenig Plackerei.

»Ave Maria«, glaubt er jetzt zu hören. Ehe er es sich versieht, hält er einen praktischen Stein in der Hand. Er hat gar nicht mitbekommen, wie er ihn gepackt hat. Es scheint beinah, als ob er ihm von selbst in die Hand gesprungen wäre. Der Länge nach misst er keine 30 Zentimeter. Nicht zu schwer, auch nicht zu leicht. Eigentlich ideal. Wie geschaffen, um damit auf den Schädel des Priesters einzuschlagen. Fest, damit dieser noch die nächste Expressfahrt in den Himmel erwischt.

Giovanni könnte damit auch einen Nagel einschlagen. Problemlos. Dann wirft er den Stein ein paar Zentimeter in die Luft – wie ein Tennisspieler, der vor seinem Aufschlag nervös mit seinen Filzball herumspielt. Der Pfarrer würde gar nichts merken, würde quasi im Gebet seinem Schöpfer gegenübertreten. Herr Pfarrer, heute schon was vor? Heute wär ein guter Tag zum Sterben.

Dann legt er den Stein auf den Haufen, den er auf Karners Grab angelegt hat. Korbinian weiß, dass der Pfarrer hier war, sagt er sich. Auch die Rettungsmannschaft hat ihn bei Giovanni gesehen. Würde Rodrigues hier verschwinden, wäre wohl alles aus. Es bleibt ihm nichts anderes übrig. Er muss dem Gottesmann vertrauen.

Die beiden gehen Seite an Seite zur Hütte hinunter, keiner der beiden spricht ein Wort. Nach dem Wirbel, den der Hubschrauber ausgelöst hat, beruhigen sich auch die Murmeltiere langsam wieder. Unmittelbar nach der Bergung gaben sie ein wahres Pfeifkonzert, doch mittlerweile hören die beiden Männer nur mehr vereinzelte Pfiffe. Die Schafe sehen sich wieder nach Gras um, die Kühe sind alle auf dem Weg Richtung Hütte. Gott weiß warum, gemolken wird erst später. Wahrscheinlich quält sie nur der Durst.

Die beiden schweigsamen Wanderer gehen in die Almhütte, Giovanni holt aus der Kredenz eine Flasche Grappa und zwei gut gemeinte, mundgeblasene Gläser, die auch den Ausschank großzügiger Drinks zulassen. Giovanni zittert nach seinen Steinschlagplänen noch immer und kann eine Stärkung vertragen. Nach der Sache mit Korbinian muss auch der Pfarrer nicht dazu genötigt werden, den Alkohol zu trinken.

Vielmehr stürzt er sein Glas hinunter, ohne lange zu zögern. Der Schnaps brennt ihm in der Kehle, und das ist gut so. Auch zu einem zweiten sagt er nicht Nein. Der Gottesmann hat keine Ahnung, welchen immensen Einsatz und gewaltige Überzeugungsarbeit heute alle seine Schutzengel leisten mussten. Beinah wär es aus gewesen. Ja, das war sicherlich Schwerstarbeit – und eine echte Meisterleistung. Schließlich ist der Pfarrer ja noch am Leben.

Die Engel hätten es sich wirklich verdient, dass er in diesem Augenblick auf sie anstößt. Einen Toast auf sie ausspricht. Ja, bei Gott, das hätten sie.

Der Pfarrer hat aber keine Ahnung davon. Er weiß nur, dass er Giovanni nicht davon überzeugen kann, sich zu stellen und dass er jetzt dringend in den Pfarrhof zurück muss, um die Predigt für die Sonntagsmesse zu verfassen. Sein Thema würde *Schuld und Sühne* sein. Das ist immer aktuell.

Ist der Bauer ein großer Bengel,
braucht er tausend brave Schutzengel.

XVI. FÜR EINE HANDVOLL SCHWARZGELD

Himmelschreiend: Warum Bauern nie zufrieden sein dürfen und sich anmaßen, die besseren Meteorologen zu sein

»... ist mit Schneefällen bis auf 1.300 Meter herab zu rechnen.«

»Das wäre ja nicht zum ersten Mal, dass es im August schneit«, antwortet Giovanni der Nachrichtensprecherin. Er duckt sich ein bisschen, damit er durch die Windschutzscheibe mehr vom Himmel erhascht. »Aber heute glaubst du das ja selber nicht.«

Während der Bauer in seinem Subaru auf dem Güterweg ins Tal fährt, erzählt die Radiosprecherin Wintermärchen der schauerlichen Art. Der Nachrichtenblock begann ja mit positiven Meldungen aus der Wirtschaftswelt. Während sich die USA noch immer in den Tiefen der Rezession befinden, jeder Aufstehversuch bisher gescheitert ist, befindet sich Europa wieder auf dem aufsteigenden Ast. Der Euro hat sich stabilisiert, jetzt hat es wohl neuerlich den Dollar erwischt. Gelddrucken allein ist wohl doch kein Allheilmittel. Die neue europäische Staatenstruktur mit ihrer gemeinsamen Politik hat offensichtlich Wunder bewirkt. Mehr Arbeitsplätze, obwohl die Bürokratie auf dem Kontinent einem wahren Aderlass unterzogen wurde. Mehr Wachstum, gute Perspektiven für die Zukunft. Für

Giovanni ist es jedenfalls wichtig, dass an den Agrarförderungen nicht viel herumgedoktert wird. Der Milchpreis bleibt stabil und auch der Obolus, den er für die Almbewirtschaftung erhält, sind angenehme und bis auf Weiteres sichere Einkommensquellen.

Und dann die Meldung vom Wetterumschwung: ein Temperaturabfall von nahezu 25 Grad. Giovanni nimmt die nächste Kehre und betrachtet anschließend noch einmal den Himmel. Sieht doch nicht schlecht aus. Das vollkommene Fehlen von Schlechtwetterboten stimmt ihn optimistisch. Azurblauer Himmel. »Die haben wohl die schlechte Lage der Amis mit unserem Wetter verwechselt«, stellt er wieder laut fest. 1.300 Meter, was für ein Blödsinn, am 12. August. Vor vier oder fünf Jahren hat es ebenfalls um den 15. August geschneit. Gute zehn Zentimeter zu Ferragosto werden es schon gewesen sein. Seine Mädels mussten für zwei bis drei Tage in den Stall, dann war wieder alles eitel Wonne. Das Gras saftiger, die Luft angenehm kühl und frisch.

Als das Radioprogramm mit Musik fortsetzt, vergisst er schnell wieder die meteorologische Hiobsbotschaft. Die Musikauswahl könnte nicht besser sein. Es ist kurz nach 8 Uhr und die ersten Takte der Alpensymphonie von Richard Strauss klingen aus den Lautsprechern. Zuerst noch zögerlich und leicht, dann schmettert dem Bauern vor prächtiger Kulisse die epochale Klanggewalt eines mächtigen Symphonieorchesters aus den Boxen. Giovanni dreht die Lautstärke noch ein wenig mehr auf. Ein guter Morgen!

In den vergangenen zwei Wochen war alles ruhig. Niemand störte sein hoch gelegenes Idyll. Außer ein paar Wanderern verirrte sich niemand in sein Reich. Dreimal traute er sich ins Tal. Auch dort schien wieder Ruhe eingekehrt zu sein. Korbinian musste er natürlich einen Besuch abstatten. Der Alte lag zu Hause auf der Couch, zusammen mit dem Gips, den er sich durch seine Unachtsamkeit eingehandelt hat. Für ihn ist der Sommer wohl gelaufen. Wo hatte der denn seine Augen? Die Schafe würde am Ende der Saison wahrscheinlich Giovanni selber runterholen müssen.

Der Bauer hat die Schranke bereits hinter sich gelassen. Heute muss er unter anderem zur Bank, um Rechnungen zu bezahlen. Außerdem würde er mit einer Flasche Obstschnaps beim Pfarrer vorbeischauen, nur um nach dem Rechten zu sehen und darauf zu pochen, dass er nur ja seinen Schwur befolgt und kein Sterbenswörtchen über die Toten ausplaudert. Der Pfarrer ist die schwache Stelle in seinem Konstrukt aus Leichen und Lügen. Sein Innerstes sagt ihm zwar, dass Rodrigues schweigen wird, sein Hirn traut der ganzen Sache aber nicht.

Giovanni hat nichts Besonderes vor. Nur nachschauen, nachfragen, Eindruck schinden. Das Schnäppschen verschenken. Mehr nicht.

Vor der Bankfiliale in der Kreisstadt trifft er auf Eckehard, der sich gerade aus dem Bankomaten Geld zieht. Sein Milchwagen steht in zweiter Spur und wandelt sich allmählich zu einer mittelgroßen Verkehrsbehinderung. »Mensch, Alter, dich sieht man ja gar nicht mehr. Lieferst mir zwar jedes Mal pünktlich die Milch ab, anschauen lässt du dich aber nicht.«

»Ich hatte in der letzten Zeit viel um die Ohren.«

»Wollte dich schon ein paar Mal wieder besuchen. Weist, ich hab aber vor ’nem Monat oder so ein Mädchen kennengelernt. Irina wollte an den freien Tagen lieber schwimmen. Da muss man dann eben mit. Und wenn ich mit dem

Milchwagen auf Achse bin, kann ich ja nicht einfach so rauf zu dir. Geht ja nicht.«

»Das freut mich, dass du jemand kennengelernt hast.«

»Irina ist toll, eine ganz eine Liebe. Sie arbeitet in der Molkerei. Nächste Woche hab ich ’nen freien Tag unter der Woche. Da komm ich aber, das versprech ich dir. Hundertpro – sofern das Wetter passt. Das soll ja schlechter werden.«

»Gut, schau vorbei.«

»Da können wir wieder über deine Operndiven sprechen, vielleicht wirfst du auch deine Stereoanlage wieder an.« Lacto-Eckehard lacht. Er will dem Bauern zum Abschied schon auf die Schulter klopfen, weil das Hupkonzert erzürnter Autofahrer immer lauter wird. Aber da fällt ihm doch noch etwas ein: »Du, Alter, weißt du, was ich letztens Ulkiges gelesen habe? Ne Super-Info für unsere Branche, sag ich dir. Damit geh ich bei allen Bauern hausieren: Interessiert jeden!«

Was wohl jetzt schon wieder kommen mag, denkt sich Giovanni, der auf die Schlange hupender Autos blickt.

»Hast du eine Ahnung, dass wir beim Fettgehalt mit unserer Kuhmilch gegenüber anderen Milchsorten gehörig abstinken? Knapp unter vier Prozent an der ganzen Milch, das weißt du ja. Bei uns selber ist das auch so.« Eckehard merkt Giovannis verständnislosen Blick. »Ne, natürlich nicht bei uns beiden. Bei der Irina zum Beispiel, sollte es einmal so weit sein. Menschliche Muttermilch ist ganz ähnlich. Schätz aber mal, wie hoch der Fettgehalt bei Rentieren ist? Da kommste nie drauf!«, behauptet der Milchführer.

»Was weiß ich.« Weil der Verkehr in der Kleinstadt langsam zusammenzubrechen droht und die Huperei immer lauter wird, zeigt auch Giovanni die ersten Anzeichen von Nervosität. »Keine Ahnung.«

»Na, schätz mal Alter. Sei kein Spielverderber. Schätz!«

»Fünf, sechs?«

»Fast 17. Da staunst du, Alter. Dafür liegt der Prozentgehalt bei Pferdemilch nur bei mickrigen 1,5. Das ist dann quasi bereits Light-Milch.«

Mehr als ein »Aha« ist dem desinteressierten Bauern nicht zu entlocken. Der Lastwagenfahrer ist aber nicht aus der Ruhe zu bringen: »Das Beste ist aber ohne Zweifel die Walfischmilch. 22 Prozent, stell dir das mal vor. Die kannste dir fast mit dem Messer aufs Brot streichen.« Vor Lachen klopft Lacto-Eckehard sich im Stehen auf die Oberschenkel. Aber das kennen Sie schon.

Walfisch sagt man schon lange nicht mehr, denkt sich Giovanni, dem nicht einmal ein Grinsen auskommt. Wenn Frau Wal ein Fisch wäre, gebe sie ja keine Milch. Weil er sich nicht auch noch die Fettwerte von Hunde-, Katzen- und Elefantenmilch anhören will, klopft jetzt der Bauer Eckehard zum Abschied auf die Schulter und gibt damit den Verkehr endlich wieder frei. Giovanni betritt schnell die Bankfiliale – und ist gespannt, wie viele Prozent er hier bekommt. Zinsen natürlich.

Urban Simon ist enttäuscht. Die Obduktion des wieder aus der Erde geholten Totengräbers ergab nichts Neues. Sichtlich war der Grabstein Schuld, den ein zuverlässiger Steinmetz bereits vor der ersten der beiden notwendigen Staller-Beerdigungen wieder aufgestellt hat und die nächsten Jahrzehnte bestimmt keinen Rührer mehr machen wird. Das Herz des Totengräbers war zudem sichtlich angegriffen. Der Mann stand offenbar bereits mehrmals am Ufer des Styx. Und hätte nicht der Stein die Arbeit erledigt, dann hätte seine Pumpe wohl in allernächster Zeit die Arbeit eingestellt.

Natürlich war auch auf dem Bekleidungsanhänger kein brauchbarer Fingerabdruck zu finden. Das Labor hatte zwar einige festgestellt. Die waren aber verschmiert und unbrauchbar. Der des Mörders war sicher nicht dabei. Hätte er das Kärtchen angefasst, dann hätte er es wohl auch zu Hause abgerissen. So macht man das wohl im Normalfall, oder?

Die Chance war nur klein, verdammt klein. Dabei hatte er gemeinsam mit Monts einen Ausflug auf Fordas Hof gemacht und sich von Traktor und Türschnallen Fingerabdrücke besorgt.

Nein, nein, nicht dass Sie glauben, die beiden seien beim Landwirt eingebrochen! Sie sind ja schließlich Profis. Die Abdrücke lagen quasi nur so offen rum. Und den Bauern hat es auch nicht interessiert. Der war ja nicht zugegen.

Aber trotzdem war alles für die Katz, die sie übrigens auch diesmal wieder auf dem Hof angetroffen haben. Dem armen Viech muss ziemlich langweilig sein. Die einzigen Ansprechpartner sind ein paar Hühner, die noch dazu meistens hinter Gittern stecken.

Dafür haben seine Kollegen etwas anderes herausgefunden. Die Fasern, die sie in beiden Autos entdeckten, gehören zusammen mit dem Anhänger zu einem etwas älteren Arbeitsbekleidungsmodell, von dem es heute nur mehr Restbestände gibt. Der Blaumann wird hier in der Gegend nur über das Geschäft der landwirtschaftlichen Genossenschaft vertrieben – und Angelosanto fand heraus, dass Giovanni Forda allein heuer drei Stück dieser Dinger gekauft hat. Drei Blaumänner – mehr als das Geschäft jetzt noch im Regal liegen hat. Innerhalb von zwei Jahren wurden insgesamt nur 13 Stück verkauft. Sechs davon zahlte Forda mithilfe des bargeldlosen Zahlungsverkehrs. Gott segne Bankomat- und Kreditkarten sowie jede Form der Kontoabbuchungsmöglichkeit.

Freilich, von einem Beweis kann man immer noch nicht sprechen. Wer darüber hinaus aus dem weiten Internet einen Arbeitsoverall bestellt hat, ist zum Beispiel nicht zu klären. Aber endlich haben sie etwas Greifbares. Eine Spur, die auf den Bauer als möglichen Täter hinweist. Zu einem Richter ist Simon noch nicht vorgedrungen. Der würde ihn wohl schleunigst wieder aus dem Büro werfen. Es liegt, Himmel noch mal, offiziell immer noch kein Verbrechen vor. Der Kommissar ist jedoch überzeugt, dass zum Beispiel eine kriminaltechnische Untersuchung des Forda'schen Subaru neue Erkenntnisse bringen könnte. Irgendwie musste der Mann die Leichen ja verschwinden lassen. Am Traktor jedenfalls haben sie keine Spuren entdeckt, das aber brauchen Richter und Giovanni Forda nicht zu wissen. Vor Gericht würden Blut-oder DNA-Funde, die man quasi im Vorübergehen gemacht hat, sowieso nicht zugelassen. Die Beweise hätten im Nachhinein noch einmal mit richterlichem Befehl entnommen werden müssen. Bevor sie nichts anderes bei der Hand hätten, lässt die Justiz sie aber nicht an das Auto oder andere Besitztümer des Bauern ran.

Was würde Simon nicht alles geben, um ausgestattet mit reichlich Chemie und einer Schwarzlichtlampe in den Kofferraum steigen zu dürfen.

»Ist das da vorne nicht Fordas Subaru?« Hilmer zeigt aus dem Fenster und Simon steigt auf die Bremse. Direkt vor der Bankfiliale sehen die beiden den verdreckten, aber trotzdem als blau identifizierbaren Subaru-SUV mit Giovannis Nummerntafel. Simon hat sich das Kennzeichen bereits vor zwei Wochen aus der Datenbank holen lassen.

»Wenn man an den Teufel denkt, dann ist er nicht weit.«

»Du hast auch gerade über Forda nachgedacht?«, will Hilmer wissen.

»Ich glaube, ich denke derzeit ausschließlich an ihn. Ich will einfach nicht wahrhaben, dass in diesem Hochtal ein skurriler Bauer vor meiner Nase ein perfektes Verbrechen begeht.«

»Dabei ist es ja noch gar nicht sicher, ob er es wirklich war.«

»Nein, natürlich nicht. Aber ich glaube fest daran. Dieser Tannhäuser hängt mit Karner zusammen, er wurde zweifellos von Dallapozza besucht, davon bin ich überzeugt. Er hatte Wickel mit dem Bürgermeister, ist der Nachbar des Selbstmörders. Die Fasern, die fehlenden Alibis. Aber kein echter Beweis.«

»Kein Motiv – Und vor allem keine Leiche«, sagt Hilmer. »Alle sind spurlos verschwunden.«

»Sag ich doch. Bermudadreieck!«

Die beiden Kriminalpolizisten stellen ihr Auto ab und entdecken Giovanni im Inneren der Bank. Der Bauer hat sie ebenfalls erspäht. Giovanni steht in einer Schlange vor dem Schalter und hat nichts anderes zu tun, als beim Fenster hinauszusehen. Vor dem Portal warten sie auf ihn.

Gott verdamm, die Bullen sind noch immer in der Gegend. Giovanni ist gar nicht entzückt, Hilmer und Simon draußen vor dem Schaufenster zu erblicken. Dieser Kommissar winkt ihm jetzt sogar zu. Wie dieses Arschloch jetzt lächelt! Haben die doch etwas gegen ihn in der Hand?

Nein, sonst hätten sie ihn wohl schon eingebuchtet. Verdächtigen sie ihn? Nein, er hat an alles gedacht.

»Ciao, Giovanni, was kann ich für dich tun.« Endlich ist er an der Reihe. Der Bauer dreht sich um und reicht seinem alten Schulfreund, Herbert Sommerer, sein Sparbuch.

»Mein gebundenes Sparbuch ist abgelaufen. Und ich zahl dir 3.000 Euro zusätzlich drauf.« Giovanni blättert die Summe hauptsächlich in 10- und 20-Euro-Scheinen auf den Schaltertresen. »Dann sperr es bitte wieder ein Jahr lang. Wie viele Zinsen gibst du mir dann dafür?«

»Für gute Kunden wie dich, haben wir ein Angebot von 3,725 Prozent auf 13 Monate.«

»So machen wir es.« Übrig gebliebenes Schwarzgeld aus dem Abhofverkauf. Butter, Honig, Schnaps. Man muss ja nicht 100 Prozent an das Finanzamt melden, das hat schon sein Papa zu ihm gesagt. Die sind auch mit 80 Prozent zufrieden. Der Bauer hat einen ganzen Packen an Sparbücher in seinem Tresor. Ein paar sind offiziell und ein paar eben inoffiziell. Diese anonymen Büchlein mit kleinen Summen sind schon praktisch, ein sicheres finanzielles Polster für Notzeiten. Im Ernstfall für einen Finanzprüfer keine echte Hürde, aber das verdrängt er.

Als der Bankbeamte sein Sparbuch in einen Druckerterminal einschiebt und an der Tastatur einige Befehle eingibt, dreht sich Giovanni wieder um.

Die Bullen warten vor der Bank auf ihn. Diesmal sind sie zu zweit. Sie haben dazugelernt, denkt er sich. Sowieso wurscht. Er kann ja nicht jeden aus dem Weg räumen, der ihm in die Quere kommt. Bei dem ersten Kommissar hatte er Riesenglück. In seinem eigenen Stall. Was war das einfach. Ein Kinderspiel. In der Öffentlichkeit bist du angeschmiert. Da kannst du nicht einfach so jemanden kaltmachen und bist der Staatsmacht voll ausgeliefert.

»In eineinhalb Monaten ist dein nächstes gesperrtes Sparbuch fällig. Vergiss das nicht«, meldet sich wieder der Schulfreund und Berater in allen Geldangelegenheiten Sommerer. »Du weißt ja, dass es nach dem Ablauf in den Eckzinssatz zurückfällt. Das wäre schade.«

»Ich danke dir, bist ein wahrer Freund. Bis zum nächsten Mal.« Giovanni tritt aus der Schlange und sieht durch das Fenster, dass auch die Polizisten einen Schritt auf die Tür zu machen. Ihr sollt nur warten, denkt sich der Bauer, der sich zum Kontoauszugsdrucker in die Selbstbedienungszone begibt. Sollen sie nur zappeln, er hat keinen Stress. Was er sich nicht eingesteht, ist aber, dass auch er die Konfrontation mit den Polizisten hinauszögern will. Vollkommen nutzlos, aber so sind Menschen halt. Kennen Sie das nicht auch?

Eben!

Kaum schließt sich die automatische Schiebetür hinter Giovanni, sind sie auch schon da. Wie die Geier! »Schön, dass wir Sie hier zufällig treffen.« Hilmer streckt ihm die Hand entgegen. Giovanni nimmt sie, gibt den seriösen, zufriedenen Landwirt, der eben seine Geldgeschäfte erledigt hat. Jedoch: Zufriedene Bauern gibt es nicht, hat einmal sein Onkel, der pensionierte Bahnbedienstete, zu ihm gesagt. Bauern müssen immer jammern, meinte er. Das ist Teil des Berufs. Je besser es ihnen geht, desto mehr beklagen sie sich und ihre wirtschaftliche Lage. Zufrieden gibt man sich als Landwirt nie. Da könnte einer schnell auf die Idee kommen, diesem Bauern ginge es zu gut. Von wegen,

Jammern sei der Gruß des Kaufmanns. Haben Sie niemals ein wenig übertrieben?

Giovanni war bisher recht anständig und gehörte niemals in diese Kategorie. Bis zum heurigen Frühling war er sehr wohl wunschlos glücklich, hatte mit seinem Einkommen ein ausreichendes Auskommen und war rundum zufrieden. Und das zeigte er – wenn seine Umwelt nicht gerade an einem seiner Zornausbrüche litt – auch den anderen. Mittlerweile ist der sorgenfreie Zustand aber Schnee von gestern. Aber das hat bekanntlich andere Gründe.

»Guten Tag«, mehr sagt er nicht.

»Wir hätten noch ein paar Fragen an Sie. Könnten wir vielleicht irgendwo miteinander ein paar Minuten reden?«, meldet sich jetzt Simon zu Wort.

»Ich habe noch ein paar Besorgungen zu erledigen. Aber vielleicht am Nachmittag auf dem Bauernhof.«

»Perfekt, wir sind um 15 Uhr bei Ihnen.«

Giovanni denkt daran, was heute noch auf seiner To-do-Liste vermerkt ist: »Um vier wäre mir lieber. Dann bin ich mit meiner Arbeit im Tal für heute fertig.«

»Um 16 Uhr sind wir da. Wir freuen uns schon drauf.«

Ich nicht, da könnt ihr sicher sein. Das denkt sich Giovanni freilich nur. Was die beiden wohl im Schilde führen? Das Resultat dieses kurzen Gesprächs hat Giovanni den Tag jedenfalls gehörig versaut. Die verstehen es, einem einen verbalen Schlag in die Magengegend zu versetzen. Giovanni spürt, wie sich die Übelkeit in seinem Inneren ausbreitet. Ihm wird schlecht, wirklich schlecht. Als er ins Auto steigt, beschließt er, dem Pfarrer seinen Schnaps ein anderes Mal zu bringen. Stattdessen öffnet er das Siegel an der Flasche und nimmt einen anständigen Schluck von dem Hochprozentigen. Er bleibt im Auto sitzen, als die beiden Polizisten schon lange wieder weg sind. Dann beruhigt sich sein Magen ein bisschen. Ein zweiter Schluck verscheucht die Probleme noch ein klein wenig mehr. Dann startet er seinen Wagen. Was kümmert ihn der Promillewert. Sollen die Gendarmen ihn heute nur aufhalten und zum Alkomaten schleifen. Heute ist ihm alles egal.

»Hätten wir ihn nicht aufs Kommissariat bestellen sollen?«, fragt Hilmer, als sie sich in den Verkehr eingegliedert haben.

»Du vergisst, dass wir nichts Richtiges gegen ihn in der Hand haben. Es gibt ja nicht einmal einen richtigen Fall … Nein, wir nehmen ihn bei sich zu Hause in die Zange. Dort fühlt er sich sicher.«

»Guter Cop, schlechter Cop?«

»Macht man das bei euch hier noch so? Nein, wir versuchen ihn abwechselnd aus der Reserve zu locken. Es soll keine Möglichkeit zum Verschnaufen erhalten. Weisen ihn auf seine fehlenden Alibis hin. Wir behaupten zu wissen, dass er alle drei Vermissten als einer der Letzten gesehen haben muss. Wir verlangen, dass er uns seine Arbeitsoveralls zeigen soll. Er muss es nicht. Das heißt aber auch nicht, dass wir es nicht probieren sollen. Wir bitten ihn um seine DNA. Die muss er uns auch nicht geben. Aber wenn jemand gibt, kannst du getrost nehmen. Außerdem haben wir die ja schon – zumindest inoffiziell. Und zum Abschluss fragen wir ihn dann, ob wir uns auf seinem Hof und auf seiner Alm ein wenig umsehen dürfen. Probieren kostet nichts. Schauen wir einmal, wie er reagiert.« Simon setzt den Blinker rechts und fährt in die Parklücke, in der sie den Wagen des Bürgermeisters gefunden haben.

»Wir erzählen ihm, jemand hätte seinen Wagen hier an dieser Stelle gesehen. An jenem Tag, an dem Bürgermeister Auer verschollen ist. Das gefällt diesem Sonderling sicherlich überhaupt nicht. Vielleicht legt er uns dann den Gefangenenchor aus Nabucco auf?« Jetzt blickt er seine Kollegin an. »Dieser Fall raubt mir den Schlaf. Ich trau mich aber zu wetten, dass dieser kleine Bauer seine Finger mit im Spiel hat.«

»Wie schätzt du unsere Chancen ein?«

»Ganz ehrlich, Wally? Fifty-fifty. Der Mann ist schlau. Und wir müssen aufpassen. Achte bei der Befragung auf deine Waffe. Ich glaube nämlich, dass ihn Dallapozza schon so weit hatte. Er wusste etwas, was uns noch unbekannt ist. Das, so glaube ich, hat ihm das Leben gekostet.«

»Was machen wir jetzt bis vier?«, will Hilmer wissen.

»Wir machen eine Wanderung. Wenn Forda heute im Tal arbeitet, können wir oben seine Kühe besuchen. Vielleicht sind sie ja allein. Verpetzen werden sie uns dann schon nicht.« Er blickt auf die Füße seiner Beifahrerin. »Das Schuhwerk passt.« Dann betrachtet er den Himmel. »Es ziehen Wolken auf, aber das Wetter sollte für unseren kleinen Dienstausflug noch halten. Heute werden wir weniger zimperlich sein als bei letzten Mal. Außerdem begleitet uns mein lieber alter Freund ›Dietrich‹. Der öffnet uns alle Türen. Also auf geht's. In lichte Höhen.«

Bevor er aus dem Geländewagen aussteigt, nimmt Giovanni noch einen weiteren Schluck aus der Schnapsflasche. Dann erst ist er bereit für seinen Besuch beim Pfarrer.

Die Sache verläuft aber anders, als er sie sich vorgestellt hat. Er klingelt dreimal, bis ihm die Pfarrersköchin die Tür zum Pfarrhof öffnet. Eine fesche, schwarzhaarige, keine 30 Jahre alte Grazie, die sich eine fleckige Schürze umgebunden hat. Giovanni ist fürs Erste baff. Was für eine Schönheit! Hat Rodrigues diese Frau vom Catwalk direkt in seinen Pfarrhof gelockt?

»Ich mache Marmelade und der Pfarrer ist nicht da«, lautet die wenig befriedigende Antwort der resoluten Bediensteten. »Der Pfarrer macht heute seine Tour durch seine anderen Pfarreien – wie jeden Dienstag und Donnerstag.«

Mein Gott, was hat die für eine Figur? Der Bauer verflucht diese Schürze, die den vollständigen Blick auf ein zwar ausgewaschenes, aber himmelschreiend entzückendes Sommerkleid verbirgt. »Ich muss ihn aber sprechen. Wann kommt er wieder?«

»Der ist erst am Abend wieder da. Gott sei Dank, denn an diesen Tagen spar ich mir das Kochen des Mittagessens. Er verlangt jedes Mal ein komplettes Menü. Wo kommen wir denn da hin. Hab keine Zeit mehr für andere Dinge. Aber dienstags und donnerstags kann ich endlich andere Arbeiten erledigen.«

»So lange kann ich nicht warten. Am Abend muss ich wieder rauf auf die Alm. Hast du eine Telefonnummer?«

Wie aus der Pistole geschossen, prasseln die Ziffern auf Giovanni nieder. Als er endlich sein Handy umständlich aus der Hosentasche geholt hat, muss die Köchin die Nummer noch einmal wiederholen. Dabei putzt sie sich ihre klebrigen Hände neuerlich an der Schürze ab.

»Ich dank recht schön«, sagt er artig. Diese Frau hat ihn verzaubert.

»Bitte sehr. Ich muss wieder rein, sonst gehen mir die Pfirsiche noch über. Das wär dann eine ordentliche Sauerei, das kannst du dir gar nicht vorstellen. Schönen Tag.« Die Grazie haut ihm die Tür vor der Nase zu. Giovanni geht ein paar

Schritte vom Pfarrhof weg, bevor er auf die Ruftaste seines Mobiltelefons drückt. Er steht jetzt vor dem Friedhofstor und kontrolliert, ob jemand mithören könnte. Er ist allein.

»Gott verdamm, haben Sie gequatscht?«

Nach einer kurzen Pause meldet sich der Priester: »Zuerst einmal: Grüß Gott, Giovanni. Bitte keine Flüche. Und nein, ich habe nichts erzählt. Hundertprozentig nicht! Warum fragst du?«

»Die Bullen waren wieder bei mir.«

»Du weißt, dass dein Geheimnis bei mir geschützt ist. Das habe ich versprochen. Das halte ich auch – auch wenn es mich bedrückt. Was haben sie gesagt?«

»Nichts, sie wollen heute Nachmittag mit mir reden. Ich hatte Sie in Verdacht.«

»Vertraue mir, ich werde dir immer ein treuer Freund sein.«

Giovanni denkt nach. Vielleicht ist der Pfarrer, den er erst seit Kurzem kennt, wirklich sein einziger treuer Freund. Mehr sind nicht geblieben. Was für ein Einzelgänger er doch geworden ist. Abgekapselt hat er sich von der Gemeinschaft. Alle anderen Beziehungen sind oberflächlich. Seine Kollegen, mit denen er ab und an ein Bier trinkt. Die Nachbarn, Eckehard? Die Ehefrau hat Giovanni gar nicht mehr in seine Überlegungen mit einbezogen. Ja, er steht allein da, aber er hat ja noch seine Kühe.

»Okay, ich glaube Ihnen. Ich besuche Sie bald wieder im Pfarrhof und bringe Ihnen einen richtigen Schnaps vorbei. Einen Selbstgebrannten, kein Touristenwasser.« Giovanni dachte dabei auch an die Gelegenheit, die zweite Bewohnerin des Widums wiedersehen zu können.

»Ich freue mich. Komm aber nicht am Dienstag und am Donnerstag. Da bin ich nicht dort.«

Ich weiß. Das weiß ich genau, denkt sich Giovanni, als er das Gespräch beendet und wieder zu seinem Auto zurückgeht. Jetzt fällt dem Bauern endlich auf, dass diese Bagage von Wolken wohl endgültig gegen den Sonnenschein gewonnen hat. Es weht ein kalter Wind. Mächtige, dunkle Wolken haben vom Himmel Besitz ergriffen.

Das ist auch der Grund, warum der Bauer ein paar Stunden später vom Stress heimgesucht wird. Die nötigen Arbeiten im Tal sind erledigt, der Subaru mit neuen Lebensmitteln gefüllt. Kater Giuseppe streicht Giovanni um die Beine und will ihm damit seine Zuneigung beweisen. Hatte sein Bauer doch heute wieder einmal für ein Fresschen mit allen Schikanen gesorgt. Immer nur Mäuse und Trockenfutter sind doch ein wenig eintönig.

Giovanni betrachtet neuerlich die Wolken. Eigentlich könnte er sich das sparen, denn es regnet bereits. Seit einer Stunde. Von den Bergen ist nichts mehr zu sehen, ein Vorhang aus unheilvoller grau-weiß-schwarzer Masse hat sie endgültig verhüllt. Jetzt befürchtet er, nein, weiß er, dass ihm die Nachrichtensprecherin am Morgen keine Schauermärchen aufgetischt hat. Er muss zu seinen Mädels und sie dringend in den Stall führen.

An und für sich ist so ein bisschen Schnee für die Kühe ja kein Problem. Die lassen sich von Minusgraden auf der Weide nicht aus der Ruhe bringen. Rittern mit der sukzessiv wachsenden Schneedecke um die grünen Grashalme und frierenden Blumen. Kühe könnten eigentlich das ganze Jahr über im Freien gehalten werden. Trockene Kälte tut ihnen nichts. Wenn da oben aber ein Sturm tobt, man Hand oder Huf nicht vor den Augen sehen kann, sieht die Sache schon wieder anders aus. Stellen Sie es sich einfach vor: Wenn die Viecher nicht mehr selber in den Stall finden, haben sie dort oben in dieser Höhe keine große Auswahl an Unterständen. Windschutz gibt es nur, wenn sich Elvira, Fiona und Co. eng an einen den Wind abgewandten Hang kuscheln. Außerdem droht ihnen im steilen Gelände eine ganz andere Gefahr.

Da brauchen Sie nicht lange zu schauen, und dann liegt die Kuh unten im Tal. Bei schlechten Sichtverhältnissen kein Wunder. Was soll's, denken Sie sich jetzt vielleicht. Behaupten Sie jetzt nicht, dass eine abgestürzte Kuh die Transportkosten Richtung Schlachter minimieren würde. Da haben Sie sich geschnitten. Das Fleisch können Sie wegschmeißen. Und die Tierkörperverwertung verlangt von Ihnen dafür dann auch noch Geld. Zudem will Giovanni kein Risiko eingehen, sind doch in den vergangenen Wochen zwei Kälber dazugekommen – und die Kleinen sind noch ein wenig patschert.

Der Bauer blickt auf seine Armbanduhr. Drei Uhr. Er hatte sowieso nicht vor, mit den Bullen zu sprechen. Jetzt hat er ein Ausrede, der Herr Verdränger. Also, nichts wie weg von hier.

Ohne zu wissen, dass er bei Hilmer und Simon neuerlich ein Déjà-vu auslösen würde, schreibt er einen Zettel, den er an die Tür hängt. »Schnee auf dem Berg. Konnte nicht länger warten, meine Kühe sind in Gefahr.«

Hilmer und Simon fühlen sich verarscht, als sie vor der verschlossenen Tür stehen und auf den Zettel blicken. Auf der Alm hatten sie zuvor nichts Besonderes gefunden – mit Ausnahme eines frisch gewaschenen Blaumanns, den Giovanni zum Trocken auf der Wäscheleine aufgehängt hat. Auch nichts Neues, sie sind ja im Besitz seiner Kaufbelege. Simon hat ihn trotzdem mitgenommen, um ihn im Labor auf Blutspuren untersuchen zu lassen.

Still, bitte sagen Sie jetzt nichts, auch wenn Sie im Sold der Justiz stehen sollten. Haben Sie ein wenig Nachsicht und versetzen Sie sich einmal in die Lage des Polizisten.

Die Hütte war abgeschlossen, Kühe waren keine zugegen. Der Marsch auf den Berg schien neuerlich sinnlos. Da kam dann halt der Dietrich zum Einsatz.

Die Tür der Almhütte war leicht zu knacken, brauchbare Spur wurde aber wieder keine entdeckt. Die beiden lausigen Einbrecher sackten noch zusätzlich ein dreckiges Frottee-Handtuch ein. Gewissensbisse kamen keine auf. Dann ging's wieder bergab.

Echt sinnlos, das ganze Herumgewandere. Das immer schlechter werdende Wetter drängte sie zur Eile. Tja, hätten sie sich aber ein klein wenig mehr Zeit gelassen, Wind und Wetter ein bisschen mehr an sich herangelassen, dann wäre ihnen Giovanni notgedrungen irgendwo auf dem Weg entgegengekommen. In die Arme gelaufen. Als Polizist sollte man nicht allzu wasserscheu sein.

Der wärmende Kaffee, den sie eben in der Stube des Hirschenwirts trinken, beraubt sie der Chance, den Bauer noch zu erwischen.

Dumm gelaufen. Aber was stellen sich diese Polizisten eigentlich vor? Auch die teuren Untersuchungen ihres Diebesguts können sich Hilmer und Simon in die Haare schmieren. Giovanni ist ja nicht dumm. Kleidungsstücke, die ihn mit seinen Taten in Verbindung bringen könnten, hat er alle entweder verbrannt oder in den Gräbern mitentsorgt. Die paar Fetzen, die die Beamten mitgenommen haben, sind frei von belastenden Spuren. Außerdem hat der Bauer während seiner Ausflüge ins Tal nicht nur das Heu eingebracht, Bankgeschäfte und Einkäufe erledigt sowie Hühner und Katze vor dem Verhungern bewahrt. Wenn man auf der Alm lebt, heißt das noch lange nicht, dass man zum Schmutzfink mutieren muss. Im Tannhof steht eine nigelnagelneue Waschmaschine, die alle Stückeln spielt: ein technologisches Hygienewunder aus Südkorea. Würden Sie das Ding auf die Brücke des Raumschiffs Enterprise stellen, würde es mit seiner digitalen Schaltzentrale und dem spacigen Design wohl immer noch futuristisch wirken. Zweifellos würde Mr. Spock das Haushaltsgerät als ›faszinierend‹ klassifizieren. Was diese asiatischen Waschmaschinen alles zu leisten imstande sind, sieht die moderne Polizeimaschinerie gar nicht gerne. Gepaart mit einem 1-a-Waschmittel – Sie wissen schon: ›Weißer als weiß‹ – und reichlich Wasserdampf schaut die Kriminalpolizei nach ein paar Waschgängen häufig durch die Finger.

Giovanni hatte natürlich bei seinen Talfahrten seine Schmutzwäsche immer mit dabei. Die Zeiten, in denen ein Senner, sein Taschentuch, das er zu Beginn der Saison mit auf den Berg brachte, im Herbst mit dem Teppichklopfer wieder biegsam machen musste, weil es mittlerweile brettelhart war und – einmal gefaltet – selbst stehen konnte, sind schon lange vorbei. Genauso wie die Ära, in der ein Senner erst nach der Almabfahrt im Herbst der Bäuerin seine zwei Unterhosen zum Waschen übergab. Sollten Sie jetzt kontern, dass seinerzeit so mancher Senner sommers auch mit nur einer Garnitur Unterwäsche auskommen musste und viele gar kein Taschentuch auf der Alm mithatten – Stichwort Bauernschnäuzer – kann man nichts entgegensetzen. Zuweilen war das Leben in den Bergen zweifellos ein wenig rustikal. In dieser Zeit hatten es Polizei, Gendarmerie, Carabinieri oder was sonst noch alles in dieser Gegend herumwieselte um einiges einfacher, ihre sorglosen Täter zu überführen. Diese Zeiten aber sind vorbei. Auch ein Senner weiß, was sich gehört!

Schieben sich Wolken vor die Sonne,
verspürt der Bauer nicht viel Wonne.

XVII. IN DIE DUNKELHEIT

Kalt erwischt: Warum einem die Berge Fehler kaum verzeihen und wie man mithilfe von Mäusen die Schneehöhe misst

»Nimm Ganzjahresreifen«, hat ihm sein Onkel geraten. »Dann liegst du auf dem Berg auf der sicheren Seite. Wenn es zu schlimm wird, kommst du sowieso nicht an den Schneeketten vorbei.«

Gott schütze Onkel Vincenzo, denn der Schnee bleibt vier Kehren, bevor er seine Almhütte erreicht, bereits auf dem Weg liegen. Vom saftigen Grün und den sommerlichen Brauntönen, die sich nach den vergangenen heißen Wochen in das Kleid der Almwelt eingeschlichen haben, ist nicht mehr viel zu sehen. Lange, dürre Grashalme behaupten sich aber wacker gegen das inzwischen dominierende Weiß. Es ist aber nicht nur der momentan noch dünne Schneefilm, der die Sicht auf den festgestampften Boden des Weges einschränkt. Die Schneedecke ist ein Klacks und kann genau genommen als maximal mausknietief kategorisiert werden. Der Wind schleudert dicke Flocken durch die beängstigend früh einsetzende Dämmerung und so lässt sich der Weg stellenweise nur noch erahnen.

»Verdammt, es ist August. Und Nachmittag«, brüllt Giovanni einsam in seinem Auto, das er vorsichtig in Schrittgeschwindigkeit zu seiner Hütte kraxeln lässt. Die automatische Klimaanlage hat sich mittlerweile entschlossen, den Heizmodus anzuwerfen. Sein Vater pflegte immer zu sagen, Schnee im August sei so sinnlos wie ein Kropf. Dem ist nichts hinzuzufügen. Der Papa hatte bekanntlich immer recht.

Giovanni merkt, dass der Untergrund ein wenig rutschig wird. Viel vorsichtiger, als er jetzt unterwegs ist, kann er aber kaum noch fahren. Nun geht er die letzte Kehre an. Die Scheibenwischer haben ordentlich zu tun, der Wind sorgt für steten Nachschub an dicken, weichen Flocken. Das Resultat der Arbeit, die die Scheibenwischer jetzt abliefern, ist schlecht. Kaum schiebt der Gummi die an sich schön anzusehenden Kristalle aus dem Blickfeld des Bauern, sorgen neue Flocken – von der wirklich ganz dicken, fetten, hundsgemeinen Sorte – für eine neuerliche Sichtbehinderung.

Diese hochsommerlichen Wintereinbrüche im Hochgebirge sind eine richtig fiese Einrichtung. Da rackerst man sich als Senner für ein paar Tage in der kalten Landschaft ab und lebt wie mitten im Winter. Kalt wird's. Ungemütlich. Und nach nur wenigen Tagen stehst du wieder mitten auf der grünen Wiese – auf der besonders nassen, versteht sich. Unnötiges Chaos für wenige Tage, eben sinnlos wie ein Kropf. Ein Almhirte hat in diesem Fall allen Grund zum Fluchen. Das darf er. Man muss ihm das einfach zugestehen.

Ein Gruß vom Winter, heißt es dann immer in den Lokalzeitungen – mitten in den Hundstagen. Eine dumm, in die weiße Welt blickende Kuh ist meistens auf dem Bild zu sehen. Manchmal entscheidet man sich in Redaktionen, die Terrasse eines Kaffeehauses oder einer Jausenstation zu zeigen. Aufgespannte, weiß angezuckerte Sonnenschirme beschützen die kleinen Tischchen dort vor dem kalten Schnee. Aber immer steht mindestens ein Tisch im Wetter. Das ist dann die ideale Schreibfläche für den Fotografen, das müssen Sie wissen. In den Schnee, der sich darauf gesammelt hat, schreibt der Fotoreporter, der sich ohne Zweifel für besonders originell hält, mit dem Finger das jeweilige Datum; damit ihm seine Leser auch ja glauben, dass das Bild vom Vortag stammt. Drunten in der Stadt findet man das Jahr für Jahr neuerlich witzig.

Bergbahn-Chefs und Hüttenwirte jammern zwar immer über diese ›verlorenen Tage‹. Die Lifte stehen, den Berggasthöfen werden die Lebensmittel schlecht, weil sie ihnen niemand mehr wegisst. Fährt ja kein Wanderer rauf bei dem Wetter, heißt es immer. Ist doch klar, sagen Sie! Aber dann, am ersten schönen Tag nach dem Sauwetter sieht die Sache schon ganz anders aus: Sie würden staunen, wenn Sie die Heerscharen an neugierigen, nach Schnee lechzenden Sommertouristen in den bumsvollen Gondeln gegen die Gipfel schweben sehen. Ein regelrechter Ansturm von lüsternen Schneefetischisten. Ihre Münder stehen offen, ganz begeistert kratzen sie die kalte Masse vom Boden ab, ruinieren sich dabei ihre manikürten Fingernägel und zetteln eine sommerliche Schneeballschlacht an.

Sie wissen schon, dass es immer noch Menschen gibt, die nie echten Schnee außerhalb ihrer vernachlässigten, nicht selbst abtauenden Tiefkühltruhe gesehen haben? Dann gibt es Menschen, die vielleicht einmal in ihrem Leben das Vergnügen hatten, durch das coole Weiß zu tapsen. Das liegt dann aber meist Jahre oder gar Jahrzehnte zurück. Genau diese Leute sind dann besonders geil auf diese Gattung der weißen Tuchent. Diese Sorte von Touristen trampelt in ihren Flipflops mit ausgeknipstem Gehirn durch die

Kälte, holt sich mit ziemlicher Sicherheit eine sommerliche Erkältung und glaubt, man stehe mittendrin in einem Wunder. Doch Wunder sind selten geworden und treten heutzutage bestenfalls rund um Lourdes auf.

Schnee im Sommer ist in diesen klimatischen Breiten beinah die Regel. Normal. Freilich nur dort oben, wo die Gämsen kuscheln. Es kommt alle paar Jahre vor, dass sich der Aggregatzustand des Wassers auch im Juli oder August zu verändern pflegt und Erinnerungen an Weihnachten aufkommen lässt. Diese meteorologische Unsitte hat selbst die Klimaerwärmung nicht beseitigen können.

Nicht einmal auf die ist Verlass.

Läuft mit dem Wetter in einem Sommer aber einmal alles glatt und es bleibt durchgehend warm, hat ein schneegeiler Sommertourist trotzdem die Möglichkeit, in winterliche Sphären vorzustoßen. Er quält sich eine mautpflichtige Hochalpenstraße bergauf und pilgert zu den seit Jahrzehnten stark schmelzenden Gletscherzungen. Jungfräuliches Weiß darf er dort aber nicht erwarten. In den Gletscherskigebieten muss er sommers das Eis unter mächtigen Frischhalteplanen suchen, mit denen die Liftbetreiber probieren, das seinerzeit ewige Eis vor der heutigen gnadenlosen Sonne zu schützen. Das kennen Sie nicht und kommt Ihnen spanisch vor? Denken Sie an das unter Plastikfolien verborgene Andalusien, das Ihnen im Winter Ihre Tomaten und Erdbeeren schickt, dann haben Sie das richtige Bild vor Augen.

Finden die Touristen außerhalb der Gletscherskigebiete dann doch ein bisschen Eis, ist's meist wieder nichts mit dem jungfräulichen Weiß. Dafür rutscht man über dreckigen, halbwegs weißen, aber immerhin eiskalten Untergrund direkt vor mit Sperrband gesicherten Gletscherspalten, die von Zeit zu Zeit den ein oder anderen Turnpatschentouristen verschlucken.

»Gott verdamm!« Giovanni flucht wieder einmal.

Lassen Sie ihn, heute darf er. Der Schnee in der Almsaison ist eine verflixte Sache. Das wird Ihnen jeder Senner bestätigen, dem an solchen Tagen zweifellos das Lachen vergeht und mehr als nur ein Fluch auskommt. Der Winter ist ein General mit reichlich Schadenfreude, ein Sadist erster Güteklasse. Ein weißer Folterknecht. Vergessen Sie jedes Ihnen bekannte Personal in der gestrengen Kammer: Diese Warmduscherbagage ist harmlos dagegen.

Endlich. Die Hütte. Giovanni stellt das Auto ab und bahnt sich seinen Weg durch den eisigen Sturm. »Elvira, Zerlina, Fiona«, ruft er gegen den Wind an. Zumindest rund um die Gebäude kann er keine Kuh entdecken.

Der Bauer stürmt in den Stall. Die Tür ist offen. Unter Full House versteht Giovanni etwas anderes. Gerade mal eine Kuh und ein Kalb schauen ihm überrascht aus dem hintersten Winkel entgegen. Schneeflöckchen und ihr neues Töchterchen Roßweiße haben als Einzige den Weg unter das schützende Dach gewählt. Ausgerechnet Schneeflöckchen flieht vor dem Schnee. »Wo sind die anderen?«, fragt er die beiden Viecher. Da der Überlieferung nach die Tiere im Stall nur in der Nacht des Heiligen Abend zu sprechen im Stande sein sollen, erfährt der Bauer keine großartigen Neuigkeiten. Giovanni geht wieder ins Freie. Schneeflöckchen protestiert. Anscheinend quälen sie ihre Mägen und verlangen ihre zustehende Ration. Das Kalb würde sich dann schon seine Milch holen.

»Das kann warten«, sagt er zu ihr. »Ich suche zuerst die anderen.« Dann schließt er die Tür, damit der Wind den Winter nicht in den sicheren Unterstand fegen kann.

Giovanni ist noch immer mit dem grün-weiß gestreiften T-Shirt und einer ausgewaschenen Jeans bekleidet. Statt sich in der Hütte eine warme Jacke zu holen, macht er sich sofort auf die Suche nach den anderen Rindern. So weit weg werden die doch bei dem Wetter nicht sein, denkt er sich. Giovanni versucht gegen den Wind anzurufen, geht an der Viehtränke und unter dem steilen Abhang vorbei, den er inzwischen Karner's Rock getauft hat. »Fiona, wo seid ihr?«

Kein Muh, dafür pfeift der Wind hier noch lauter.

Der Senner steigt jetzt bergauf, seine Mädels waren in den letzten Tagen immer oben in der Gegend seines Friedhofs. Natürlich, wo denn sonst? Warum sollte das Eintreiben der Kühe heute einfach und schnell sein, wenn es kompliziert auch geht.

Mittlerweile verflucht er sich und seine Eile. Ohne Jacke erkältet er sich hundertprozentig. Das kann er jetzt überhaupt nicht gebrauchen: Fiebrig im Bett liegen, das spielt's in der nächsten Zeit nicht. Er will schon umdrehen, um seinen warmen Anorak zu holen, als er oberhalb seiner Position, zwischen dem steten Pfeifen des Windes, ein erbarmungswürdiges »Muh« vernimmt. Dann noch eins. Jetzt hört er das Gebimmel von Glocken. »Wo seid ihr?«, brüllt Giovanni wieder.

Knapp 100 Meter weiter erblickt er seine Kühe. »Alcina, Marcelline, Salome, Fenena, Kamerad.« Die junge Bande und ihre Beschützerin stehen auf der flachen Stelle, an der er bei seinen Leichentransporten immer seinen Wagen abzustellen pflegte, und trauen sich offensichtlich keinen Meter mehr weiter.

»Verdammt, jetzt kommt schon!« Der Bauer nimmt Alcina bei den Hörnern und versucht sie nach vorne zu ziehen. Das Rindviech weigert sich, nur einen Schritt zu tun. »Gott verdamm, jetzt geh endlich!«

Kein Resultat. Standhafte Verweigerung.

»Sind die anderen noch weiter oben?« Natürlich neuerlich eine rhetorische Frage. »Dann bleibt halt hier, ich hole zuerst die anderen. Dann gehen wir gemeinsam runter.« Der mittlerweile mit Adrenalin vollgepumpte Senner denkt gar nicht mehr an den feinen Anorak und daran, vor der weiteren Suche noch einmal zur Hütte hinunterzugehen.

Wieder ein paar Höhenmeter geschafft. Die Schneehöhe ist immer noch mausknietief. Die Mäuse, an denen der Niederschlag gemessen wurde, sind aber in dieser Höhe unzweifelhaft von einer größeren Sorte. Vielleicht haben sie sich ja auch auf die Zehen gestellt, um Giovanni zu täuschen, vielleicht sollte man auch inzwischen von biberrattenknietief sprechen. Egal, wenn es über Nacht so weiter schneit, zahlt es sich jedenfalls morgen aus, sich andere Messinstrumente zu besorgen. Jede Maus wäre längst eingeschneit und unsichtbar – und ein Meteorologe könnte verdammt leicht drauftreten und sie zerquetschen.

Diese an und für sich lachhafte Schneehöhe – Touristen würden die Sache wahrscheinlich schon als massive, ordentliche Schneedecke klassifizieren – hat auch eine positive Seite: Eine Lawine würde so schnell keine abgehen. Die Sicht wird aber immer schlechter.

Dunkler wird's. Den Rest erledigt der Wind, der seine dicken Flocken unermüdlich und unerbittlich gegen den inzwischen mit Sorgen erfüllten Senner schleudern. »Elvira, Fiona. Wo seid ihr?«

Jetzt wird es verdammt kalt. Giovanni überlegt, ob er noch Aspirin in seiner Almhütte vorrätig hat. Er würde die Tabletten morgen sicher brauchen.

Dann sind Kälte und Nässe schlagartig Nebensache. Bevor er sie sieht, hört der Bauer seine Kühe. Verhaltenes Glockengeläut, leichtes Gebimmel. Einen Augenblick später sieht er sie: Die ganze Gruppe steht eng beisammen an einem dem Wind abgewandten Abhang und traut sich anscheinend keinen Schritt mehr weiter. Die Rinder stecken eng beisammen, um sich gegenseitig zu wärmen und sich, so gut es geht, vor dem Sturm abzuschirmen.

»Kommt, Mädels, kommt! Wir gehen jetzt alle runter.« Der Bauer versucht seine Kühe zu zählen, wischt ihnen immer wieder Schnee von Kopf und Rücken.

Was für eine Begrüßung. Dieses freudige Muh-Konzert können Sie sich gar nicht vorstellen. Es ist schwer zu sagen, wer sich mehr freut, den anderen zu sehen. Nach drei Zähldurchgängen ist Giovanni sich aber sicher. Eine fehlt.

»Wo ist Elvira?« Der Rinderherde, an und für sich ein positives Beispiel für gegenseitige Achtung und Verbundenheit, ist in dieser Situation Giovanni wichtiger als Elvira. Sie schart sich rund um ihren Führer und Bauer und drängt ihn, ihnen den Weg durch den Sturm in den Stall zu weisen. Giovanni steht vor einer Entscheidung. Soll er jetzt weitersuchen oder zuerst die gefundenen Kühe nach unten begleiten. Die Entscheidung ist leicht und schnell getroffen. Als der Bauer versucht, weiter nach oben zu wandern, protestieren seine Kühe lautstark. Trotzdem folgen sie ihm.

»Das ist die falsche Richtung, ihr Idiotinnen. Bleibt gefälligst stehen, ich hole euch später alle ab.« Er versucht neuerlich, allein loszumarschieren. Chancenlos. Brünnhilde und ihre Mitstreiterinnen folgen ihm heute überall hin.

Er wird jetzt umkehren, die fünf anderen abholen und seine Mädels durch diese Schneehölle in den Stall führen. Dann kann er sich umziehen, vor allem wärmere Sachen überwerfen und noch einmal heraufgehen. Alle anderen gefährden, nur um Wegstrecke zu sparen, so weit kommt es noch!

»Ich bringe euch was zu fressen, sobald ich Elvira gefunden habe.« Gottlob, es ist alles gut gegangen. Für die Wegstrecke nach unten hat die eigenartige Prozession eine Dreiviertelstunde gebraucht. Die erschöpften Pilgerinnen kamen nur langsam vorwärts. Von Zeit zu Zeit sträubte sich die ein oder andere Kuh, weiter zu marschieren. Der Gruppenzwang sorgte aber immer wieder dafür, dass die Wallfahrt weiterging und letztendlich ihr Ziel fand. Normalerweise kraxeln die Viecher gedankenlos, voller Leichtsinn herum, kennen keine Höhenangst und suchen beinah die Gefahr. Ein Schneesturm im August macht sie aber anscheinend zu Angsthasen erster Güteklasse.

Giovanni eilt in seine Hütte, zieht die nassen Sachen aus, reibt sich mit einem neuen Handtuch trocken – das alte will sich partout nicht finden lassen – und greift zu den schweren Bergschuhen. Bevor er sich Anorak und Mütze heraussucht, schnappt er sich die Flasche Grappa, die für eine Erwärmung von innen her sorgt. Das Aspirin kann warten. Er nimmt noch einen großen Schluck. Dann tritt er wieder aus der Tür. Mitten in das kalte Inferno.

Sagen Sie jetzt nicht: So etwas gibt es nicht! Blödsinn, das Inferno ist doch immer ein flammendes. Heiß ist's dort drin. Wie beim Weltuntergang, im Fegefeuer oder mitten drin in der Höll'. Alles mit ziemlicher Sicherheit angenehmer als das momentane Ambiente.

Während des zweiten Aufwärtsmarsches fällt ihm das Weltuntergangsszenario in der nordischen Mythologie wieder ein. Ja, das kommt ihm jetzt plausibel vor: Genauso könnte der Anfang vom Ende aussehen. Die Welt, wie sie in Schnee und Eis untergeht. Bevor es zum Endkampf kommt, wird alles einmal unter sich begraben: die Erde von gefrorenem Wasser, das Licht von der Dunkelheit. Nach einer saftigen Eiszeit mit drei strengen Wintern geben die Menschen dann schon Milch. Der Sommer wird gestrichen, damit sich von der kalten Jahreszeit nur ja niemand und nichts erholen kann. Nur gnadenlose, eiskalte Stürme und klirrender Frost. Die ganze Welt scheint aus dem Gleichgewicht. Giovanni würde es nicht wundern, wenn heute der Startschuss dazu gefallen wäre. Viel schlimmer geht's nimmer. Die Vorbereitung der Götterdämmerung.

Weltuntergänge gibt es alle paar Jahre einmal. Entsprechende Prophezeiungen stehen immer wieder ganz gern auf dem Programm. Das letzte große globale Adieu hat er im Jahr 2012 überlebt. 21.12.2012. Ein wunderschönes Datum. Ein viel zu schönes Datum. Das perfekte Datum für die letzte Wintersonnenwende. Es wurde nie geklärt, ob die Mayas, die uns diese ›Apokalypse‹ eingebrockt hatten, bereits Ahnung von der zukünftigen gregorianischen Kalenderreform hatten oder ob Papst Gregor und seine Datumsregulierer sich bei ihrer Kalenderreform an den letzten Tag des Mayakalenders anlehnten, der ihnen eigentlich gar nicht bekannt sein durfte. Und weil ihnen das Datum des Jüngsten Gerichts so verdammt gut gefallen hat, haben sich Gregor und seine Tageszählerbande im Rahmen ihrer Kalenderreform bei der Berechnung des Tags der Geburt Christi gleich um ein paar Jährchen geirrt. Oder wie?

Seien Sie ehrlich, das Ganze ging sicher nicht mit rechten Dingen zu. Sonst wären die Übersetzer der Mayatafel nie auf dieses wunderschöne Zahlenkonstrukt gekommen. 21.12.2012. Jeder Mensch mit einer übermäßigen Zahlenfixierung oder schlichtem Zählzwang bekommt angesichts dieses Datums den ultimativen Orgasmus. Einundzwanzig zwölf zweitausendzwölf, die Koordinaten für den G-Punkt.

Und dann? Dann haben sich nicht nur die Mayas und apokalyptischen Geschäftemacher weltweit ins Fäustchen gelacht. Nichts ist passiert, damals. Wieder einmal rein gar nichts. Außer vielleicht, dass für viele der vorweihnachtliche Stress so viel schlimmer und verhängnisvoller war als in anderen Jahren. Als sie nämlich am 22. Dezember trotz aller apokalyptischen Ankündigungen wieder erwachten, wurde ihnen mit einem Schlag klar, dass sie nur mehr eineinhalb Tage Zeit hatten, um ihre Geschenke einzukaufen. Der 23. Dezember war dummerweise nämlich ein Sonntag und vielerorts hatten die Geschäfte geschlossen. So mancher Apokalypse-Fan hatte sich zuvor gedacht: Fein, da spar ich mir heuer die Weihnachtsgeschenke. Im Advent hauen wir noch einmal auf die Pauke und den Heiligen Abend lassen wir dann ausfallen. Die hatten sich in den Finger geschnitten, ganz gehörig!

Das wurde schön peinlich damals.

Über den heutigen Weltuntergang hat aber niemand im Voraus ein Sterbenswörtchen fallen lassen. Nicht einmal auf Endzeitpropheten ist heutzutage mehr Verlass. Was soll's, da kann man jetzt nichts mehr machen. Giovanni kämpft eisern gegen den Sturm an und hat mittlerweile die Stelle wieder erreicht, an der er zuvor den Großteil seiner Kühe aufgegabelt hat.

Warum hat er sich nicht den Grappa eingesteckt? So hätte er wenigstens eine hochprozentige Wärmflasche dabei gehabt.

Es schneit wieder heftiger, auch der Wind hat wohl ein paar Stundenkilometer zugelegt. Giovanni kann aber ohne Probleme die Spuren seiner Almabfahrt erkennen. Wo seine Kühe hintreten, da bleibt so schnell kein neuer Schnee liegen.

»Gott verdamm, dieses Wetter geht auf keine Kuhhaut!« Den Eisheiligen hat's heuer so verdammt gut gefallen, dass sie mitten in den Hundstagen noch einmal angereist sind. Die frostigen Gefährten und ihre kalte Braut geben dem guten alten Wort der Sommerfrische eine gänzlich andere Bedeutung. Pankratius, der normalerweise hierzulande immer am 12. Mai sein Unwesen treibt, scheint zusammen mit Giovanni durch den Schnee zu wanken, gegen den Wind anzukämpfen und ebenfalls die Kuh zu suchen. Die beiden Gestalten setzen Schritt vor Schritt. Es ist nicht einfach, dort hinaufzukommen. »Gott verdamm, wo die nur wieder steckt«, ruft Giovanni dem Eisheiligen zu. Der sieht den Bauer an, sagt aber kein Wort. Die beiden kämpfen sich nicht allein durch den peitschenden Sturm. Begleitet werden sie von Servatius, Bonifatius und der kalten Sophie. Auch ihre Zeit wäre eigentlich schon längst vorbei. Giovanni versucht sich zu erinnern, wie das Wetter heuer Mitte Mai wohl war. Schön. Na, sicher. Er putzte bereits seine Alm und bereitete seine Kühe frühzeitig auf die Auffahrt vor – und Karner ahnte noch nichts davon, dass er ein paar Tage später unter die Erde übersiedelt.

Alle seine merkwürdigen Begleiter haben weiße Haare und eine sonderbar transparente Haut. In die Sonne dürfen die nicht, denkt sich Giovanni noch. Sonnenbrand und Hautkrebs sind dann wohl vorprogrammiert. Hundertpro.

Mit ihren silbrig glänzenden Pupillen scheinen sie sich im Schneegestöber hervorragend orientieren zu können. Alle mitsammen sind sie auffallend leicht bekleidet. Im Gegensatz zu Giovanni scheinen sie viel härter im Nehmen zu sein, die Kälte gewöhnt. Sophie hat für ihren sommerlichen Ausflug ein blütenweißes Top mit Spaghettiträger gewählt. Ihre Kumpane tragen alle drei eine seltsame, avantgardistische Art von Hawaiihemd. Weiß mit hellblauen, fast grauen Mustern von Palmwedeln und Schneemännern, die alle einen Drink mit einem aufgespannten Schirmchen in ihren eigenartigen Händen balancieren. Servatius trägt sein Hemd überhaupt offen. Sein weißes Brusthaar quillt dazwischen hervor. Vielleicht hat er alle seine Knöpfe verloren, vielleicht will er auch nur cool sein.

Alle vier tragen Bermudashorts. Auf Schuhe haben sie heute verzichtet, die absurde Bande ist wohl generell lieber barfuß unterwegs. Der mittlerweile wieder erbärmlich frierende Bauer glaubt, noch eine weitere Gestalt zu erblicken. Auch Mamertus lässt sich heute nicht lumpen und ist auf seine Alm gekommen. Auch er in Hawaiihemd und Bermudas. Als Einziger trägt er jedoch einen Sonnenhut.

»Moin, Moin«, sagt dieser zu Giovanni. Im Gegensatz zu den anderen, scheint er nicht auf den Mund gefallen und zumindest ein bisschen mitteilungswilliger zu sein. »Wir finden sie schon«, versucht er Giovanni zu beruhigen. »Du wirst schon sehen.« Die Sicht ist miserabel, aber die Gruppe ist jetzt eindeutig auf dem Plateau angekommen, auf dem der Bauer sich wiederholt als Totengräber versucht hat. Zuerst hört er nur das Pfeifen des Windes. Statt eines »Moin«, glaubt der Bauer aber jetzt ein »Muh« zu vernehmen. Ein schlichtes »Muh« und leises Glockengebimmel lassen Giovanni aufatmen. »Elvira! Endlich.

Danke«, sagt er zu seiner exzentrischen Suchmannschaft. Und er meint es ernst! Giovanni blickt sich um. In diesem Moment ist aber niemand mehr zu sehen. Seine Begleitung ist verschwunden. Wenn alles seine gerechten Wege geht, würden sie erst im kommenden Mai wieder auftauchen. Immer vorausgesetzt, die Welt geht doch nicht in allernächster Zeit unter.

Seltsame Bande. Aber gemeinsam haben sie die Kuh gefunden. Elvira steht stocksteif neben einem Putzhaufen. Sollte es Sie interessieren: Es ist jener des Bürgermeisters Auer, Gott hab ihn selig. Giovanni geht langsam an die Kuh heran, will sie streicheln und zur Ruhe kommen lassen. Er spricht zu ihr. Liebevoll und besänftigend. Mit tröstenden Worten.

Die alte Haut fühlt sich eindeutig nicht wohl in ihrer. Jetzt geht das Rind einen Schritt rückwärts. Es steht mit dem Hinterteil am Steinhaufen an. Giovanni tritt vorsichtig näher. Will es mit der Hand am Kopf berühren. Das scheue »Muh« von vorhin wird schnell zu einem massiven, aggressiven »Muh«.

»Jetzt komm schon. Bin doch nur ich.« Die Kuh lässt sich nicht beruhigen, fühlt sich in die Enge gedrängt. Der Bauer tätschelt den Kopf der Braun-Weißen, auf ihrer feschen weißen Locke thront ein kleines Häufchen Schnee. Niedlich sieht sie aus, wenn sie nicht diesen panischen Ausdruck in ihren Augen hätte. »Es wird alles wieder gut. Ist ja halb so schlimm.«

Das denkt sich Elvira aber nicht. Sie schüttelt ihren Kopf, schleudert Giovannis Hand weg und protestiert lautstark – mit einem steten Brüllen und der bimmelnden Glocke um ihren Hals. Der Bauer versucht noch einmal, sich ihr zu nähern.

Das ist zu viel. Elvira kann zwar keinen Anlauf nehmen, wie sie ihren Bauern aber auf die Hörner nimmt, würde jeden Profi-Stier in der Arena von Ronda blass aussehen lassen. Das ist schmerzvoll, unglaublich schmerzvoll. Stellen Sie sich das lieber nicht vor.

Der überrumpelte Landwirt liegt verletzt im Schnee und blutet aus der Schulter, als Elvira mit all ihrem Gewicht zuerst auf seinen linken Oberschenkel und dann auch auf den rechten tritt. Nicht absichtlich – nein, das würde sie nie tun. Jetzt schreien beide um die Wette: die brüllende Kuh und ihr niedergerungener Bauer.

Ein Angriff. Von Elvira. Giovanni kann es einfach nicht fassen. Die Ohnmacht setzt sich gegen Wind, Wetter, Schmerzen und Gedanken erfolgreich zur Wehr und befreit den Verletzten für kurze Zeit vor den abscheulichen Schmerzen.

Jetzt leckt sie mich ab, diese dumme Kuh. Giovanni ist wieder bei Bewusstsein. Dort, wo seine Beine sein müssten, hat sich der Schmerz eingenistet. In der Schulter pocht es, als ob sich ein Parasit verzweifelt ruckartig den Weg nach außen suchen würde. An Aufstehen ist gar nicht zu denken. Elvira ist sich ihrer Fehler offensichtlich bewusst und leckt Giovanni voller Mitleid und Schuldgefühl ohne Unterrast ab. Dann genießt er neuerlich die zweifelhaften Wonnen der Ohnmacht.

Er weiß nicht, ob ihn Sturm, Schmerz oder der Speichel von Elvira wieder wecken, der großzügig auf seinem Kopf verteilt wird. Mittlerweile ist es wirklich dunkel geworden. Diesmal muss er länger ohne Bewusstsein gewesen sein. Überrumpeln hat er sich lassen wie ein dahergekommener Tourist, der auf einer Wanderung einer an sich harmlosen Kuh zu nahe kommt und sie reizt. Klar, es kam schon immer wieder einmal vor, dass er von einem Rind etwas abbekommen hat. Daran gewöhnt man sich als Bauer. Im Normalfall heimst man sich ein paar blaue Flecken ein, die nicht schlimmer sind als die Souvenirs einer Wirtshausschlägerei oder einer Nacht in einem Etablissement, in dem man mit ausgefallenen SM-Diensten nicht geizt. Nein, es ist ihm ergangen wie einem drittklassigen Torero, den der Stier durch den mit Menschen- und Tierblut besudelten, orange leuchtenden Sand schleift und den die Kollegen vor der Raserei des wilden Tieres retten muss. Ein Dilettant, kein Pedro Romero, der im 18. Jahrhundert in Ronda mehr als sage und schreibe 5.000 Stiere tötete – ohne nur einmal verletzt worden zu sein.

Jetzt fängt auch Giovanni zu beten an. Wendet sich an die Jungfrau Maria und bittet sie, ihm seine Sünden zu vergeben. Er weiß nicht, was die letzten paar Wochen aus ihm gemacht haben. Zeit seines Lebens hat er sich nicht viel um Kirche und Jenseits geschert.

Inzwischen ist er jedoch beim Tod in die Lehre gegangen. Und sein Tod ist Giovannis eigentliches Gesellenstück.

Es geht zu Ende mit ihm, das weiß er. Es sind nicht die Verletzungen, die ihn den Kopf kosten werden. Es wird die Kälte sein. Er kann sich nicht bewegen – und die Nacht würde zu viel für ihn sein. Die Tatsache, dass er nach seinem Abstieg trockene und warme Kleidung angezogen hat, schenkt ihm vielleicht das ein oder andere Stündlein. Aber mit seiner Verletzung ist er Freiwild für den Schnitter.

Niemand würde nach ihm suchen. Nach einem einsamen Bauern in der Nacht. Sein Mobiltelefon fällt ihm ein. Warum hat er nicht früher daran gedacht. Erinnert sich an

Pedro Romero und betet zur Gottesmutter. Den eigentlichen Götzen der Moderne lässt er in der Tasche stecken.

Giovanni, du Dummkopf. Hast zwar einen Anorak und eine neue, aber auch nicht wirklich warme Hose an, die beide langsam wieder Nässe und Kälte an den Körper durchlassen, dafür steckt dein Handy in der mit einem Reißverschluss geschlossenen Tasche jener Jeans, die du zum Trocknen in die Hütte gehängt hast.

Wäre wahrscheinlich sowieso sinnlos gewesen. Der Empfang ist hier nicht viel besser als bei der Hütte. Tja, eigentlich ist es doch wohl wieder ratsamer, sich der Jungfrau Maria und anderen Heiligen zuzuwenden. Aber wie haben wir heute bereits erfahren: Außerhalb von Lourdes sind Wunder heutzutage rar.

Dunkelheit. Warum er nicht zu seiner Maglite gegriffen hat, als er zum zweiten Mal aufgestiegen ist, das weiß wohl nur das Rumpelstilzchen. Er hat einfach nicht daran gedacht. Schleichendes Alzheimer. Aber was würde er hier auch anleuchten können? Schneeflocken, die einen pausenlos anspringen, Steinpyramiden, die als Grabsteine herhalten müssen – und Elvira. Den kalten Untergrund spürt er durch seine Kleidung. Der Wind peitscht gnadenlos die Schneekristalle gegen sein Gesicht.

Seine Konversation mit Maria ist – wie nicht schwer zu erraten – eine eher einseitige Angelegenheit. Niemand lässt sich blicken, Maria suchte sich gerade in den letzten Dutzend Jahrzehnten für ihre Besuche auf der Erde vorliebend südlichere Gegenden aus. Fatima, Medjugorje und Lourdes, alles abseits der Touristenpfade und ein bisschen weiter im Süden. Nur ein paar Mal hat sie sich nördlich der Alpen blicken lassen. Amsterdam und Paris waren für die Gottesmutter anscheinend eine Reise wert. Auch im Baltikum und in Irland soll sie schon gesichtet worden sein. Die Alpen selbst waren anscheinend noch nie Station ihrer Welttournee. Wenn man das Wetter bedenkt, das hierzulande herrscht, ist das nachvollziehbar. Da kann man ihr keinen Vorwurf machen.

Außerdem, wer ist denn Giovanni schon? Seien wir ehrlich: Einerseits ist seine Zeit, in der er noch als unschuldiges Kind galt und sich im Kreis potenzieller Marienerscheinungsadressaten befand, doch längst vorbei. Andererseits: An einem Tag alle Eisheiligen und Maria auf einmal zu treffen, würde alle Wunder der letzten 2.000 Jahre sakrisch in den Schatten stellen. Einen solchen Glückspilz müssen Sie uns erst einmal zeigen.

Sie wird seine Gebete schon mitkriegen, denkt sich Giovanni. Im Allgemeinen funktioniert das so. Der Mensch tut auf der Erde seine Wünsche kund, und droben im Himmel wissen die Adressaten schon, was für sie bestimmt ist und was nicht. Feedback bleibt in der Regel aus.

Klar, manchmal wird die Sache trotz allem wieder gut. Welcher Heilige in diesem Fall seine Finger im Spiel hatte, erfahren Sie dabei nicht. Ihr Dank kommt schon beim Richtigen oder der Richtigen an. In solchen Situationen ist es zudem ratsam, hinterher ein Kerzlein anzuzünden. Das sehen alle Schutzpatrone gern.

Elvira ist mittlerweile ruhig geworden. Beinah andächtig steht sie neben ihrem verletzten Besitzer. Mittlerweile hat sie ihre Position gewechselt und schirmt den Bauern mit ihrem massigen Körper vor dem Wind ab. Die Gute wird sich doch kein schlechtes Gewissen geholt haben, als sie Giovanni auf die Hörner nahm und auf ihm herumtrampelte?

Langsam wird alles leichter. Bald ist es Schluss mit diesen höllischen Schmerzen und der vermaledeiten Kälte. In der Hölle wird es dann schon angenehm warm werden.

Mit der Dunkelheit kommt zwanghaft auch die Müdigkeit. Jetzt spricht Giovanni mit Elvira. Sinnloses Zeug, unzusammenhängend. Das ist die Kuh von ihrem Bauer gar nicht gewohnt.

Ja, bald ist's vorbei – und dieser verteufelte, eiskalte Augustniederschlag endlich wieder Schnee von gestern. Es stimmt schon: Bei schlechtem Wetter holt man sich hier heroben schnell den Tod – verdammt schnell.

Stirbt der Bauer im August,
erspart er sich den Winterfrust.

EPILOG – NOCH EINE BEERDIGUNG

»Und, wie war's?« Hilmer steht mit ihrer Kaffeetasse in der Tür ihres neuen Chefs.

»Es war wieder das ganze Dorf auf den Beinen«, sagt der Kommissar. Er nimmt die schwarze Krawatte ab und setzt sich an den Schreibtisch.

»Darf ich dir auch einen Kaffee bringen?«

»Nein, dank dir. Ich habe einen dort oben im Gasthaus getrunken. Da bin ich mittlerweile ja schon Stammgast. Ich geb weiß Gott was drum, um herauszufinden, ob er es war!«

Hilmer nickt nur, Simon wirkt erschöpft: »Sinnvoll war die Fahrerei dort rauf ja nicht. Aber ich musste einfach dabei sein, wenn sie ihn unter die Erde bringen. Toller Einstand! Der ganze Fall nagt logischerweise an mir.«

Simon steht wieder auf und lehnt sich an den Schreibtisch. »Frag mich bitte nicht, was ich dort oben noch finden wollte. Mein Hauptverdächtiger wurde unter die Erde gebracht – mein einziger Verdächtiger.« Der Kommissar reibt sich die Augen. »Wo er sie nur versteckt hat? Irgendwo da oben hat er die Leichen verscharrt. An den großen Unbekannten glaub ich jedenfalls nicht.«

»Gibt's von Coro noch etwas Neues?«

»Ich hab ihm persönlich gratuliert, dass er endlich einmal einen Vermissten gefunden hat. Ist in seinem Wirkungsbereich, dem Bermudadreieck, ja mal ganz was Neues. Das fand er nicht witzig!«

Hilmer schmunzelt. »War er selbst bei dieser Gruppe dabei?«

»Ja, der alte Bergfex ist selbst mit rauf und hat dort amtsgehandelt, wie es sich gehört. Was er mir erzählt hat, das glaubst du nicht.« Der Kommissar macht eine kurze Pause. »Die Kuh hat ihn gerufen!«

Hilmer verschluckt sich fast an ihrem Kaffee. Sie lacht laut auf und tritt jetzt in das Büro ein. »Die Kuh hat was?«

»Ich glaube, es war ihm peinlich, sonst hätte er am Telefon schon darüber gesprochen. Er erzählte mir, das Viech habe die Suchmannschaft zur Leiche gelotst. Wer weiß, vielleicht würden sie ohne ihre Hilfe immer noch auf den Bergen herumsuchen. Jedenfalls, die Kuh stand neben Forda, als halte sie Totenwache. Als sie den Suchtrupp schon von Weitem bemerkte, brüllte sie, bis die Männer endlich vor ihr standen. Dann war sie ruhig.«

»Das glaub ich nicht.«

»Das habe ich auch gesagt. Coro schwört aber, dass es so war. Beinah wie ein Hund, der aufs tote Herrl aufpasst, sagte er. Das Beste übrigens ist, sie heißt Elvira.«

»Wer, die Kuh?«

»Ja, genau. Sie hatte neben diesen beiden amtlichen Ohrmarken noch eine dritte. Dort hatte Forda ihren Namen draufgeschrieben.«

»Die arme Kuh.« Jetzt muss die Inspektorin vor lauter Lachen die Tasse auf den Tisch ihres Vorsetzten abstellen. »Don Giovanni Forda und seine treue und etwas zu temperamentvolle Donna Elvira. Was für ein Gespann – und dieses Finale! Das hätte Wolfgang Amadeus sicher gefallen.«

Die Stimmung Simons hat sich merklich gebessert. »Ich wusste gar nicht, dass du dich bei Opern so gut auskennst.«

»Also bitte! Ich bin überzeugte Wagnerianerin und

Mozart vergöttere ich. Nur weil wir hier in den Bergen wohnen, müssen wir noch lange keine Kulturbanausen sein. Du hast wohl geglaubt, unsereiner versteht unter dem Fliegenden Holländer einen Mann aus den ehemaligen Niederlanden, der grade die Schlucht hinunterstürzt!«

Als Maria Angelosanto an der offenen Bürotür vorbeigeht, wundert sie sich über die zwei gut gelaunten Kollegen. War ihr Chef nicht gerade von einer Beerdigung zurückgekehrt?

Weitere Romane finden Sie auf den folgenden Seiten und im Internet: www.gmeiner-verlag.de